唐湘岳典型人物对话系列丛书

碰壁人生照样精彩

——对话杨德才

唐湘岳　侯晓慧　著

湘潭大学出版社
XIANGTAN UNIVERSITY PRESS

杨德才近照

失明前的杨德才与其学生劳作的场景

杨德才（右一）慰问老红军

杨德才（左一）在橘子洲头举办残疾人拔河比赛

杨德才作“幸福是奋斗出来的”主题讲座

杨德才（中间手拿快板）带领残疾人阳光艺术团登衡山

目　录

CONTENTS

第七章　“听见”盲人世界

第八章　教育，教什么？育什么？

第九章　奔走在社会大讲堂上

引　子

杨德才，男，1962年12月出生，长沙市岳麓区雨敞坪镇（原属望城县）麻田村人，全国“最美志愿者”、助人为乐中国好人、首届全国残疾人事业十大新闻人物、湖南省劳动模范、湖南省道德模范。他在长沙市开福区东风路开了一家爱康残疾人就业服务中心。中心的员工大部分都是残疾人和其他弱势群体。2019年，服务中心被国务院评为全国助残先进集体。

烧水、煮药、洗衣、晾衣、摸索前进……眼睛完全失明后，杨德才不得不重新认识生活、适应生活。

如果你以为杨德才可怜或者不幸，那就错了。因为，我们分明看见他在黑暗中吹着口哨，轻松愉快。

是什么力量支撑着杨德才不知疲倦地在黑暗中吹着口哨走到了今天？

为了寻找答案，2023年秋天，光明日报高级记者、湘潭大学特聘教授唐湘岳和湘潭大学博士研究生侯晓慧对杨德才进行了实地深入访谈，本书将以对话的形式为读者带来一个盲人探寻光明的真实故事。

杨德才说：“因为眼睛看不见，我这一辈子注定是一段碰壁的人生，然而，我坚信一条，只要心中有光明，碰壁人生照样精彩！”

（作者唐湘岳、侯晓慧在本书中简称为笔者）

第一章 启 蒙

也许，人的一生都处在启蒙状态之中。

每个年龄段的经历，在经过个体批判与反思后，将成为下一段人生经历的滋养。对于少年时代的杨德才来说，广袤的田野、高亢的喇叭、上山砍柴、下田插秧……乡村环境和劳动体验都不知不觉成为他精神世界的源泉。

高音喇叭

笔者：您昨晚睡得好吗？

杨德才：睡得很疲惫。睡前我反复在想，介绍我自己，该如何开篇？想着想着睡着了，做了一个梦。我在土崖上爬呀爬，后面跟了一个六七岁的小男孩，看不清他的脸。坡上长着大片的金银花，我伸手去够。突然脚下泥土松动，慌乱中我一把抓住崖上的藤蔓。藤蔓似乎承受不住一个成年男人的身体，我听到根部泥土松动的声音。在它快要从崖土中挣脱的瞬间，我迅速抓住一棵更大的藤蔓，身子一跃，翻了上去。这时，男人不见了，独留小男孩站在高高的土崖上眺望群山，那一刻，小男孩觉得自己是个英雄。

笔者：这个梦有意思。能否这样理解梦境：小男孩是童年的你，男人是成年后的你？

杨德才：可能吧！醒来后我反复回味，这个梦再次将我带回到童年时光。

我的童年时代是从高音喇叭开始的。

我出生在长沙市望城县麻田人民公社螺头山大队檀树湾生产队（现为长沙市岳麓区雨敞坪镇麻田村檀树湾村民小组）。檀树湾是一块平地，平地上坐落着一座很大的祠堂，那是我们杨家祠堂，祠堂的后面矗立着一座二三十米高的土崖，爬上土崖，就是桐坡里。桐坡里是一个山坳，因山上种了大量的油桐树而得名。我家就住在这个山窝里。

而高音喇叭就安在桐坡里正南方向的一个小山包上。

1967 年一个初春的夜里，全村寂静。突然，喇叭里传来："注意，注意，今夜有大降温，注意给秧苗防冻……"不等喇叭声音落地，就听到桐坡里家家户户哐里咣当的开门声、错落急促的脚步声、磕磕碰碰的农具声。一般碰到这样紧急的通知，各家各户几乎都要全家出动，往秧田里赶，就连小孩子也不例外。

那一年，我五岁。

我也赶紧从被窝里钻出来，爬下床，赤着脚，跟在爸爸妈妈哥哥姐姐们的屁股后面走，随后汇入全村"防春寒护秧苗"的队伍中。因为要下水田，大家都是赤着脚。初春的水刺骨的冷。全村人三五一组，有的负责插竹条，有的负责铺塑料膜。大人们把竹条折弯，两端插进秧田，形成一排排"小拱桥"，再蒙上一层塑料薄膜，薄膜两边用湿泥巴重重压住，形成一个简易的塑料大棚，以帮秧苗抵住料峭春寒。

记忆中，高音喇叭关于低温天气的预报是常有的事，在大人们眼里，高音喇叭是农田的守护者。而在我的眼里，高音喇叭是我童年的陪伴者、守护者。

每次喇叭一响，我就按捺不住心中的激动。

"东方红，太阳升……"每天早上我都是被嘹亮的喇叭声叫醒的，一听到喇叭响，我就从被窝里钻出来，正襟危坐，气沉丹田，开始模仿喇叭里广播员的声音。

"望城县麻田人民公社广播站现在开始广播……"

在童年的我看来，喇叭无所不知。我知道了祖国大地上不仅有湖南省，不仅有檀树湾，还有新疆、西藏、青海……还有台湾。那时喇叭里经常播放炮击金门事件，我一直以为金门就是台湾的某一个城市，后来才知道金门是福建省的一个岛屿。每次在喇叭中听到台湾的消息时，心中总能升腾出一种激动得想流泪的感觉。我跑到田埂上，跑到塘基上，朝着辽阔的水田挥舞着手臂，冲着对面的山包大喊：世界上只有一个中国，我们一定要统一全中国……我放肆（长沙方言：努力、拼命）地喊，喊声越大，我就越激动。随着喇叭里对金门炮击事件的持续报道，我越来越痴迷于金门战事。

1967 年夏天的一个午后，蝉鸣聒噪，我叫上瘦猴、炉锅筒、白桥、李秋香等几个小伙伴进行“金门炮击演练”。我和瘦猴几个代表大陆，炉锅筒和白桥几个代表台湾，以田中池塘为界，两派各站在池塘两岸的塘基上，我们和好泥巴，攒成球状，晒干，作为“手榴弹”，用砍刀削竹条自制“火炮”。“枪支弹药”准备就绪后，“炮击战”正式开始，发射、埋伏、再发射。我们学着喇叭里讲的金门炮击战，采取打打停停、半打半停的战略，我方还派李秋香作为广播员，时不时向对面喊话：“我们都是中国人。三十六计，和为上计……世界上只有一个中国，没有两个中国……”

喊话声并没有阻止对方的猛烈攻势。

互投“手榴弹”，弹药噗噗通通落入池塘，溅起高高的水花，水花声、竹筒发射声、广播员喊话声此起彼伏。我埋伏在塘基的草丛边，头上的汗顺着太阳穴流下来，汗水把眼睛迷得睁不开，我不停地仰起头眨巴眼睛，望向天空。正当我臆想之际，对方一个“手榴弹”砸了过来，蓝天白云旋即被撤走，眼前一黑，一阵剧痛，差点晕过去。

我们的“金门炮战”以我的“负伤”结束。

我捂着眼睛溜回家，幸好家里没人。偷偷从哥哥书包中扯了两页纸，浸在水盆里，敷在眼睛上……只记得后来我的眼睛疼了七八天。但我一点也不后悔，因为我知道“英雄总要负伤的”。

看不清黑板

笔者：关于童年，您印象比较深的经历是什么？

杨德才：看不清黑板。

我们大队的学校就在杨家祠堂里。

1968 年 9 月，新学期开学。吃过早饭，哥哥姐姐去上学，我吵着也要去。我家离学校近，老师都认得我。教一年级的李碧群老师看见我挤在报到的孩子中间，叫住了我："毛三，你怎么来了?"我说我来上学啊！老师说我没有名字，上不了学。我不服，毛三就是我名字啊。老师说毛三是小名，必须像我哥哥那样起个大名叫杨……什么的。

那好办，我现在就给自己起个大名——杨宜谷。

为什么选谷字？我们家孩子多，有 8 个。我想家里谷子多，吃饱饭。

李碧群老师将我领进一年级教室。教室很宽敞，我和一个女生同桌坐在第四排。

可我看不清黑板，就向老师报告。老师给我调到第三排，还是看不清，又调到第二排，依然看不清。最后，老师给我调到第一排最靠近黑板的地方。

只有我自己知道，我还是看不清黑板上的字。

眼睛啊眼睛，我当时还不知道，今后困扰我一辈子的就是眼睛。

上语文课。课本上有天安门城楼、有毛主席像、有一面党旗。老师教我们一行行读：

毛主席万岁！

中国共产党万岁！

中华人民共和国万岁！

我把双手背在身后，挺起胸膛，很认真地读这三句话。

放学前，老师让我们第二天每个人带一块石板和石笔。石板五分钱一块，可我想为家里节约，就在回家的路上捡了一块断了角的被别人扔掉的石板。有了石板，石笔就好解决了。我跑到离家不远的土矿里找出白膏泥石块，自己做成石笔，虽然不如商店的石笔那样圆滑，但写字还是可以的。

第二天学汉语拼音，a、o、e……

老师指着黑板领读，学生们望着黑板跟读。我呢，看不清黑板，看不清老师脸上的表情，更看不清老师的口型。

我也学着同学们，张大嘴巴跟读。可我的口型总是与同桌的口型不大一样。

既然看不清黑板，索性不看了。老师在讲台上读，我低着头照着课本读。我趴在书上，用手指指着，一个个读。不会读的，下了课，就跑去问老师。

我为平时上课不看黑板，没有积极配合老师而感到抱歉。为了补足这一点，我课上总是积极回答老师的问题。

老师问，哪个同学愿意读一下？我总是第一个举手。我回答问题的次数越来越多，老师想把机会给其他孩子。这时候，我就不再规规矩矩举手，而是高高扬起手臂，甚至半个身子站起来，等待老师的提问。

有一次，老师挑同学读词组。我再次高高地举起手，然而，这次换来的并不是老师模糊的笑脸，而是同学们的笑声。

“他读的什么啊?”

“他发音好奇怪啊，是 h 不是 f，是 en 不是 eng……”我看到有同学捂着嘴笑，听见有同学窃窃私语。

拼音不行，我就在写字和数字上下功夫。看不清黑板，我就靠耳朵听、大脑记。

有一次，班主任李碧群老师在我的作业本上用红笔写了这样两句批语：“怕就怕认真二字，共产党就最讲认真。你很认真!”

我知道“你很认真”是夸奖的话。我捧着作业本，反复读这句话，开心了好几天，连走路都是气昂昂的。

笔者：看来您从小就有强烈的自我意识？您如何理解自我意识？或者说它的精神内核是什么？

杨德才： 那时候年龄小，不知道什么叫作自我意识，一心只想证明自己。自己给自己起名字，自己报名上学，自己干农活……有困难就自己克服，黑板看不清难不倒我学习的决心。在我看来，自我意识是一种不服输精神。因为不服输，就会逼迫自己想尽办法突破困境。逼迫自己的过程其实就是反思的过程。

笔者： 自我意识的生成是一个漫长的过程，尤其对于心智尚未成熟的儿童来讲，“生发”很容易，“生成”却很难。在生成自我意识的过程中，您觉得除了自我反思，是否还存在其他途径？比如他者的干预？

杨德才： 您所讲的“他者”指的是？

笔者： 他者指的是相对独立于个体的外界。它更多指的是外界对自我的一种作用力。反思是向“内”求，他者是向“外”求。“反思”固然重要，但有时一味地向“内”求，可能会走进自我批判的死胡同。我们应该欣然接受外界的鼓励、引导甚至打压。因为某种程度上，外界的打压也是一种自我激发。其实我们所要培养孩子的正是一种心理转化能力，将挫败转化成一种正向力量。

杨德才： 说得对。的确，挫败感是对自我意识最好的激发。这让我想到了儿时劳动的经历。那个时候每当受到他人嘲笑时，总想拼尽全力证明自己。

劳动的证明

笔者： 一个小孩子，如何来证明自己呢？

杨德才： 证明自己不容易。因为年龄小，大人们不会把孩子的心理、情绪放在眼里，可正是这个在大人眼里不起眼的、不放在心上的东西，我却看得很重很重。这就是自尊心，孩童时期萌发出的自尊心！

我们那年代，六七岁就要下田干活了。记得最清楚的就是跟着大人去插秧。

插秧是一件辛苦活。天蒙蒙亮，我就被家人揪起来下田插秧。光着脚，迷瞪着眼，汇入全村插秧的队伍。一跳入水田，那刺骨的春水就把我的瞌睡虫全赶跑了。

插秧有好多程序。先到秧田里扯秧，扯出来的秧苗用稻草一匝匝打好结，由大人们挑到田中间，然后再一匝匝抛入水中。我们插秧的人就在水田里等着被抛进来的秧苗。

第一次插秧，我笨手笨脚，插得满头大汗。我的努力不但没有被大人们看见，反而受到了训斥："毛三伢子（长沙方言：小孩子），你搞什么啊，白搞了，像你插的这些秧根本活不下来……"

大人们把我插的秧全部拔掉，让我重新学着插。

第二轮，因为模仿，我插得更慢了，秧苗也都被别人拿走了，眼看着周围的秧苗都插好了，我还是守着自己的一小片秧田，就这样，我被"关"了起来。

我急得吧嗒吧嗒掉眼泪。擦擦眼泪，绕出来，再跑到大老远的秧田去拿秧苗。鸡屎蚊子嗡嗡嗡，密密麻麻围着我转，我一边流泪，一边插，一天下来才赚 1.5 工分。满分是 10 分。

插秧的次数越来越多，挨骂的次数也越来越多。为了不挨骂，我发狠练习。

我观察大人们的手法，先去秧田扯秧，再捆秧，打活结，从左撇子到双手开工。我摸出了诀窍：左手分秧，右手插秧，关键之处就在于指法。左手拇指和食指快速分秧，将分出的秧苗像夹香烟一样夹住，无名指与小指并拢发力，配合食指和中指，稳定根部。就这样，左右手联动配合，经过反复练习后，我插得又快又好，甚至不输给大人。

努力终于得到了大人的肯定。10 岁以后，村里插秧分小队长，我看到名单上写着：檀树湾青少年插秧队负责人——杨宜谷。负责人，就是说，我不仅要插秧，还要管好我的队员。心里又多了一份责任感。

笔者：童年的这段插秧经历给您带来最大的收获是什么？

杨德才：是劳动意识的觉醒，是生活的启蒙。

回忆儿时干农活，印象最深的就是母亲教三姐剁猪草。

我们家有三间茅草屋。自从家里养了一头小猪，父亲就在第三间屋的旁边又搭建了一小间茅屋做猪圈。猪圈一边连着茅厕，另一边的空地上放着一个大木盆和一把剁猪草的铁刀。

剁猪草需要掌握好力度，要把猪草剁得又细又匀。

剁、煮、拌。母亲一步步教姐姐。我蹲在旁边看得入神。母亲将一篮子猪草剁得密细密细，然后将糠、碎米、剁碎的猪草放进一口大锅里煮。母亲说，猪草剁得细，猪食煮得好，小猪才能吃得欢，吃得欢，才能长得快，这样就能快点出栏换钱。

三姐学会了剁猪草，扯猪草的活就交给我了。下午放学，我扔下书包，挎上篮子就去扯猪草。附近的猪草扯完了，就跑到几里远的田埂上、溪流边去扯。

我喜欢扯猪草，因为可以在田野、溪流旁放肆玩。干了农活，又得到了快乐，还在劳动中培养了自己解决问题的能力。

猪草夏天好扯，冬天不好扯。夏天扯猪草，我经常下水，在游泳的同时顺便把水草捞上来。冬天，水冷下不了河，我就砍下一根竹子，将竹根砍掉，留下短枝丫，伸进溪流里，朝一个方向使劲搅，就把水草捞了上来。

在大人们看来，这法子见怪不怪，可对于我来讲却无比兴奋，因为这是自己想出来的法子。

笔者：和很多60后、70后聊，大家都很怀念那个年代，有时就想我们到底在怀念什么？您的讲述给出了答案。日出而作，日落而息，春种夏长，秋收冬藏。那个年代的人按照时序变化不疾不徐地与大自然相处，这岂不是劳作带给那代人最大的生活启示？在那个慢节奏的年代里，劳作带给我们的不仅是体能上的训练，更是心灵上的滋养。

种子生根，长成禾苗，禾苗长高，结出稻谷，稻谷脱壳，就是大米了。稻谷的生长过程教我们学会忍耐与等待。人生何尝不是这样？

杨德才：是的，乡村劳动经历是人一生中宝贵的精神财富。那个年代的孩童几乎都亲身参与了每一项劳作过程，你说累吗？对于矮瘦力小的孩子来讲，一定累。可是身体上的疲惫是暂时的，而劳作带来的影响却是长久的。下过水田的人，知道初春水的冷；耕过田的人，知道新翻土壤的温；割过稻子的人，知道秋收的热……这种对温度的感觉和记忆会增加我们对土地的热爱、对生活的向往。

挨打

笔者：童年是人一生中的关键时期，童年的生活环境、所见所闻不仅能够涵养人的性格，更能塑造出人的价值观。在您看来，童年的哪些经历对您的价值观产生了影响？

杨德才：在经历求学、高考、工作、车祸、失明、创业这坎坎坷坷大半辈子后，我突然发现支撑自己走下去的仍然是童年时的自己。童年时的挨打、救火、徒步雷锋纪念馆……每一次经历都悄悄影响着我的价值观。

先讲讲挨打的经历吧！

临近春节，家家户户凭计划按人口分过年物资。头天晚上，母亲从代销店凭票买回来十片香干、两斤肉。那豆腐做的香干真是香嘞，我们看着都流口水。

第二天吃完早饭，我溜出去找小伙伴玩。玩到中午回家吃饭，快走到桐坡里的时候，看到姐姐跑过来，一脸替我紧张的表情。

“毛三，你要挨打了！”姐姐说。

“为什么？为什么要挨打？”我不解。

“老实交代，那两片香干是不是你偷吃了？”

“香干？没有妈的允许，谁敢偷吃？”

姐姐说，哥哥姐姐们都挨过打了，就剩我了。尽管我没偷吃，但我还是有些不安。

果然，我一进家门，母亲就朝我吼起来：“毛三伢子，家里的香干，是不是你偷吃了？”

因为姐姐提前报了信，我应付得从容：“我没偷吃！”母亲看我那么冷静，就越发觉得是我偷吃的。

母亲吼道：“你没偷吃，你哥哥没有，你姐姐也没有，那这两片香干飞上天了？你没偷吃，你上午去哪里了？”

我说：“我出去玩了，我没偷吃，就是没偷吃。”

大概是我生硬的回答激怒了母亲。母亲抄起门后的棍子就往我身上打。我撒腿就跑。

母亲骂着追了出来。我径直就往邻居家跑。母亲是个爱面子的人，邻居或许能救我。母亲也跟着追了过来。我看母亲并没有放弃的念头，我就死死抱住一棵皂角树。

母亲抡起棍子往我屁股上打。我咬着牙，抱着树，嘴里喊着：“打吧！打吧！打死我算了！”屁股火辣辣地疼，但是我学着李玉和，宁死不屈。

母亲见我不屈服，扔下棍子，就哇哇哭起来：“我的命好苦啊，何解（长沙方言：为什么）生了一群咯样（长沙方言：这么）不懂事的崽女啊……”

我最害怕母亲哭，母亲一哭，我的心就打颤。

我松开树，垂着脑袋回家。被打的哥哥一晚上没回家。

笔者：后来那香干找到了吗？

杨德才：找到了，没人偷吃，也没有人再提这个事了。只是，那天我分明看到母亲边切香干边流泪。其实我小时候经常挨打，可这次挨打不同。那个年代，父母整天都在劳动，哪有时间管孩子们的教育。

唯一的教育方式就是打骂。调皮捣蛋，打；干活偷懒，打；不学好，更是打。也许有家长认为，偷吃两片香干，不是什么大事，可在母亲的眼里，偷吃香干就意味着贪吃、自私。这是天大的事情。这次挨打经历时刻警醒着我：做人要诚实，不要贪心。

火光里

笔者：您说在挨打的时候，脑海里想的都是李玉和？

杨德才：是的。小时候爱看小人书，爱听《红灯记》，崇拜英雄，崇拜共产党员，刘胡兰、黄继光、董存瑞，样板戏里面的李玉和、杨子荣……都是我心中的英雄。可那时候小，对英雄的理解不够深刻。直到那次救火经历后，我对英雄有了更深的理解。

那时我在莲花中学（现位于岳麓区莲花镇）读高一，1976 年 11 月的一个晚上，我和国子（化名）被老师安排住进了新宿舍，那一晚，我激动得睡不着。突然隐约听到有哔哔剥剥的声音。朝窗外一看，晒谷场的方向冒出了火光。

晒谷场的一角是一间木房，用来临时堆放谷子和存放农具，也是看护晒谷场的人歇脚的地方。

“不好了，着火了！”我大喊。

宿舍的同学们被我的喊声惊醒，大家都跑了出来。

附近居民听到喊声，都提着水桶跑了出来。

我和同学们一个个端着盆、拎着桶去打水。

人群中不知道谁说了句：“火需要赶快控制，里面堆了不少东西。”话音刚落，只见一个身影飞奔过去。

这人不是别人，正是我的好兄弟国子。我赶紧喊：“危险，你快回来。”原以为他会掉头回来，谁知他喊着：“火还不大，我进去抢些东西……”

他刚冲进去，人群中就传来了一句："不好，里面还有一桶柴油啊，会爆炸的。"情急之下我以百米冲刺的速度，朝火光奔去。冲进屋子，抓住国子撒腿就跑。

我们刚冲出来十来步远，只听嘭的一声，后方成了一片火海。

那一刻，我耳朵嗡嗡，眼冒金星，瘫软在地。

国子吓得一夜没说话，回到宿舍，我俩都呆呆地躺在床上。我的心怦怦跳个不停，眼睛里全是熊熊大火，火光里我仿佛看见了董存瑞，看见了邱少云……

我们常常称赞某某是英雄，可到底什么是英雄？英雄也是人，是和我们一样有血有肉的普通人。英雄之所以称之为英雄，是因为他能忍常人不能忍，做出常人不愿做的举动，付出常人不愿付出的牺牲。我们赞美英雄，肯定英雄，不能仅仅膜拜英雄，更要让英雄品格走进大众，走进我们的灵魂深处。或许不会人人都成英雄，但我们可以以英雄为榜样，与英雄同行。

榜样

笔者：您崇拜英雄，把他们当榜样，那么对您影响最大的人生榜样是谁？

杨德才：那就是我的老乡——雷锋。

雷锋这个名字，起先是从村里的高音喇叭里听到的。喇叭里说"雷锋出行一千里，好事做了一火车"。后来我到出嫁的姐姐家玩，姐姐告诉我县里有个雷锋纪念馆，我就让姐姐带我去参观雷锋纪念馆。

雷锋纪念馆位于雷锋镇，从姐姐家龙洞村走到雷锋镇要三个多小时。我和姐姐早上 8 点就出发了。开始我和姐姐并排走，可走着走着，我就疲惫了，跟不上姐姐的步伐。姐姐走在前面时不时回过头吆喝着："毛三，看来你体力不行啊！"

要当英雄，体力怎能不行？我立马半蹲下来做短跑出发的姿势，像箭一样射出去，将姐姐远远甩到了后面。姐姐在后面喊：慢点跑，不然力气都耗光了。我就放慢脚步，等姐姐赶上来，我们再次并排走。一路上，我不停问姐姐还有多远？姐姐总是回答快了快了。

终于，走出乡间土路，走上了一条五六米宽的柏油路。柏油路的出现让我欣喜，走在上面，感觉轻松了许多。

雷锋纪念馆到了。纪念馆正厅矗立着毛主席雕像，墙壁上是毛主席的题词："向雷锋同志学习"。

我迫不及待地进入展厅。

一组塑像让我震撼。日本鬼子凶神恶煞挥舞着东洋刀，雷锋的父亲雷明亮怒目而视。讲解员说道：雷锋的父亲在反抗日寇时遭到日本鬼子毒打，不久便去世了。雷锋的母亲不堪地主儿子的凌辱，也悬梁自尽。不到七岁的雷锋成了孤儿，先后被六叔祖父等亲属收养。

接着，我又看到了这样的泥塑场景。一个中年男子牵着一个小孩子来到龙迴塘小学，戴眼镜的教书先生笑盈盈地与中年男子攀谈着。讲解员说，那中年男子是乡长彭德茂，彭乡长把小雷锋送到龙迴塘小学读书。雷锋身穿翻领白衬衣、黑色裤子，脚蹬一双黑色老布鞋。虽然破旧但洗得很干净。他仰着头，郑重地望着教书先生，眼神中满是敬意与渴望。我跑过去，隔着栅栏，伸出手，大致比了比，呀，我和小雷锋一样高呢。

接着，一把生锈的柴刀吸引了我。这不就是我平时扯猪草、砍柴常使用的刀吗？我心想：雷锋小时候也砍过柴吧？也被柴刀伤到过手指吧？

我随着讲解员来到了另一个展厅。

"1962 年 3 月，雷锋带领全班战士到危险难行的线路上执行运输任务。为了详细了解路况，他一段路一段路深入考察，记录每一条沟壑，每一个山包、陡坡，每一座桥梁，每一个急弯。"讲解员边讲边让我们看雷锋手绘的路线图。路线图上布满路标符号，形态各异，生动极了。

我还看到了雷锋生前看的书：《董存瑞的故事》《黄继光》《可爱的中国》，雷锋生前穿的旧棉裤，雷锋用过的扳手、起子、铁钳，雷锋生前反复清洗使用的棉纱线，一个用破木板钉成的“节约箱”……

节约箱背后有个故事。雷锋跟着张书记下乡，走着走着，雷锋觉得脚下被什么东西绊了一下，他低头一看是个生了锈的螺丝钉，便一脚踢到了路边。张书记问他踢的是什么，雷锋说是一颗破螺丝钉。张书记从草丛里捡起那颗螺丝钉，用手帕擦干净，装进了口袋。后来，张书记告诉雷锋，别看一颗小小螺丝钉，机器少了它可不行。革命也是这样，我们这些人就是大大小小的螺丝钉，缺了谁都不行……我们国家底子还薄，处处要艰苦奋斗，一颗螺丝钉也不能浪费，积少成多啊！此后，雷锋就自制了一个节约箱，把平时捡到的破铜烂铁、废螺丝钉、牙膏皮等全部收纳起来，能利用的利用，不能用的就当废品卖掉，卖的钱都充公……

我被雷锋的故事深深吸引。讲解员的话像螺丝钉一样句句钉在了我的心坎上。

从雷锋纪念馆出来，我和姐姐走在平整的柏油路上，走在光滑的山间石板路上，走在曲折的田间小路上。我心里很激动，越走越有劲。姐姐问我，长大想做个怎样的人？我说：我想做好人，雷锋一样的好人。

笔者：每年3月5日是学雷锋纪念日，这一天很热闹。可是有些人从形式上学雷锋，口头上学雷锋，并未真正从心底里认可雷锋的价值观。

杨德才：这是个问题。回想那个年代，大人小孩个个会唱《学习雷锋好榜样》，都以学雷锋做好事为荣。

“学习雷锋好榜样，忠于革命忠于党。爱憎分明不忘本，立场坚定斗志强，立场坚定斗志强！学习雷锋好榜样，艰苦朴素永不忘，愿做革命的螺丝钉，集体主义思想放光芒……”唱得还可以吧，嘿嘿。

歌为心声，你唱什么，就有可能做什么。当我眼睛完全看不见的时候，我还是唱这首歌，尽我所能帮助老弱病残。有些人不能理解我，一个瞎子，连走路都不方便，还学什么雷锋？做什么好事？可我清楚我在干什么，我需要什么。

不知道从什么时候起，有些人不爱唱、不爱听《学习雷锋好榜样》了，他们把人生追求的目标从雷锋变成了个人利益，把学雷锋活动搞成了形式主义。

雷锋纪念馆，我是永远也看不见了，但是，它不会在我的记忆里消失，因为，它永远建在我心里。

求学

笔者：童年阶段对个人独立意识的养成、价值观的树立虽然起着很大作用，但并不意味着价值观的完全定型。随着年龄的增长、阅历的加深，个人的思维方式、行为方式也会得到不断调整。您觉得自己人生中有哪些经历进一步促进了个人价值观、行为方式的成型？

杨德才：那要数我的求学经历了。

那时候教育落后，高中办得少，读高中的名额有限。我姐姐读了高中，我就没机会读了。想读又不能去读，好痛苦，同村的小黎和小夏，也是这种情况。麻田中学的老师觉得我们成绩好，不上高中可惜了，于是想方设法帮我们联系，到离家15公里远的莲花中学去读。

得到这个消息，我们高兴得不得了。此后，关于高中的记忆就是奔跑。我们是外校插班生，开始学校没有给我们安排宿舍，所以只能走读。每天早上四点多起床，五点准时从家里出发，我去小夏家叫上他，然后一起往学校赶。

为节省时间，我们抄小路。我们年纪轻，体力好，逢岭翻岭，遇坡爬坡。时间一长，我们摸出了一条近道，虽然崎岖了些，但能节约一个小时。

笔者：走这样的夜路，冬天更难吧？你们怎么坚持下去？

杨德才：是的，进入十月中旬，早晚的天气越来越凉。凌晨四点，我摸索着起床穿衣，收拾好书包，点燃一根稻草扎的火把，就往小夏家跑。见不到月亮，周围黑漆漆的，火把烧不了蛮久，幸亏小夏家还有一个手电筒给我们指引方向。两三个小时的山路，我们破旧的衣服抵挡不住入骨的寒气，浑身哆嗦，牙齿打架。怎么坚持？得想办法呀！为了驱散寒冷，我和小夏决定背书。“氢氦锂铍硼、碳氮氧氟氖、钠镁铝硅磷、硫氯氩钾钙……”元素周期表是我们经常背的东西，这些背熟了，我们又背古诗词，背化学方程式。背书蛮有用，几个项目背下来，不知不觉就走到了学校。这算不算一种注意力转移法？

笔者：算！您觉得艰苦的求学经历对性格的锤炼有什么帮助？

杨德才：让我学会了忍耐！正是青少年时期磨炼出的身体和心理上的耐受力让我有足够的力量应对后来的苦难。如果说初中求学时锻炼的是身体上的耐力，那么高中求学磨炼的则更多是心理层面的耐力了。

我经历了两次高考。

第一次，分数上了线，可是身体没过关。那是 1978 年 8 月中旬，我按照体检表上的要求来到了白箬铺区人民医院。从来没有体检过的我，手足无措，就像一只木偶，被人牵着往返于各个检测室。

“下一个，杨宜谷。”

视力检测处。医生让我把眼镜摘下来。我摘了。

接下来的几分钟是人生中最难熬的几分钟。摘掉眼镜，我根本看不清视力表。

“这个呢？左还是右？”

我愣住了，几乎说不出话来。那是最无力的时刻，我再也不能像小时候那样，看不见黑板，可以选择低头看书，我再也不能像小时候那样，看不见黑板，可以申请调座位。此刻，面对墙上的一片“虚无”，我毫无选择。

“这个呢？这个呢？”

……

“算了，你戴上眼镜吧！”检测员有些不耐烦。

“眼镜片多少度？”

“两千度。”我诚恳地回答。

“好，下一位！”

结束体检，出了门，感觉阳光很刺眼。

几天后，接到通知，我被淘汰了。原因——视力不合格。

高考失利，我在家务农。我依旧每天清晨上山砍柴，下午放牛扯猪草。农活早已经做得有板有眼。可每次放牛的时候，我总有带上书的冲动。

这个想法越来越强烈。

于是我带上书，牵着牛，来到青草茂盛的山坡上。牛在吃草，我在看书。九月的风吹过，吹走了盛夏，迎来了初秋。秋高气爽的季节是我学习的最佳时节。山间小路上，我背地理知识点，高高山坡上，我背英语单词。这样的日子，持续到了十月下旬。

一天，我在坡上放牛，碰到了高中的班主任，那时我正趴在牛背上做数学题，班主任一声叫住了我，惊得我连人带书从牛背上摔了下来。

记得老师说：“杨宜谷，你底子好，回学校复读一个学期，一定会考上的。别在家放牛了！去复读吧！”老师的话像是一场及时雨洒在干裂的土地上。

春节之后，我又回到了麻田中学，为1979年的高考做准备。第二次高考很顺利。然而，我的读书梦差点再次因为视力不合格被卡住。

本科落选了，专科也没有录上。幸亏呀幸亏，长沙市政府作出决定：把我们这批因为体检不合格而又上了本科录取线的学生全部集中录取到长沙市湘江师范学校，毕业后充实到农村教师队伍中去。虽然没有进本科院校，但对于农村家庭来讲，能够考出去恰（长沙方言：吃）国家粮就已经是一件天大的喜事了。

收到录取通知，全家就开始为我九月开学做准备。

哥哥用土车子给我交了 100 公斤的国家粮，母亲为我张罗开学穿的衣服和要用的被褥。记得那时，母亲的手受伤了，新衣服只能让二姐给我做，结果二姐做出来的衣服长不长，短不短，被母亲骂了一顿。无奈，妈妈只好拿着做坏的衣料请隔壁娭毑（长沙方言：祖母，也是对老年妇女的尊称）帮忙，经过娭毑的修改，衣服才勉强能穿。衣服有了，还差被褥。母亲翻箱倒柜挑被子。那时家里艰难，哥哥姐姐结完婚后，家里的几条被子，用了几十年，硬邦邦的，大大小小都是补丁。看着满是补丁的被子，母亲眼眶又红了。

我说随便拿一床就好。可母亲偏偏纠结补丁的事，母亲说："娘什么都不怕，就怕我的崽出门被人笑话。"

人们常说苦难能教育人。确实，苦难生活的经历，不仅能培养人的耐受力，还教人学会感恩。母亲的话让我明白，无言的后面还有爱。

记得出发当天，我挑着担子。前面是一箱书，后面是被褥和热水瓶。母亲一路追上来非要帮我挑。我不让她挑，她就一把鼻涕一把泪地跟在后面。

到了车站，下起了毛毛雨。一辆大卡车停在车站最显眼的位置，车厢上贴着红纸毛笔写的横幅：湘江师范欢迎您！"师范"二字写得格外遒劲。害怕雨下大，司机师傅喊我们赶快上车。在一群学生家长的推搡下我匆匆地上了车，还没来得及与母亲告别，车就开走了。为了不让离别情绪蔓延，上了车，我故意不看母亲，将头扭向一边。车越走越远，脑海里净是母亲一人偷偷抹泪的样子。

笔者：苦难教育给那代人带来的更多的是人生正向的激励。对比当代孩子的成长环境，您觉得苦难教育是否还有存在的必要？

杨德才：苦难磨砺人的心智、锻炼人的耐力，是孩子成长中必不可少的要素。但是现在生活条件越来越好，社会无法为孩子们提供可以磨砺的环境。即使现在一些学校尝试着开展下乡实践、户外拓展训练等课程，但是孩子们大多数都是抱着游戏心态去体验，他们获得的更多的是有趣刺激的体验，很少孩子能够在意志层面得到锻炼。这可能是我忧虑的地方。

笔者：其实无需太过忧虑。苦难不仅是物质上的匮乏之苦，也包括精神上的逼仄之苦。粗粝的生活之苦只是苦难教育的一环。让孩子成长，不一定非要还原艰苦的生活环境，只要能让孩子精神上受到触动，同样也能达到苦难教育的目的。比如让孩子看书、看纪录片、远行等等都是磨砺孩子的途径。

杨德才：说得对，苦难教育的目的是教育，不是苦难。书中苦难的人物、多舛的经历、苦涩的人生是触动孩子思想的钥匙，让孩子在苦难人物身上体味百态人生，触摸其坚韧生命，这同样也是苦难教育。

交白卷以后

笔者：您在湘江师范学习的那几年，有印象特别深的事情吗？

杨德才：有啊。当年我们都是毛头小伙子，一个个意气风发，有用不完的劲，难免也会干些冲动的事情。

1980 年 12 月，正逢考试月。我们都在积极备考。我们除了要考文史哲，还要考物理和数学。这对于我们文科生来讲不合理。室友小胖说："我们是文科生考进来的，为什么要考物理？"其他室友也纷纷抱怨起来："对，我们文科生，高中都没学物理，怎么考物理啊……"

我们都有抱怨，可碍于这是学校的规定，我们也不是第一届，所以一直忍着。看着大家都有意见，我就在想：要想解决这一问题，得发挥集体力量。我提出一个大胆的办法——弃考。

话一出，室友们开始觉得不可思议，但是一听集体弃考，就来了劲，大家都附和着赞成。

第二天上午，物理考试开始了。发完试卷后，我匆匆在试卷上写下自己的名字，就准备交卷。第一次搞这样的事，虽然嘴上很大胆，但是真要做时却异常忐忑。从小到大，我都是学习最积极刻苦的那位，如今要做领头羊弃考，屁股怎么都无法挪动，双脚像是被强力胶粘住了似的。

一分钟过去了。两分钟……三分钟……

教室正前方的挂钟哒哒哒在走。等不及了，我说到做到，不能当缩头乌龟。

我双脚抓地，奋力起身，径直向讲台走去。监考老师很疑惑地看着我朝他走去。为了掩饰内心的紧张，我强作镇定，目不转睛地盯着前方，将一张洁白的试卷交了上去。

当我递交白卷那一刻，心里紧张极了，心脏怦怦跳。后来听班里同学说，我交白卷走出教室后，他们也来了勇气，一个个提着白卷上了讲台。考场一片骚动。几乎所有文科生都走上讲台，交了白卷。

出来后，室友们欢呼着：我们胜利了！可我问自己：我们真的胜利了吗？

当然没有。弃考是一件性质恶劣的事情。不久，我们几个就被叫到校领导办公室。我们准备迎接暴风雨。真想不到，校长没有责怪我们。校长首先夸赞我们勇敢，说："你们交白卷，肯定是克服了极大的心理障碍，从这一点来讲，你们很有勇气。"然后他说了一句让我今生受益的话："弃考并不能解决问题，能解的只是情绪的一时之快。凡事要寻找最优解，情绪化的方式不但无益于问题的解决反而会带来次生问题。”

校长的话醍醐灌顶。我的困惑解开了。是的，我们没有胜利，所谓的胜利只是一时的情绪之快，而那种情绪归根结底是不理智。多年后，我也成为一名人民教师，也遇到了各种各样的棘手问题，遇到了不少问题孩子，可是每当我被逼得将要发火时，我总能回忆起 1980 年的弃考事件。宣泄情绪不是最优解，而换位思考、协商交流才是正确之道。

笔者：您觉得在湘江师范学习的那几年，最大的收获是什么？

杨德才：学会了独立思考。

在湘师最美好的记忆是宿舍夜聊。室友们都喜欢鲁迅先生，宿舍里我们也经常讨论先生的作品，比如《孔乙己》。

记得有一晚，我上铺的小高探出脑袋问大家：孔乙己的悲剧究竟是谁造成的？室友小胖说：是时代造成的，孔乙己是旧时代的悲剧产物，他身上带着旧时代遗留下的迂腐与顽固。另一个室友说，时代确实有问题，我们无力左右时代，但可以把握自己……

我们七嘴八舌地讨论着。时而讨论鲁迅的《纪念刘和珍君》，“真的猛士，敢于直面惨淡的人生，敢于正视淋漓的鲜血”；时而讨论诗词的对仗韵律，“常德德山山有德，长沙沙水水无沙”；时而讨论毛泽东的诗词，“为有牺牲多壮志，敢教日月换新天”……虽是冬夜，但寝室里的讨论氛围却像火一样炽热。

笔者：其实不光您那个年代的青年讨论孔乙己，当代青年也讨论孔乙己。当代不少青年自比孔乙己，自嘲学历成了自己下不了的高台。当代的孔乙己之问其实就是教育之问。应试教育的疯狂入侵导致这一代家长及孩子过度迷信学历，认为有了一纸文凭就能成为人中龙凤，理想与现实的落差让当代年轻人自嘲为孔乙己。作为过来人，您对当代青年有什么建议？

杨德才：首先我想告诉孩子们，要永远相信知识有用。不要因为学历贬值，就连带着让知识贬值。其次我想告诉孩子们，解决高台之困的唯一途径就是，放平心态，找准自己的兴趣与优势，从零做起。就像我当年，两年的湘师学习时光很快就晃过去了。记得毕业那天，我再次挑着担子离开学校。不过与当年入校时的心境大有不同，担子里的东西更沉了，除了知识，还有责任。我知道，从今天起我将挑着这副重担，从零起步，奔赴光荣的教师岗位。

第二章　园　丁

孩子们是公园里的花木，埋下种子，向上生长，该开花的开花，该结果的结果。同生在一片天地间，让他们按照自身成长规律自由地吸收阳光雨露，作为老师，最重要的工作就是清理杂草，为他们的成长营造一个良性生态。

当然，“清理杂草”并不是件容易的事。

步入教育系统的杨德才，遇到了性格各异的孩子，也碰上了各色各样的问题。每当问题来临时，他总努力尝试让自己重返少年时代，以孩子的眼光看待孩子，以心唤心。

当个好老师

笔者：从湘江师范毕业后，您的职业规划是什么？

杨德才：很简单，当个好老师。毕业后，同学们大多被分配到了小学，而我被分配到了麻田中学。麻田中学是我的母校，能够回母校教书，是我求之不得的事。我把鞋子刷得干干净净，一路挑着行李来到了麻田中学。

刚进校门，就被校长叫到办公室。校长给我的第一个任务是在窗口收学费。

我不是来给孩子们上课的吗？怎么让我掺和钱的事？尽管心中有些紧张，我还是硬着头皮接了这个事。从来没有接手过这么多钱，每收一笔钱都是小心翼翼数好几遍，生怕搞错。收学费工作进行到一半，突然来了两位曾教过我的老师，要我先开个收据给两个学生，后补缴学费。为了不耽误收费进度，我就给他们开了收据。傍晚，收费工作基本结束。我清点了当天的所有费用及收据，用夹子夹好，向校长办公室走去。

结果我挨了校长的批评，校长吼我做事没原则。

第二天我就被调离了麻田中学。

同事知道后觉得我委屈。怎么说呢？当然有委屈，但是当我听到被调离的消息后，心里像卸下包袱一样轻松。因为相比于收学费、处理学校人事关系，我更想纯粹地当个老师。

我的教学生涯第二站是泉水小学。泉水小学位于另一个山头，离麻田中学只有 3 公里，因学校附近有个泉水冲水库而得名。我再次挑着行李，一路翻山越岭来到了这里。

学校只有两栋房子。一栋是教室，另一栋是教师办公室兼教师宿舍。我的宿舍是一个狭长的房间，土砖墙，泥巴地，一进去就闻见一股潮湿的泥巴味，房间只有一个不大不小的后窗，窗外无树，是一个高高的土崖，土崖后面连着山。这面土崖挡住了光线，使得狭长的房间更暗了。我放下挑子，望着房间叹气。

领导让我当三年级班主任，教一个班语文，另一个班数学。夜晚，躺在床上，辗转反侧，除了黑暗还有窗外持久的虫鸣。我咳嗽了一声，就像一个回音壁似的，立马就听到了回响。

辗转反侧，辗转反侧。不行，我得起床做些事情，我不能一味抱怨住宿条件，我来是当老师的，我明天还要上课，对，我要积极起来。

我起床，打开灯，开始备课。

工作让人精神振奋。我很快完成了教案设计，接着开始模拟上课的情景。狭长的房间里，我把书桌当讲台，想象着对面有一群孩子，我提问，设想他们的回答，根据设想，再次调整问题的设置。我反复演练，直到满意为止。

我关了灯，回到床上，还是精神亢奋。我又爬下床，打开灯，拿出三年级的花名册。反正也睡不着，那就记一下花名册吧，这样明天可以准确叫出孩子们的名字。花名册上只有名字，没有对应的性别。我按照常理判断性别，按照男女一组的形式给孩子们暂时排了个座位。我知道我做的几乎是无用功，因为我根本不了解每个孩子的特点，这样无异于纸上谈兵，可是，我还是做了。总觉得能提前多准备一点是一点，总觉得是在尽老师的责任。

座位也编排好了，我再次回到床上。我知道我必须得休息了。人躺在床上，大脑中不自觉地又开始准备开场词。

“同学们好！我是你们的新老师杨宜谷，今后我就要和大家朝夕相处了，希望……”大脑一遍又一遍地过词……不知不觉睡着了。

第二天我早早醒来。洗漱完毕，我拿着教案，打开门，朝教学楼走去。我来得太早了，整个教学楼一个人也没有。爬上二楼，径直走到三年级教室，看到教室外有一块黑漆刷的小黑板。我萌生了一个想法：闲着也是闲着，不如搞一个迎接新生的黑板报。

在我办板报的间隙，一个挎着书包的孩子朝我走来。

“你是我们的新老师吗？”孩子试探性地问。

“是的。同学你好！”

“老师好！”孩子腼腆地一鞠躬，迅速跑进教室。

听到“老师好”三个字，我开心极了。

孩子们陆陆续续地来。上课铃一响，我正式走进教室。站在讲台上，面对一群十岁左右的孩子，说实话，我紧张了。那一张张稚嫩的小脸上充满了对我这个新老师的好奇。我流畅地背出了昨晚准备的开场白，但是语速有点快。

讲课并不顺利，为了避免紧张出错，我全程没敢看学生们的眼神，只用了 30 分钟就把课讲完了，可剩下的 15 分钟讲些什么呢？好难熬啊。

下课铃响了，我朝宿舍走去。显然，第一节课不是“开门红”。我坐在书桌面前掏出日记本，写下第一节课的感受。往后每上一节课，我都做相应的总结与反思。时间一长，我的课堂越来越活跃，我教得开心，孩子们听得也开心。期末语文考试孩子们都考得很好。

1981 年 12 月的一天，校长走进我的办公室，拍了拍我肩膀，说：“杨宜谷，你明天到中心小学去，乡教育组在那里召开全乡班主任工作经验交流会。你是我们学校的代表！”

看我一脸疑惑，坐在我对面的刘老师说：“小杨，你被评为优秀班主任了！”

第二天，我来到中心小学开会。刚落座，就听到主持人说：“请本次获得优秀班主任称号的老师上台分享经验。”

一位女老师步态优雅地拿着稿子走上主席台。看来，真的要一个个上台发言了。

我没有准备，上去说些什么呢？

主持人念到了我的名字。我忐忑地站在台上，结结巴巴地说：“我是一名新入职的老师，我只知道当老师很光荣，我只知道当老师工作要认真，我只想好好当个老师，当个好老师。谢谢大家！”或许是大家听长稿子听累了，我结结巴巴说出的几句话却意外收获了掌声。

交流会结束，我领到了优秀班主任的奖品——一条枕巾。上面印着：

优秀班主任经验交流会

麻田乡文教办

1981 年 12 月

经验交流回来，我一直在思考，好老师的标准是什么？思考良久，我觉得好老师一定要树立两个观念：首先是纯粹。职业的纯粹——认认真真教书，兢兢业业教研。有这份职业的纯粹，才不会被外界所扰。其次是慎重。无论是对待课堂教学还是处理家校关系，有慎心才会有反思，有反思才会有进步。

笔者：我们觉得还需要再加一点：平等。我们仔细观察便会发现：尤其是在中小学的教学关系中，老师与学生之间存在隐形的不平等。老师作为知识的讲解者、教学的管理者，某种程度上是学生的权威。这种不平等观念的持有往往会造成老师无意识的自大，自大一旦滋长，便会形成思维定式，固化的思维模式将会忽略甚至扼杀孩子成长中出现的种种可能性。比如我们常常将孩子划分为好孩子与坏孩子，认为坏孩子难管理，想尽办法用老师的权威、学校制度的权威来压制，殊不知这种做法是不可取的。

杨德才：是的，老师无意识的自大会加剧师生关系的紧张。老师必须把学生装在自己的心里，用心用情去关爱他们。在处理矛盾时，还要把师生摆在同等的位置上，不要以师压生，唯有此才能发现问题，进而帮助学生解决问题。说到这里，我想起了曾经带过的一帮“坏”孩子。

“坏孩子”

笔者：一帮？

杨德才：是的，在有的老师和学校领导眼中，那是一帮坏孩子。

1987年9月，我从长沙教育学院脱产进修回来后，收到市教育局的调令。就这样我挑着行李来到了人生的新驿站——长沙市第九中学。

九中位于长沙市南郊的火把山上。政府将原先挤在老城区的九中迁了过来。来到校门口，首先映入眼帘的是147级“天梯”。

好陡好高！我挑着行李，好不容易爬上天梯。一边抹着汗，一边打量着。整个山头都被推平了，北面是一栋宿舍楼，南面是一栋教学楼，中间是一个好大的平地。平地上到处堆放着建筑材料。转身西望，雄伟的岳麓山矗立在眼前。岳麓山和学校之间，湘江北去，碧波荡漾，大大小小的船只穿梭其间，轰隆隆的马达声飘荡在江水上空。橘子洲犹如一艘巨轮停泊在湘江的中间！

初入新学校，意气风发，对教学充满了信心。然而，一周后发生的一件事让我心有余悸。

一天下午，我在办公室听邻桌的老师说，初一1班一个学生提着刀扬言要杀了班主任。我很惊讶，还有这事？

老师告诉我，这个1班不好管，开学不到一个月已经换了三个班主任。我很纳闷：“几个调皮捣蛋的孩子能有多不好管？”老师告诉我，不是一两个，而是一帮坏学生。

正当我不解时，刚进门的王老师拍了我的肩膀说，校长让我去他办公室一趟。

校长开门见山地说：“你是教师队伍中的新生力量，现在有个重任要交给你。初一1班是学校最难管的一个班，现在的班主任是个女老师，镇不住学生，常常被气哭。”校长问我：“你敢不敢带？”

校长接着说：“若没有人带这个班，垮掉的不仅是考试成绩，而是孩子们的人生！”

校长的话重重地击中了我。我表态愿意带，但是有个条件，给我三天时间，三天后我再接手班主任。

下午最后一节刚好是初一1班我的历史课，距离上节地理课下课还有20分钟，我匆匆向教室方向走去。

还没走到教室，就看见一个身材浑实的男孩子踹开门，举着一个凳子冲了出来，嘴里骂骂咧咧：“我他妈就是不想上了，你能怎么样？”话音未落，就把凳子从三楼扔了下去，哐当一声，重重砸在地上。

“管不了了，管不了了，你们厉害，你们是天王老子……”紧接着，就看到地理老师怒气冲冲地摔门而出，在走廊上与我迎面相撞。

“怎么了，闹这么大动静？”

地理老师是个温和的男老师，平时说话客客气气，从没见过他发火，这次这么大阵势我还是第一次见。

地理老师说：“这个班的学生完了，没救了，坏得不成样子。你不知道我今天课间看到了什么！就那个学生把女孩子堵在门上，欺负她，太不像样了！被我撞见了。我当时气得冒火，没忍住，一巴掌打在他身上……当时他恼羞成怒就要跟我干架，我吼了他两句，他就顶撞，你说，一个十三四岁的孩子哪里学的这些恶习，他们家长平时是怎么教育的？这样下去，长大了还了得……”

地理老师的话让我压力陡增。

一个男孩在过道上看见我，身子一蹦跶，跳进窗户，冲着班里同学大喊："看，看，'酒瓶底'又来了。"

我带着课本走进教室，站在讲台上的我听到了墙角几个调皮的男孩子在嬉笑着。我眼镜片2000度，那年代没有超薄镜片，高度近视的眼镜就像一个酒瓶底那样厚，我知道私下里学生们都叫我"酒瓶底"。

这个班有"八大金刚"，八大金刚之首的黎同学已经被叫到校长办公室。此时的教室里充满着挑衅骚动的气氛。一群调皮的孩子似乎在时刻准备着要在我这个"初出茅庐"的老师面前冒个泡。

"好，同学们，我们今天讲秦朝的历史。"我刚准备转身写板书，就看到一个身影大摇大摆往教室外走，是坐在最后一排的刘同学。

"站住！你干什么去？"我大声呵斥。

"历史课没意思，我不想上。"他眼神散漫，心不在焉。

"你还没上，怎么知道没意思？不妨认真听一听！"

"呵，不都一个样，上课还能有意思？"那孩子说着就扬长而去。

"老师，您别管他，他上任何课都是这样，说走就走，其他老师都管不了他。"说话的是李坚，是这个班的学习委员。"老师您别管他，快给我们上课吧！"

我喜欢用讲故事的方法来讲历史。在来九中前的那个暑假，我就在家一遍遍地备课，把中学的历史课本都背得烂熟于心，并给自己提要求，历史授课过程中一定要讲历史背景下历史人物的故事，将知识点糅进故事中去，教学生们以辩证的历史观看问题，一个暑假的自我训练，我做到了不拿课本，独立授课。

刘同学的提前离场似乎是在挑衅，也是班里的"八大金刚"给我的第一个下马威。这节课我的心态不能崩，一定要镇定自若按照自己的方式讲下去。一番心态调整后，我的讲课状态又回来了。

我讲秦始皇灭六国成帝业，讲焚书坑儒、统一度量衡，讲秦攻百越之战……因为不用看课本，我在讲台上昂着头滔滔不绝地讲，就有足够的时间来观察台下学生们的反应。我看到了第二排墙角的一个男孩子试图用打火机烧前排女孩子的头发，我一个眼神飞过去，他就把手缩了回去；我看到最后一排一个男孩嚼着口香糖，边盯着窗外边晃着腿……我边讲故事边走下讲台，眼神坚定地朝口香糖男孩的方向走过去，他似乎察觉到我的到来，眼神突然慌乱起来，我知道那不是害怕，而是不知道如何应对我突然的问候。

“来，这位同学，关于秦始皇的故事你能说出一个吗？”

男孩没有想到我会提问他，仓促地站了起来。全班同学的目光纷纷投射过来，这个男孩脸上的表情告诉我，他从来没有被老师提问过。我投之以鼓励的眼神，男孩的脸却涨得通红。

我看出了他的紧张，正当我示意他坐下的时候，男孩子脱口而出：“老师，孟姜女哭长城算吗？”

“算，当然算！你这个故事很棒！大家要向这位同学学习，他的思维很灵活，并没有局限于课本……”

教室里响起一片掌声。

哪有什么所谓的坏孩子，只是思维方式跟老师口中定义的好孩子不一样罢了。我们做老师的不能因为孩子调皮捣蛋，不配合教学工作，就将孩子定义为“坏孩子”。“坏孩子”也是孩子，也同样需要被关注，要想让“坏孩子”转变，唯一的方法就是走进“坏孩子”。

笔者：走进“坏孩子”？

杨德才：对，走进“坏孩子”的心里去，我下定决心开展家访。

两个轮子去家访

笔者：全面开展一次家访不容易吧？

杨德才：是的。回到办公室，我找到初一 1 班全部学生的家庭信息表，按照上面的家庭住址进行划区归类：火把山片区、宝塔山片区、冬瓜山片区……归好类后，我就骑着自行车，开始按照学生信息表上的地址逐一走访。

那时，长沙市很多地区还未开发，我的两个轮子驶过田间地头，沟沟壑壑。我仔细观察着周围的地形环境，哪里有电游室，哪里有小卖铺，哪里有小吃街……这些店子都是孩子们爱去的地方，我都一一记下。

我第一站到的是火把山片区，这片区住的大都是菜农户、个体户。按照地址上的门牌号，我敲开了第一家的门。

开门的是一位中年男子，这大概就是刘同学的父亲。

我向孩子家长表明了意图，家长很热情地跟我聊天。刘爸爸告诉我，他有三个孩子，他和孩子妈妈平日工作忙，早出晚归，根本没有时间管教孩子。孩子贪玩，放学后就喜欢钻进电游室。爸爸也不是没管过他，一打他，他就跑，几天几夜不回家；不打他，他就天天给你搞事情。刘爸爸说起孩子连连摇头叹息，我看出了他的焦虑和无奈。我跟刘爸爸说，三天后，我会在班里开一次家长会，希望他能够抽时间参加。

从他家里出来，太阳下山了，我骑上单车往下一家赶。

第二家是班长的家，给我开门的是她父亲。我刚坐定，她父亲就大声问我："你们到底是什么学校？天天听我女儿讲，班里纪律差，乱哄哄的，根本无法静下心来学习。你们老师是干什么的？要再这样下去，那我们家孩子就要考虑转校了……"

学生父亲说话嗓门大，我看到孩子一直给他使眼色，示意他少说点。

"您说得对，现在班级管理不到位是我们老师的责任，您家孩子底子好，有上进心，是学习积极分子。您放心，我这次家访就是为了跟家长聊班级管理问题，只要家长、老师齐心配合，这个班是能够扭转过来的……"

学生父亲脾气稍微降了一些。"老师今天的话，我记下了，希望老师能说到做到。您也放心，三天后的家长会我一定参加。"

第三家去的是小军（化名）家，他爸妈在附近菜市场摆摊卖菜。他爸爸刚收摊回来，正好在门口撞见。他爸爸说："我崽是个可怜的孩子，小时候经常发烧，打针吃药，医生说有可能影响孩子的智力。长大后他跟其他孩子比好像就是不太灵泛（长沙方言：不太聪明），但是孩子善良踏实，希望老师对他有耐心，拜托老师了！"

我和小军爸爸聊了很久，出来后已经是晚上 11 点钟了。就这样我用三天课余时间跑遍了 50 多个学生的家。

这三天，孩子们使遍了各种挑衅的手段：上课故意起哄，扯女孩子头发，翻窗打架，在一人多高的杂草里捉迷藏，在教室外废弃的建筑工地上捕鸟……他们想尽花招气我，可我就是当作没看见、没听见。这把这帮小子急得红眼，我看着他们几个小团体一遍遍地集合开会。嗨，真是孩子啊！

三天后是周一，下午放学后，我就一直在教室里等待家长们的到来。

我提前拟好了家校联合承诺书，主要有以下两项措施。第一，在我任班主任期间，我会时不时家访，跟家长们交流孩子近期学习及生活情况。这一点希望家长能够理解。第二，我拿出两个月的工资成立班级奖励基金。按照纪律、学习、生活等几大方面设立积分制。一个星期总结表彰一次，每周表现好的前五名学生有奖励。基金的所有支出由班长和生活委员共同负责，班主任不会干涉。如果家长们同意，请在家校联合承诺书上签字，如有更好的建议，恳请家长们能够提出来，咱们共同商讨……

家长们讨论得很热烈，纷纷表示为了孩子们的教育他们再忙也会配合。家长会一直开到深夜 11 点，看着收集上来的写满了建议的承诺书，我心里更有底了。

笔者： 家校联合历来都是有效的教育手段。您那个年代通过家访的形式连接家校关系，现在嘛，大多是通过微信、钉钉等各种社交网络进行连接。与上门家访相比，社群连接虽更高效，但也少了些温情。自微信群、钉钉群进入教学系统以来，也经常遭到不少家长吐槽和质疑。工作忙的家长吐槽群消息过多，不堪重负，文化程度低的家长抱怨作业太难，无法参与。有条件的家长为了让孩子得到嘉奖，强迫孩子配合参与社群打卡。长久下来，本是促进家校关系的社群却成了家长不堪承受之重，于是打卡成了形式，社群成了负担。对此，您怎么看？

杨德才： 家庭教育是教育中重要的一环，也是很难落实到位的一环。重要是因为家长对孩子的影响是深刻且全方位的，难是因为家庭教育无法考核，更无法量化。社群打卡、签到实质上就是在量化考核家庭教育，我个人觉得不太适宜。我们都是父母，试想自己忙了一天工作甚至还在加班的时候，接到家校群消息的轰炸，是何感想？家庭教育更多是陪伴教育，言传身教，是润物无声的，倘若家长有充分时间真正参与家校社群活动，那自然有效，但是倘若家长只是疲于应对家校信息，那么就变成走过场、走形式了。

小鸭崽、辣椒苗、丝瓜藤

笔者： 家校联合管理扭转的是整体的班风，对于单个的调皮孩子效果明显吗？

杨德才： 自从实行家长监督制以后，整个班风好转了不少，但是对于特别叛逆的孩子来说没有立竿见影，比如刘同学——

他个头不高，留着寸头，黝黑的脸上嵌着一双乌黑的大眼睛。这双眼睛在玩的时候常常透露出一股机灵劲儿，可是进了教室，那眼睛便显露出散漫和疲倦来。他课上做小动作，课下钻进杂草堆，不做作业，不交作业，无故迟到，习惯性早退……整日穿着一件不合身的宽大长袖T恤在校园里晃来荡去。他几乎不跟班里任何人亲近，独来独往，顶着差生的名号在学校混日子。

上一次历史课上的“霸气出走”让我对这个男孩产生了兴趣。我决定“研究研究”他。

我向各科的任课老师了解他的情况。

语文老师说：“他很懒。作业从没有按时交过，你批评他，他也不顶撞，就用他那双平静的大眼睛看着你，你从他的眼神中读不出任何信息。这是个令人摸不着头脑的孩子。”

数学老师说：“找他谈话，他一声不吭，镇定自若，仿佛他是老师，我是学生。”

英语老师说：“这孩子曾经连续旷课半个月，没回家，也没去电游室。半个月后，他带着一身的泥土回来，后来从他父母那里得知，他回乡下疯玩了半个月。因为这事，校长都认识他了，学校差点开除他。”

……

各科老师的评价进一步增加了我对这个孩子的好奇。

我从各科老师那里搜集来刘同学近一个月的作业，想从作业中找答案。他的作业本几乎都是空白格，要不就是稀稀落落地写了几行字，数学作业几乎没有解题步骤，一个解字，一行数字，一个最终答案。数学老师刚开始的批语还是鼓励式的：要记得写步骤哦！后来就变成：没有过程何来答案？再后来就是两个字加一个叹号：步骤！其他科的作业几乎也是如此草率应付，正当我将要得出和其他老师一样的结论时，我被作文本上一小段文字吸引了。

我记得很清楚的一句话是：“我对周围的生活感到厌烦。以前的日子似乎再也回不去了。”

原来这个孩子是在乡下奶奶家长大的，童年所有的快乐与美好都在乡村，突然被父母接到城里，一下子心理上适应不了。在班上没有朋友，没有熟悉他的老师，他觉得很孤单。

孩子的作文写得很真挚。这是个有想法的孩子。我一定要好好跟孩子交流，打开他的心扉。

笔者：打开心扉是所有老师经常要做的事情，又是一件不容易做的事情吧？

杨德才：是啊，打开刘同学的心扉，就费了我好大的劲。

我走上讲台准备开讲，眼睛一扫，发现刘同学又不在教室。下课后，我开始在校园里寻找。孩子们课间活动的范围也就是空旷的山顶。湘江上的运沙货船哒哒哒地响着，山顶上除了教学楼里偶尔响起孩子们朗读声外，只能听到嗷嗷叫的风声。火把山上到处都是裸露的土地，植被最好的地方就是堆放建筑材料那一片空地。因为那里既不是运动场也不是教职工开会的地方，教学楼完工后便废弃在那。茅草长得有一米多高，山风吹得它们时而隆起时而倾倒。

“小刘同学在这里吗？”我站在废弃堆外冲着草地喊。

风呼呼地吹，江面上的马达声哒哒哒地轰鸣着。

无人应声。

但我分明听到了有不耐烦的叹气声。看到草地中间好像有点稀疏，拨开草，我钻了进去。

只见一个少年躺在草地上，跷着二郎腿，嘴里叼着一根狗尾巴草，眯着眼睛，很享受的样子。他就是刘同学。

显然，我的闯入扫了他吹风的兴致。他瞥了一眼，缓缓起身，拍了拍身上的杂草，正准备与我擦肩而过。

“不再吹一阵吗？你这伢子可真会找地方，躺这里吹风，蛮舒服呐。”说着我也就身躺在草地中央。

刘同学愣住了。

“再躺一阵吧！反正这节课已经上了十几分钟了，你这会儿进班不是有点讨嫌吗？躺下来，我们聊聊天，吹吹风。”

听我这么一说，他停住了脚步，“这可是你批准的哈，不是我故意要逃课的。”

“当然，我批准的。”

躺在草地中央，四周的草真是很好的屏障，风也柔和了许多。我和他聊了许多。

聊童年。孩子一听到我讲小时候和伙伴们一起看斗牛，抓鱼捕鸟，他眼里就泛光。他也打开话匣子，给我讲小时候的寄养生活，讲爸妈偏心，讲受班里同学的孤立……

这孩子心思细腻。我开导他，试着跟同学、老师交朋友。在朋友那里，在学习当中，找到乐趣。

此后的一个月，他的各科作业全由我来批改。我在每一科作业本上都写几句批语，我相信他会看的。历史课上，我格外关注他，时不时盯着他的眼睛讲课，期望他能够与我互动。刚开始，他依然是我行我素，吊儿郎当看着窗外，两耳不闻窗内事。后来，我经常走下讲台授课，故意在他周围停留驻足。慢慢地，他好像脑袋放正了，不再偏着脑袋看窗外了。我有意调了一个爱笑的活泼姑娘与他同桌，希望带动他的表达欲。我观察到，刚开始他还是很少与同桌说话，可后来在一次历史讨论课上，他也跟着大家热火朝天地讨论，甚至还瞥见了他哈哈大笑。

后来的两个月，刘同学逃课的次数逐渐减少，作业也积极上交了，放学后经常和班里的张鑫同学搭着肩膀一起说笑着回家。那一刻，我知道这个孩子的快乐已经在赶回来的路上了。

来年开春，我和妻子领了证。在九中领导的关怀与支持下，我在教师宿舍举办了简单的结婚典礼。结婚那天正好是周六，小小的房间挤满了初一 1 班的孩子们，又是给我打扫卫生，又是给我布置新房，个个忙得不亦乐乎。

第二天一大早，我正在洗漱，突然听到窗外空地上有动静。我走出房门一看，只见一个男孩子背对着宿舍楼，拿着锄头，猫着腰，吭哧吭哧地在锄地。看背影像是班里的刘同学。

我纳闷地走过去，问他在干吗？谁知这孩子从脚边的塑料袋里掏出来一把辣椒苗和一包丝瓜种子。

"老师，您结婚，我也没什么好送您的，想着给您种些菜。"

当时我一下子愣住了。我的眼前又浮现出当初那个跷着二郎腿、嘴里叼着狗尾巴草、躺在草堆里吹风的少年。

刘同学种完菜，临走时，还递给我一个小纸箱。我问他："这又是什么？"他说，不要我看，等他走远了再看。说完这孩子一溜烟跑开了。

我抱着箱子回到了宿舍。一打开，是两只毛茸茸的小鸭崽。

看着机灵的小鸭崽，我想到了我一届届可爱的孩子们。我知道我唯一能做的就是：培养他们好好长大。

笔者：庆幸这个孩子遇到了您。我们常说问题少年难教育，难在哪里？其实，难就难在选择最恰当的教育方式。

杨德才：有的老师习惯性用成年人的眼光思考青少年问题，喜欢给学生贴上"好学生"和"坏学生"的标签。

家长为什么要送孩子来学校读书呢？就是希望孩子们在学校里学会做人，掌握知识。人之初，既不是性本善，更不是性本恶。他们生下来就是一张白纸，老师、家长就是美术师。我们要想方设法描绘最美的图画，而不是随心所欲一顿胡乱涂鸦。在我们的心目中，应该只有会变好的学生，没有什么坏学生。万一真出了违法乱纪的学生，我们就要反思，教育的哪个环节出了问题。

深夜，蹲在火车站的爸爸们

笔者：初中阶段的孩子正值青春期，这个年龄段的孩子涉世未深，思想不成熟，抵抗力不强，容易受不良思想的影响。您有这样的教学案例吗？

杨德才：那就多了。打架的、谈恋爱的、辍学的……

20 世纪 80 年代，正赶上辍学打工潮。那年代，法制不够健全，社会中充斥着暴力不安的气氛。社会上的混子就盯上了思想尚不成熟的中学生，带偏了一批正在上学的孩子们。我知道有这种现象，可从未在我班上出现过。直到 1989 年 11 月的一个下午。

那天下午，孩子们放学了，我没有立马走，在办公室忙完，已经近六点了。刚准备下学校的“天梯”，模模糊糊看见有个人拄着一根棍子敲敲打打地往台阶上爬，看着动作很急。我看他行动不便就跑下去帮他。跑下去一看，才发现他是我们班婷婷的爸爸。婷婷爸爸有眼疾，一只眼睛看不见。他抓住我的手，哭诉说救救他女儿。

原来，婷婷已经连着几天没有回家了。她爸爸眼睛不方便，也不知道到哪里找她。

我很吃惊。婷婷是个身材高挑的漂亮姑娘，平时性格乖巧。她怎么可能夜不归宿呢？婷婷爸爸情绪很激动，一直在说：“孩子是不是结交社会上的人了？是不是沾染什么恶习了？不然怎么不回家？”

我问婷婷爸爸，孩子最近有没有异常言行。孩子爸说，女儿最近老是跟他吵架，还嚷着不上学了，要去火车站打工。我一听到火车站，立马带着婷婷爸爸去火车站找人。

赶到火车站已经下午七点多了，火车站人头攒动，灯火通明。我和婷婷爸爸站在车站入口处张望着。火车站人杂，有摆地摊的小商贩，有熙熙攘攘的乘客，还有一些嘴里叼着烟、戴着墨镜的烫发青年。我们在这群人里极力寻找婷婷。

我进火车站找，婷婷爸爸在火车站入口处找。车站售票处排着好长的队伍，我一列列地找，但凡看到年轻高挑的姑娘我都仔细留意。半个小时过去了，还是没找到人。我想着婷婷是一个乖巧的姑娘，没有那么大勇气突然离家出走，应该去火车站广场附近找找看。

我拉着婷婷爸爸在火车站广场人流量最大的入口蹲守。我们到入口时，发现有几个中年男人也在那蹲着。我好奇地问他们是干吗的？结果他们说也是找孩子的。

那一夜，我们在火车站广场蹲守了一夜，没有结果。

我和婷婷爸爸商量第二天如果孩子回学校了，我们就给孩子做工作；如果没回校，就报警。第二天，婷婷来上课了，不过精神状态极差，上课也不认真听讲。

下课后我叫住了她，告诉她我要去她家家访，让她在校门口等着我。我匆匆地结束了办公室的工作，急忙跑下台阶，朝校门口走过去。刚出校门，就看到几个社会青年将婷婷围堵在墙角，对她动手动脚。

“你们搞么子（长沙方言：什么）！”我怒声一吼。

“你他妈少管闲事！”二流子青年比我的吼声还粗。

我厉声警告：“滚开，再不滚我报警了！”

他们听到报警二字，就悻悻离开了。

我问婷婷，认识他们吗？她说认识其中一个，但不熟。

我又问怎么认识的？ “在火车站认识的。他说可以帮我找工作……”

“傻姑娘！他们是社会上的混子，怎么能信呢？你爸爸昨晚为了找你，在火车站蹲了一夜，你知道吗？”我又生气又无奈。

原来，婷婷昨晚住同学家了。

“走，我带你回家见你爸爸。”

家里锁着门。邻居说婷婷爸爸去火车站了。

我们赶往火车站。

“爸爸眼睛不好，被别人撞倒了怎么办?”一路上，婷婷止不住地哭。

我们找了长沙火车站的中心广场、车站口、车站内……最后在广场附近的烧烤摊找到了婷婷爸爸。

笔者：我们常常问，教育的目的究竟是什么？仅仅是教授孩子课本上的知识点吗？仅仅是教出一批只在课堂上听话的孩子吗？答案显然是否定的。古人云：师者，所以传道受业解惑也。传道传的是知识之道、为人处事之道。解惑，解的是学业之惑，更是成长之惑。

杨德才：我们的首要任务不是一味抓成绩，而是抓好孩子的身心健康。教育的终极目标是培养德、智、体、美、劳全面发展的社会主义建设者和接班人。要想实现这个目标，需要建立学校、家长、社会配套的立体教育网。学校、家庭、社会各司其职，互通信息，倾力配合，为青少年成长营造一个健康安全的成长环境。

“刘海”遮住的眼睛

笔者：在青春期孩子的教育上，您认为老师最应该关注什么？

杨德才：最应该关注孩子的心理变化、情绪变化。青春期的孩子心理更敏感。这一时期，孩子们的自我意识都处于萌发阶段，他们会有很强烈的自尊心，倘若没有人对其引导，他们很容易陷入消极情绪中无法自拔，轻则叛逆，重则自杀。我曾遇到过一个性格内向的女孩子兰兰（化名）。

她总扎着低马尾，留着厚厚的刘海，一副闷闷不乐的样子。她成绩一般，上课总是低着头，就连站起来回答问题也是垂着脑袋，你永远看不到那厚厚刘海下的眼睛。下课她总趴在桌子上，也不是在睡觉，就是静静地趴着，周围同学的打闹声似乎永远与她无关。

一个花季少女为什么天天这么没精气神？我按照学生家庭信息表上的电话给她家里打了过去。接电话的不是孩子的爸妈，而是孩子的姑姑。电话中，我了解到兰兰的爸妈已经分居很久了，平时都是兰兰一个人待在家。孩子的生活都是姑姑照顾。我与孩子的姑姑约定周日见面谈谈孩子情况。

周五下午有历史课，我照常去教室上课，却发现兰兰不在座位上。问学生，学生说没见到，问任课老师，任课老师也说没见到。我心里一紧，有种不好的预感，立马给她姑姑打电话。孩子的姑姑急得哭。挂掉电话，我就往孩子家里赶。

兰兰家住的是老式的家属楼。我比她姑姑先到，使劲敲门没人应。过了一会，她姑姑气喘吁吁地赶来。

我对孩子姑姑说："快打开！孩子有可能出事！"姑姑掏出一串钥匙，慌乱地往钥匙孔里插，人越紧张，钥匙就越插不进去。我一把夺过钥匙，把门打开。

我们冲进客厅，客厅没有人；孩子姑姑直奔卧室，门反锁着。

怎么办？只能撞。

我使劲朝那扇老旧的木门撞，撞了几十下，终于撞开了。

孩子躺在床上，旁边是一个空安眠药瓶子。我背起孩子就往医院跑，洗胃、抢救，最终救回来了孩子一条命。

在医院里，兰兰姑姑告诉了我孩子的家庭情况："孩子爸妈在闹离婚，天天都在外面住，把孩子一人撂在家里。她爸妈给了她钱，让她天天自己出去买吃的。我在厂里上班，平时工作忙，只能周末过来看看她。这孩子内向，有事都埋在心里。我知道孩子心里有苦，但我没想到她会干这傻事……"

孩子醒来后，默不作声，只是吧嗒吧嗒掉眼泪。我找到孩子父母，她父母说双方已经离婚了，孩子抚养问题正在商量。看到这样的父母，我也气不打一处来。可我是老师，没有权力直接教训她的父母，只能千方百计地引导孩子。

出院后，孩子归谁管还没有着落。我看孩子可怜，就把孩子暂时接到我家住。我和妻子轮流开导她。

我妻子说："你不能拿父母的错来惩罚自己。你从娘肚子里出来，就是一个独立的生命。你已经长得这么大，这么高了，你应该珍爱自己的生命。"

我继续开导："爸妈合不来，选择离婚，这是他们的事，你也管不了。你是中学生，懂事了，应该选择正确的人生道路。"

就这样，兰兰在我家住了半个月。

她离开的那天是周日，我一大早就去学校开会去了。回来的时候，我看到家里桌子上留了一张小纸条。

上面写着："老师，您说得对，我要选择自己的人生，好不容易来世间一趟，我不能弃权。"

周一开学，我步履轻快地走进教室，继续激情昂扬地讲着我的历史课。忽然间，我抬头一望，瞥见了第三排靠窗那双漂亮的大眼睛。

是的，那就是兰兰。她不仅掀开了那厚厚的刘海，还扎起了高高的马尾！

笔者：有人靠亲子关系治愈了一生，有人则需要用一生去治愈亲子关系。亲子矛盾的实质是彼此价值观的冲突。不同价值观、教育观的相撞必然会产生诸多矛盾。对此您有哪些建议？

杨德才：我曾和一位年轻人探讨过这个话题。她说了一个让我深思的观点，她说：父母在用亲情绑架我们，我们是否也在用所学霸凌父母？老实讲，我被她这句话触动了。当代年轻人在背负父辈亲情之压的同时，也在痛苦地自我反思，他们理解父辈的不易，也明白矛盾的根源是彼此间价值观的冲突。年轻人在努力调整自己，与父辈和解。那么父辈呢？是不是也应该尝试着与孩子和解？

我又想起前面讨论过的话题，教育的目的到底是什么？有人说，教育的目的是挑选，是淘汰。从小学到中学再到大学，一直是通过成绩、通过分数来挑选，来淘汰。似乎成绩越好、学历越高的孩子就越有出息。我不赞同这个观点。我觉得，教育的目的不是挑选，不是淘汰，而是培养。培养什么人呢？培养社会主义建设者和接班人，接班人的岗位有分工，有脑力劳动者，有体力劳动者，有公务员，也有清洁工。他们是完全平等的，没有贵贱之分。教育的目的如果只是挑选，只是淘汰，那就不会过多关注那些学习成绩不佳的学生，“不放弃每一个学生”就只是一句口号、一句空话。

我们许多家长的内心深处还是那个流传了几千年的老观念——学而优则仕，劳心者治人，劳力者治于人。总是希望孩子成为人上人，成为社会的精英。当孩子学习不够努力，家长的愿望可能落空，家长就会失望，就会用亲情来绑架孩子。孩子呢？不买家长的账，于是矛盾冲突越来越厉害……

我们当家长的，当老师的，制定教育规则的，真的该好好反思一下了，我们的教育思想是不是还沿袭着封建社会那一套。

落后观念不抛弃，悲剧永远不会结束。

没有门牌号的房子

笔者：您教了那么多学生，保持联系的学生多不多？

杨德才：很多。但我记忆最深刻的还是白树根（化名）。那是前两年的事，一个男人来到我的爱康按摩店。我以为他要按摩就热情地招呼着他，可他一上来就紧紧地抱住我哭。明显感觉到那是一个身材魁梧的男人。我问他是谁，他哽咽着说：“老师，我是您的学生啊。”

原来，他是白树根。

白树根是我在九中教的一个学生，长得黑黑瘦瘦，每天在教室里窜来跳去。听班里学生说他爱去电游室玩，开家长会我从没见过他的父母来。我想抽机会去他家看看。

那是11月底的一个下午，阴天，我本打算当天下午放学去白树根家家访。可放学后我去车棚推车，却发现自行车轮胎被人扎了。知道又是班上的调皮孩子干的，我二话没说，推着自行车就往教室走去。

班里的同学都在收拾书包准备放学，见我推着车进了教室就安静了下来。

我指着自行车问："同学们，这是什么？"

学生们回答："自行车啊。"

我说："不对，这是老师的腿，这是老师与你们爸妈之间的传送带。老师天天骑着它挨家挨户家访，在家访的工作中，它立下了汗马功劳。倘若我们班取得了好成绩，那一定少不了它的功劳。然而就在刚刚我发现，车轮子被人扎破了。不管是谁扎破的，我不再追究，但是，做人要勇敢承认错误，要有担当。"

我话音刚落，白树根"唰"地就站起来了。

看着眼前这个黑瘦的男孩低着头承认错误，我没有批评他，反而表扬他的诚实。但我心里知道，这孩子是不想让我去他家家访。为什么呢？我需要答案。

第二天下午放学，我在街上随意买了点吃的，蹬上自行车就按照学生信息表上的地址赶去。地址上写的是道坡28号，可我把周围社区走了个遍，都没有找到。我心里打鼓，是不是写错地址了，根本没有这个地方？不想放弃，于是我就问附近的居民，他们说道坡28号在铁路边上。

一个老嫔驰给我指路，往铁路方向走就对了。

越走越觉得不对劲。周围根本没有像样的房子，看到的只有碎石杂草。这时，老嫔驰在后面远远地喊，铁路旁边那个小棚子就是道坡28号。

我很吃惊：那个小小的歪歪扭扭的棚子就是白树根家？

这是一个临时用木头搭建的小棚子，长久的风吹雨淋，棚子显得十分破旧。慢慢走近，看到棚子外堆着大大小小的塑料瓶，还有废纸盒。有的废品已经整理好打了捆，有的还散落在杂草地上。

这是一间没有门牌号的棚子。

我试探性地朝木棚子喊道："请问有人吗？这是白树根家吗？"

"哪个喽？"一位老娭毑颤巍巍地走出来。

这个娭毑看着有70岁。驼着背，短发齐耳，有些凌乱。我向老娭毑解释，我是白树根的班主任，今天来家里看看。我话音还没落，老娭毑就情绪激动，开始哭脸，嘴里念叨着："是不是又惹祸了？作孽，作孽……"

孩子的家庭情况是这样：孩子的妈妈生下他就走了，他爸爸后来又娶了一个妻子，就不管孩子了，现在孩子由奶奶照顾。祖孙俩的日子不好过，平时生活主要靠孩子的姑姑接济，老娭毑为了贴补家用，天天出去捡废品。

打量这间小棚子，我心里不是滋味。棚子里十分拥挤，一个简易灶台上面挤着锅碗瓢盆。我掀开锅盖看，娭毑说那是早上剩下的粥。两张床紧紧巴巴安在棚子里，一张木床上面堆着孩子的衣服，床下面放了几双大大小小的鞋子，显然是别人穿旧的鞋。另一张是用砖头支起的小床板，上面铺着旧床单，一个吐着絮的枕头挤在一堆旧衣物中。

实在是太拥挤了，我站在里面难以自在地腾转挪移。

趁老人给我倒水的间隙，我赶快掏出口袋里所有的钱，迅速地塞进那堆旧衣物中。

走出小木棚，天已经快黑了。白树根这孩子还没有回家，定是又去玩电游了。我回望那个风雨飘摇的火车道旁边的没有门牌号的房子，心中翻腾着苦味。

第二天下午放学，我没有回家，径直朝道坡方向走去。

道坡附近有几家电游室，白树根一定在那儿。我蹬着车子往那方向赶。我一家家地寻，拍了好几个黑瘦孩子的肩膀，发现都不是。最后在电游室的一个不起眼的角落里发现了白树根。我一把把他揪出来。他惊恐地看着我："老师，您怎么在这？"

当时我就冲他吼："我不到咯里（长沙方言：这里）来，何解会晓得你在咯里玩电游嘞?！你玩得咯样开心，你玩电游的钱是何什来的（长沙方言：怎么来的）？你晓得吗？是你奶奶在铁路边上一把汗一把泪捡废品换来的啊……"

他不说话，咬着嘴唇，吧嗒吧嗒掉眼泪。

后来，我每个月从工资里挤出一些钱悄悄给孩子奶奶送去，平时有空，我也会骑着车载着白树根去菜市场买些肉，送他回道坡。每次我都叮嘱他："回家一定要多看看奶奶，看看她的脸，看看她的背，你在长大，奶奶在变老。"

教了他一学期后，我就被调走了。后来这孩子去了哪里，干了什么，我一无所知。如果不是这次他亲自上门来找我，我真把这孩子给忘了。

笔者：记得一个小学老师说过这样的话："走出校门以后，与老师联系得密切，经常来看老师的，并不是班上学习成绩最好的学生，反倒是曾经让老师伤透脑筋的那群调皮孩子。"白树根找来了，说明这孩子记得老师啊。那你们聊了些什么？

杨德才：聊了很多。他现在在做销售，是一个区的业务负责人，谈了女朋友，前不久还成了家。他说自己虽然没有成大器，但也在脚踏实地生活。临走时，他告诉我：他要当爸爸了，他说他会当个好爸爸！

笔者：什么是成功的教育？白树根的故事让我们对教育有了更深的理解。成功的教育一定不是单一地看培养出了多少个"双一流"，多少个海归博士，而培养懂感恩、知奋斗、能吃苦、肯负责的人才是教育的意义所在。老师除了传授知识，还需要身体力行潜移默化地教化、影响学生。白树根从您的教化中体会到亲情的不易，感知到家庭的责任，出生在不幸家庭的他没有重走父辈的弯路，相反他从父母失败的婚姻中感知到家庭建设的不易，懂得珍惜，懂得守护，这才是您给孩子带来的最大的影响啊。

杨德才：您过奖了。我只是做了一个老师该做的事。当我知道孩子家庭状况时，说实话我有点担忧。大家都说离异家庭的后辈离婚率很高。父辈对婚姻的不珍惜、不重视会影响孩子对婚姻关系、家庭关系的认知。他们会觉得争吵没什么大不了，离婚也没什么大不了。当然我并不是倡导大家强撑着不幸的婚姻，而是说要严肃对待婚姻，对待家庭、婚姻不可儿戏。父辈在做，后辈在看，父辈对婚姻家庭的错误认知很有可能被后辈效仿，甚至重蹈覆辙。这在本质上就是不良亲密关系的代际传递，而我们教育者要做的就是尽量阻止这种代际传递。

杨家大屋

笔者：从您的这些故事里，我们看到了一颗炽热的心。您为什么如此热爱教育呢?

杨德才：有味啊！我觉得当老师很有味，和孩子们在一起很有味。

还记得 1982 年，我被调到卯田中学。我挑着行李，来到了校门口，望了望校门。这不像一所普通的校舍，更像是一座城楼。大门上方写着“卯田中学”四个大字。四个字行书中略带草书的味道。

还没有放下担子，一个中年男人迎上来拉住我的手，“小杨啊，欢迎你来到我们卯田中学……”

这人高高瘦瘦，腰板很直，穿一双老式黑布鞋。他就是卯田中学的校长，后来我才晓得是他去泉水小学要人，把我调过来的。

校长热情地接过我的行李，引我进了校门。校长告诉我，这里原来叫“杨家大屋”，是一个大地主的房子，整栋房子坐北朝南，像一口大印章，四周砌了九米高的城墙，将房子围住，就像一座城楼。走进大门，是一个宽敞的过道，过道两侧各有一间大房子，是大地主的管家住的。出过道，是一个好大的院落。院落左手边是一棵千年桂花树，修剪得十分精巧，散发着幽香。右手边是一棵好大的白玉兰。客厅里摆放着三张乒乓球桌，显然这是孩子们的活动室。

校长带我来到客厅东侧的正房。“小杨，这房间给你作办公室和卧房，好好休息，安心在这工作。”

这间屋子敞亮，采光很好。门的左边是一扇宽大的雕花窗，窗前是一套老式桌椅。桌子上放着一盏煤油灯、一块钢板、一支铁笔和一个手推油墨印刷机。

院中有一口老井，冬天冒热气，夏天藏冷气。行走在这栋古建筑里，仿佛穿越到古代，成了身着长袍，手拿戒尺的教书先生。

冬日，雪花飘落，小院中红梅怒放，冷香扑鼻。每当落雪，我就带着学生们走出教室，站在雪中观赏红梅。我让他们去看、去闻、去感受。这不仅是一堂作文课更是一堂美学课。

起初孩子们只是新奇，只是想出来玩雪，可是随着我对有关梅花的古诗词讲解愈来愈多，我发现学生们脸上表情变了，他们有的痴痴地望着，有的闭着眼睛静静地感受着，有的凑近鼻子深深地嗅着。雪地里，我望着孩子们，孩子们望着红梅，那一刻，我觉得当老师无比幸福。

夏日，烈日当空。知了在树上叫，孩子们在教室里闹。炮楼上的炮眼透过骄阳，似乎在冒火。为了给学生们解暑，我从后院的深井里打来两桶水供他们洗脸。记得有次刚把井水打上来就听到校长喊：“杨宜谷，快去看看你们班同学吧！有几个学生在水库洗澡呢！我死活叫不回来，他们听你的，你快去。”

当时我扔下水桶，立马冲出校门，向水库方向跑。我气喘吁吁跑到水库边，站在堤上大吼："你们几个给我上来！我数到三，不上来我就下水抓你们。"水里的几个男孩子平日里调皮得很，这会儿趁午休时间出来游泳，被校长看见了，我才知道情况。他们听到喊声，都乖乖地游了上来。

山里孩子野惯了，这种情况是常有的事。一放学，我就在山路附近盯他们，整个卯田中学的捣蛋学生都被我逮到过，校长知道学生们怕我，每次有搞不定的调皮孩子，校长都让我出马。

在学校里，校长对我好，孩子们喜欢我。在这样氛围里，我干得很有劲！因此教学上我也总想搞出些花样来。比如那一年的学雷锋日。

1983 年 3 月 5 日，是毛主席为雷锋同志题词 20 周年纪念日。我提前给校长打招呼说我要举行一个活动。3 月 5 日清晨，我带领我们 19 班开始布置活动会场。会场设在大厅。我们把乒乓球桌抬走，摆上一排排板凳，作为观众席。舞台上方悬挂着红色条幅，上面七个字：尊师重教学雷锋。

九点半，活动正式开始。

主持人是我们班的李婵娟（化名）同学。她说："尊敬的各位老师、同学，今天是一年一度的学雷锋日，也是毛主席为雷锋同志题词 20 周年纪念日，我们 19 班同学借此机会向各位老师说说心里话。"

我站在后台，为一个个即将上台的同学加油打气。好多孩子第一次上台，第一次面对全校师生讲话，他们不免心里紧张。早在一周前，我就布置了这个任务，让孩子们为每一位老师写一段心里话，为老师准备一个小礼物。这礼物不许用钱买，每人去山上选择一株植物，回家自制一个小盆栽送给老师。我想在这一天让学生们更加懂得感恩。

同学们都积极参与。看他们手里抱着的，有油菜花、山茶花、桃花、迎春花……色彩斑斓，争奇斗艳。他们兴高采烈交流着自己盆景的制作过程。

多年后的今天，每每回忆起卯田中学的教学经历，总有点想哭。

在我心中，红梅、飘雪、松柏都是教学生涯中最美的记忆。

笔者：你有为之骄傲的学生吗？

杨德才：有啊。怪啊，我感到骄傲的学生不少是当年调皮捣蛋的学生。这些当年被家长、老师冠名的“差生”反而在社会上发展很好。有的开了建材厂、有的开了电商公司、有的在做餐饮连锁。像夏文光、李国良、梁朝辉、王立新，这些孩子不但发展得好，还特别懂感恩。我常常反思，什么是好的教育？三百六十行，行行出状元。学习成绩并不能定终身，只要能够培养起孩子良好的生活习惯、健全的人格、积极的心态，无论做什么都能成功，哪怕不成功也能收获幸福人生！

岳阳楼之行

笔者：作为历史老师，您觉得人文学科的教学应该注意什么？

杨德才：培养孩子的感悟力、鉴赏力。这个教学目标很难进行量化考核，所以我一直在寻找方法。比如带孩子们出去采风。

1991年端午节，我兑现承诺，带孩子们去看岳阳楼。为了确保行程的安全，我邀请了3位学生家长陪同。凌晨5点，我和孩子们在学校集合完毕，随后往长沙火车站进发。老式的绿皮火车慢吞吞地走着，11点左右到达了岳阳。

岳阳楼地处岳阳古城西门城墙上，紧挨着洞庭湖。这是一栋三层楼阁，四周飞檐线条灵动，阳光照射在楼体上，岳阳楼像一个金阁，给人一种仰望的气势。登上阁楼，它内部精巧的美才逐渐显露出来。走进一楼，迎面就看到汉白玉石壁上雕刻着宋代文学家范仲淹的《岳阳楼记》。

“孩子们，这就是我提到的《岳阳楼记》，你们过去摸一摸，读一读。”

孩子们都簇拥上去，一群初中的孩子对于长篇的文言文还是有些畏惧。他们用手指着，磕磕巴巴地读着第一段。“庆历四年春，滕子京贬谪——不对，谪守——巴陵郡，越明年，政通人和，百废具兴……”

看着他们虽磕巴但认真读的样子，我觉得是好事情，文言文的学习就是一个语感的获得，而语感的获得靠的就是多读、敢读、反复读。

“同学们！老师接着你们的读。予观夫巴陵胜状，在洞庭一湖。衔远山，吞长江，浩浩汤汤，横无际涯……孩子们看，范仲淹老先生只用了六个字就把洞庭湖周围的事物囊括进去了。什么叫衔？衔是用嘴巴含着，嘴巴叼着。一个衔字写出了动态，用词妙就妙在这里，孩子们再看，吞长江，一个拟人化的吞字写出了洞庭湖吞吐长江水的浩荡气势。接着，作者用八个字‘浩浩汤汤，横无际涯’将洞庭湖的大、宽精准地展现出来，孩子们跟着老师再读一遍这几句话。”

孩子们读着：“衔远山，吞长江，浩浩汤汤，横无际涯……”

一个男孩说道：“老师，这几句读着感觉不一般啊！”

“怎么不一般，说说看！”

男孩回答：“读起来很顺口，而且读出来心中很畅快的感觉……”

我很开心，同学们有了收获，我接着说：“是啊，这就是语言的精妙之处，仅仅寥寥数笔，不仅绘出了画，还变成了音乐，流进了读者的心里。这就是音律之美啊！当你心情郁闷时，就读一读《岳阳楼记》，将胸中的烦恼喊出来，心中会畅快许多。背岳阳楼记很解压的，大家不妨试试看。”

同学们都点头。

我们接着参观了二楼，三楼。

站在岳阳楼上，向下看是烟波浩渺的洞庭湖，往前望是青螺似的君山。“同学们，快看，那是君山。相传君山是 72 位螺娘娘忍痛脱下的螺壳所化，使来往的船只有地方停靠，不被恶浪吞没，故把山比作青螺。”

下了岳阳楼，我们来到岸边，买了票，上了轮船就向湖中小岛——君山进发。随着船的行进，眼前的青螺逐渐具体化。下了船，满眼的碧绿。山上植被极好，郁郁葱葱的树木如水洗一般，浓浓的绿让人想大口呼吸。我们参观了湘妃祠，湘妃祠周边生长着大片的竹林。孩子们又问道："老师，这竹子上怎么有这么多紫褐色的斑点?"

这时，我就趁机给孩子们讲娥皇、女英的故事："大家看到的是斑竹。相传舜帝南巡苍梧而死，他的两位妃子娥皇和女英在湘水上望苍梧山哭泣，泪洒竹子，化为斑点，故名斑竹又名湘妃竹……"

孩子们听得入了神。

接着我们又来到了传书亭。传书亭位于龙舌山头的东侧，掩映在青翠浓密的树木丛中，我给孩子们讲，"传说唐代一名叫柳毅的书生进京赶考未中，在出京的路上，看见一个满脸愁容的牧羊女，他上前询问得知，该女子为洞庭湖龙女，下嫁泾阳君，受到其长期的残暴虐待。他受龙女之托，送信到君山，找到桔井，在井边的桔树上敲击三下，守门的巡海神就将他接进了龙宫，将书信递交给龙王。最终龙女被救，龙王将女儿嫁给柳毅。人们为了纪念柳毅，将桔井改名为柳毅井，并在井旁建了柳毅传书亭。"

我们看了柳毅井、洞庭庙，看了飞来钟，去了飞升亭，到了钓鱼台……游览了一遍后，已经下午五点多钟了。我和几位家长招呼着孩子们集合准备回去。结果在清点人数的时候，发现少了两个人。

我慌了。眼看着轮船要开走了，这俩孩子却不知跑哪去了。情急之下，我让随行的几位家长先带着孩子们坐船回去。我原路折回，一路放肆喊。

最后在竹林里找到了两个孩子。可那时最后一班船已经开走了。我带着两个孩子在岸边的亭子里将就了一夜。湖边蚊子极多，我睡不着，两个孩子躺在亭子里的石板上，不一会就睡着了。我倚靠在石柱上给他俩拍了一夜的蚊子。

笔者：这个场景让我们好感动——孩子睡着，老师醒着。老师驱赶着蚊虫，守护着孩子的梦！

杨德才：因为这个小插曲，第二天我们意外看到了洞庭湖日出。

霞光洒向湖面，湖面像是铺了层金鳞，闪闪发光。湖中心越来越亮，慢慢地，一轮红日从湖心吐了出来，孩子们惊讶地看着红彤彤的太阳从湖面上缓缓升起，一脸激动。我们的岳阳楼之行也以观看湖上日出为终点，圆满地画上了句号。

笔者：您和学生的岳阳楼之行有学、有乐、有感、有悟，是一堂生动的户外课！我们不禁想到北京人民艺术剧院演员李光复曾说的观点：主张行万里路，破万卷书，悟百种业。他强调读书与实践二者不可偏废。好的教育不能仅仅局限于万卷书，还要到广阔的现实世界中体验，在亲身体验中把握理论与实践的距离，在理论与实践的反复观照中体悟人生。

杨德才：如果说读万卷书、行万里路讲的是教育，那么悟百种业讲的则是人生。还记得我曾带学生参观马王堆汉墓，参观铜官窑……如果没有那场车祸，我可能会当一辈子老师，带着孩子们读书、行走、体悟，可厄运这种东西谁能想得到呢？

第三章　我成了盲人

厄运到来时，不会提前给你打招呼，它会以风驰电掣的速度将你重重撂倒，砸晕在地。等你缓过神想要还击时，却发现自己竟然连出拳的方向都找不到。

1997 年那场车祸将杨德才狠狠甩进黑洞，随之被吸卷进去的还有婚姻、家庭、事业以及他那视如生命的自尊。他拼命挣扎，他必须战胜它，哪怕身处黑暗，他也要打败它。就像小时候那样，他要将“敌人”重重撂倒，然后死死扣住。

杜鹃啼血

笔者：失明20多年来，面对那么多记者的采访，您为什么对当年的车祸从不详细讲述呢？

杨德才：可能是当时的我还没有放下吧！不过现在已经淡然了。与其说，这是你们对我的访谈，不如说，这是我对自己生命的回顾与总结。回忆当年车祸，脑海中最先冲出来的是儿子和妻子，是漫山的红杜鹃……

1997年，我和妻子换了新房子，全家从伍家岭搬到了东风路。乔迁新居，家里老人高兴。早在月初，岳母就说想来看看我们的新房子，我和妻子因工作忙一直没把老人接来。

清明节那天，我和妻子带着七岁的儿子星星坐上朋友的车，回老家扫墓。出发当天，星儿很兴奋，在车上叽叽喳喳说个不停。路上，星儿指着远处说："爸爸，山上红红的一片，那是什么花？"我顺着儿子手指的方向看去，红艳艳的杜鹃花漫山遍野，像一块花毯子顺着山坡自由铺开。我告诉儿子，那是杜鹃花。儿子又问："爸爸，杜鹃花怎么那么红啊？"我就给他讲蜀国的君王望帝的故事：望帝很爱他的百姓，后来禅位给丛帝，自己隐居于西山，谁知丛帝后来变得残暴独行，不问百姓疾苦，望帝为了让他醒悟，化为杜鹃鸟，每当春季，就在西山周围拼命啼叫："民贵呀，民贵呀！"直到嘴巴啼出了血，鲜血洒落，染红了漫山的杜鹃花。记得当时儿子问道："爸爸，那杜鹃花就是国王的血染成的喽！"一路上，儿子嘴巴不停，一直在问，我跟在问题后面，不紧不慢地回答。

上午十点多，我们到了老家。扫了墓，吃了饭，已经下午一点了。我们驾着车直奔岳母家。因为我下午三点多有课，到了岳母家没有停留，接上岳母直接往长沙市里赶。

回城的路上，天阴阴沉沉，落起了小雨。也许是天气原因，也许是一路奔波的原因，除了司机，我们都疲惫不堪，就连一向活跃的儿子也睡着了。

车子一路驶过了乡级公路、县级公路，然后驶进了 319 国道。上了国道，车子速度明显加快了不少。我抬了抬眼皮，扶了扶鼻梁上的眼镜，嘱咐朋友开慢点。

天越来越阴沉，有点压抑。我头沉沉地倚靠在车窗旁，耳边只隐约听到雨刷扫雨声、飞驰的车轮与道路摩擦声。不一会儿，我也昏睡了过去。

昏沉中，只听“哐当”一声，一阵剧烈的撞击劈头盖脸。我下意识马上打开车门，我知道有车相撞了，但是谁的车被撞了我根本不知道。那一刻脑袋又清醒又混沌。

我听到了儿子的哭喊声，但就是找不到他。周围一阵骚动，似乎围上了一群人。在嘈杂的人群中，我朝车里大喊：“星星，星星在哪？快跑到爸爸身边，爸爸看不到你。”就是在那一刹那，人迅速围了上来，人群声、儿子的哭声、我的呼唤声、车子鸣笛声……交通因我们而瘫痪。

儿子跑了过来。我紧紧抱住儿子，到处摸，嘴里不停地问受伤没？儿子不回答，只是哇哇大哭。人群中传来这样一声：“看，他满脸都是血……”

我手一摸，湿乎乎的，我眼睛里看到的都是斑驳的细细的血流。找到了儿子，我赶快呼叫着其他人，确认状态。岳母擦伤了腿，妻子撞到了腿，司机撞到了头。儿子因为个子小，睡着了滑到了座位与车门间的间隙，逃过了一劫。

路人帮我们叫了一辆车。我催促着大家快上车，去医院检查。这时儿子哭喊着：“爸爸，我没受伤，你满脸都是血，都是血……”

听到儿子放肆地哭喊，而我眼前却黑蒙蒙一片，什么都看不见。车子把我们送到了离事故地最近的白箬铺医院。到了医院我催促着医生：“快，快先给孩子检查！”然后医生又急又恼地吼我：“别喊，你儿子一点事没有，你的问题最严重。”

医生给我清洗了头部伤口，就赶快把头部和眼睛包扎了起来。我只感觉到血不一会又把厚厚的纱布浸湿了。

记得当时医生说：“头部、面部严重骨折，震碎的眼镜片扎进了眼球。情况严重，赶快转上级医院！”

走出医院，等了好久才打到车。到了市区的湘雅医院，已经是下午5点多钟。进了急诊科，大夫一看，马上催促我们先去眼科。到了眼科，又是消毒，又是包扎，儿子吓得哭个不行，我毫无办法，只能咬着牙说：“爸爸没事，儿子要坚强！”

在病房里，时间是难熬的。其他人已经被分别送去救治了，病房里只剩下儿子和我。

儿子不停地问着：“爸爸，疼不疼？爸爸，你怎么样了？”我只能说爸爸没事，会好起来的，我们家会挺过来的。他不信，我就给他讲邱少云的故事。

晚上九点多，几个护士进来将我拖着往担架床上抬，他们推着我往电梯口走。儿子在后面追，嘴里不停地哭喊着：“爸爸，爸爸，我要爸爸，我要陪爸爸——”

孩子声嘶力竭地哭着。

我想下去，护士强按着我。当时我脑袋是蒙的，耳边只听到孩子的哭声，随后听到电梯门啪一下子关上了。只听到儿子哭喊着：“爸爸，我要爸爸……”

多年后回忆起这一幕，我总会莫名地掉眼泪。那一刻，7 岁大的儿子么子也不懂，他大概是害怕爸爸死掉吧！他大概是害怕爸爸进了电梯门就永远见不到了吧！

命运太残忍，怎么能把身壮如牛的父亲捶打得满脸是血然后赤裸裸地暴露在孩子面前！命运太无情，怎么能让少不经事的孩子承受这么严重的事情！

进了手术室，剧痛再次袭来。

眼睛和头部的神经如木偶提线般牵动全身，眼珠炸裂般的疼，脑袋撕裂般的疼。痛感彻底解放了四肢。我手脚乱弹，嗷嗷大叫。

“快快，快绑住他的手脚。”我被医生死死地绑在了床上。紧接着听到喊声：“快，快注射麻药！”只听啪的一声，头顶上的手术灯亮了。

我彻底安定下来了。

我当时脑袋异常清醒。我感觉到医生在我眼球上来回操作，我听到了眼角被手术刀划开的声音，我感觉到他们把我的眼球拉出来，清洗，消毒，再放进去，我感觉到他们在用镊子挑眼珠上的玻璃渣，我感觉到他小心翼翼地在铺展眼球上的薄膜，我甚至听到手术针缝合的拉线声……我静静地躺在床上，没有了痛感，大脑异常清醒。

他们的手像一个个小人在我眼球上来回灵活穿梭。不知过了多久，我被推出了手术室。

麻药劲过了，痛苦再次排山倒海袭来。咬着牙，攥紧拳头，眼泪和血水不住地往外流，蒙着纱布的双眼间，我又听到了“爸爸，我要爸爸”的哭喊声，血泪模糊中我仿佛又看到了漫山遍野的红杜鹃。

笔者：不忍卒听。天灾人祸，人世间最令人痛苦的是它，最让人无能为力的也是它。它打乱人的生活节奏，截断人的生命进程，致使人们陷入无序与痛苦之中。常常在想，厄运到底想考验人什么？厄运除了给人带来无穷尽的痛苦，还带来什么？秩序的重建、生命的重生，这些往往都是走出厄运后的感受，可很少人能够说出厄运降临时当下的感受，这个感受最真实，往往也最有力。

杨德才：混乱的车祸现场、痛苦的手术经历、儿子撕心裂肺的呼喊、眼前血红的杜鹃花，车祸带给我最强烈的感受是肉体与心灵的暂时分离。肉体遭遇强烈震荡后，心灵也变得岌岌可危。那一刻我无法做到理智，无法宽慰自己，更无法给自己讲道理，就像僵死在沙滩上，痛苦与无助如潮水般一波波袭来。

死不了，就好好活

笔者：出手术室后，眼睛的情况怎么样？心情怎么样？

杨德才：很糟糕。糟糕到想到了自杀。自杀是个泥潭，进入容易出来难，直至你越陷越深，难以自拔。最终是我的家人、我的学生把我拉了出来。他们的开导将我骨子里的犟劲激了出来。既然死不了，那就好好活！

从手术室出来，医生讲了我的情况：面部、头部、腿部多处骨折，左眼球支离破碎，已经摘除，右眼球视网膜完全脱离。

拆掉纱布后，医生让我尝试一下右眼能否看得见。说实话，拆掉纱布那一刻，我是抱着极大希望的。然而，事与愿违。左眼眶里空荡荡，右眼仅剩一丝光感。除了那丝微弱的光之外，我什么也看不见。恐慌袭来时，血泪再次翻涌。

那年我 35 岁。

我一想到年幼的儿子将会有一个瞎子父亲，年轻的妻子将会有一个瞎子丈夫，八九十岁的父母将会有一个瞎子儿子，这样的我，无法上讲台，无法板书，无法孝敬父母，无法照顾家庭。没有了眼睛，寸步难行。不但无法为家庭作贡献，反而出门处处需要人帮助……

原来摧毁一个人竟是这么容易，只需要一瞬间。那一刻，只要想到明天太阳升起，我却看不到，就心如死灰，身体被打入谷底，绝望与悲观达到精神极限。

苦苦想了一夜。我作出决定：要结束这丑陋的残缺的只会给家人带来无尽负担的人生。

决定作出，我就开始实施。

早晨，趁护士过来拆换纱布的间隙，我凭借着仅存的一丝光开始打探病房的方位：位于四楼，除了我，病房里应该还有两位病号，我摸到了窗户，大概位于东南角……

深夜两点多，病房里其他病人都休息了。我拖着虚弱的身体，摸着走到窗户边。跳下去吧！跳下去什么都了结了！那样妻子和父母就会少了这个沉重的包袱……

我扒着窗户，奋力地抬起左脚，刚抬上去，就被一双大手猛地拽了回来，紧跟着是如雷的吼骂声。

“你搞莫子？你不要命了！你不要害我嘛，不要害我们医院嘛！”

拉住我的是医生。

第二天妻子带着儿子来了，母子俩抱着我号啕大哭。

“爸爸，你摸摸，我是星星啊，你不要星星了，你不是还有好多故事没有给我讲嘛？你怎么能丢下星星呢……”儿子的话戳得我心疼。

是啊，我怎能把我的儿子丢在世上呢，他才 7 岁，他还要读书，还要考大学，还要恋爱、结婚、生子。我怎么能让那么小的孩子在没有父亲的陪伴下独自面对这一切呢？

妻子说：“你伢老子（长沙方言：父亲，读作“yá”）一天一夜没合眼，坐在家里抹眼泪，伢老子身体不好，大哥不让他来。娘一会就赶过来……”

说话间，病房外过道上传来一阵嘈杂声。哐当一声，门被急促地推开。

“毛三，毛三，我的满阿崽（长沙方言：小儿子）——”母亲带着哭腔冲进了病房。

母亲又要哭了，我从小就怕母亲哭。

“我的毛三伢子，我的满崽，这都是什么命啊，我活了一大把年纪了，我也活够了，为啥不把祸降到我头上，非要你受苦啊，老天啊，你何解这么不公道，你睁睁眼看看呐，他才 35 岁，还年轻呐，为啥要让孩子遭罪，老天呐，您张张眼看看，把我收走吧，别降罪给孩子了……”母亲的眼泪扑扑簌簌地打在我的脸上。

站在一旁的护士说道：“你看你有这么乖的儿子和疼你的老母亲，你怎么能放弃自己的生命呢？你还没把孩子抚养长大，你怎么能放弃自己呢?”

傍晚，七中的领导带着班里的学生们来了。病房里挤满了人。对于他们的到来，我内心是极其抗拒的。我不想让校领导知道我的眼睛已经没了，更不想让孩子们知道那个曾在课堂上侃侃而谈的历史老师已经瞎了。

我只记得孩子们围在病床前问，什么时候回去给他们上课，只记得校领导问，出院后何时能返校工作。孩子们在这待了半个小时后被校领导带回了，临走时，校长趴在我耳边低声说：“放心，你的情况我没有告诉学校老师和孩子们，等养好了身体，到时候想来上课，随时来。学校永远留着你的位置。”

校长的话是夏天的冰水，冬天的篝火。

“随时来上课!”我这样还能上课吗？我心里又激动又担心。

“杨老师，你摸摸，这一堆都是孩子们送的花，病房里已经放不下了。当老师当到您这个份上真的不容易了!”护士边哗啦啦地收拾着花束边跟我说话。

夜晚又来临了，最后一丝光亮也去休息了。我辗转反侧。我怎么能产生自杀这样愚蠢的想法？死很容易，活着才是挑战。我可是站在高高土崖上会飞檐走壁的人，我可是曾冲进过火灾现场救人的人，我有什么好怕的？想想保尔·柯察金，他双目失明、全身瘫痪还依旧坚韧如钢，我有什么好害怕的？我怎么会轻易被打败？命运啊，放马过来吧！既然死不了，我就拼了命地活，一定要活出个样子来！厄运啊，你还可以再眷顾我一点，尽管朝我打过来，我要与你在黑暗中搏斗，然后将你按倒在地，死死扣住。

此刻，求死变成了求生。

夜里，躺在医院病床上，四周寂静。我开始了今后人生何去何从的思考。盲人能做什么——这个我从未涉足思考的领域。

瞎子算命？脑海中，烈士公园到博物馆之间一长排瞎子蹲着算命的画面冲进来。这个行当我应该可以试试。但是转念间，这个念头就被打得魂飞魄散。我是一名人民教师啊，我怎么可以去算命？倘若被我的学生看到了，那我的教师颜面往哪放？我是人民教师，师德师范打死也不能丢！

思来想去，我觉得自己还是想回去当老师。

笔者：屈原放逐，乃赋《离骚》；左丘失明，厥有国语；孙子膑脚，兵法修列……我们的学校教育、家庭教育中很少告诉我们如何在困境中解救自己、接受自己，这也是大多数抑郁症患者或遭遇重大人生变故的人无法走出心理困境的原因。其实从困境到重生，难的不是活着，而是如何有尊严地活着。这是心理大关，是心理修行。

杨德才：接受苦难是一场修行，除了自己，任何人都帮不了你。我怎能不懂，倘若我死了，妻儿无人照顾、双亲无人送终；我怎能不懂白发人送黑发人之悲，孤儿寡母之痛。我是人民教师，最擅长讲道理的人，这些理我怎能不懂？可是懂了不代表悟了，只有悟到才算得到。我知道困住我的不是如何活，而是如何体面地活。长时间冷静后，我开始了自我修行——重整旗鼓，坦然接受。

伪装的男人

笔者：重回课堂需要极大的勇气。批改作业、写板书、盯课堂纪律……处处都需要眼睛。没有了眼睛，您是怎么仅凭一丝光亮，重获课堂掌控感的？

杨德才：可能是我擅于“伪装”吧！我把自己伪装成正常人：学着“正常走路”，学着“正常讲课”，学着“正常提问”……

1997年7月，我出院。在与校领导商讨后，他们同意了我这个大胆的决定——重返课堂。

暑假在家，为了积极备战新学期，我在家模拟上课的情景，妻子和儿子是我的学生。当我开讲那一刻，我是多么庆幸自己早已锻炼出脱稿授课的能力。我在“台上”讲，妻子和儿子在下面听，我讲完就设置问题提问儿子，7岁的孩子听初中历史课的确有点费劲，他会时不时分心，做小动作。儿子此时扮演的就是班里调皮的学生，而他妈妈扮演的就是班里学习好的学生，我让妻子尽量给我提出刁钻的难题，为了锻炼我在眼睛看不见的情况下，被学生难题围攻时临阵不慌的思考力。我让儿子四处跑动并发出零碎小动作声，为的是充分锻炼在仅剩一丝弱光情况下我的眼神捕捉力和敏锐听觉力。

暑假两个月，我天天磨耳朵、练眼神。为的就是能够在学生们面前如往常一样轻松得体。除此之外，我每天还要锻炼走路。

锻炼从清晨开始，我戴上义眼，戴上厚厚的酒瓶底眼镜，挎上我那破旧的棕褐色皮包，独自一人小心翼翼地穿梭在川流不息的车流中。我要从东风二村27栋出发，走出东风二村巷口，经过东风路，左拐进入德雅路，沿着德雅路高低不平又窄窄的街面，朝长沙市七中一步一步地探索前行。一共要走一个十字路口、两个三岔路口、一个施工路段、五条人行道、六次上坡、六次下坡、四十级台阶……

终于等来了9月份开学。

我如往常一样，衣着整齐地挎着我的棕褐色皮包走上通往学校的路。脚下的路虽然已经锻炼着走了两个月，但再次踏上去还是很陌生。因为看不见，所以你要小心脚下每一步，哪里有低洼，哪里有凸起，哪里是高台阶，哪里是低台阶……哪怕是一个碎石块也要留心，有时候一不留神就是一个趔趄。

晴天还好，下雨天就难走些。每逢恶劣天气，左眼眶里的假眼珠就开始又痒又疼，右眼也变得更加模糊，在天气能见度低的情况下，走路磕磕碰碰是常有的事，还会经常碰到路人或踩到路人的脚，这时总会听到他们厌恶的嘀咕声，我想应该还有白眼吧！对此，我感到很抱歉。为了不给其他路人带来不必要的麻烦，我尽量走得慢一些，小心一些，尽量走行人少的偏僻小道，虽然路况差一些，但是却能给其他人减少不必要的麻烦。

你们大概都觉得这样孤独一人凭着一丝弱光行走很苦吧！是的，的确受了很多委屈，但是上课给我带来的甜能抵御一路走来的苦。

我并不将眼睛看不见视为课堂的阻碍，反而视为一种更富有挑战性的体验。

我依旧自信地站在讲台上滔滔不绝地讲课。说实话，张嘴的那一刹那，我是恐慌的。但是转念想到，这样的课堂我早已模拟了无数遍，没什么可怕的，只管自信大胆地讲就是了。

讲到重点内容时，我瞪大眼睛高声强调；讲到动情历史故事时，我眯着眼与孩子们共情。讲台下的孩子们不再是一个个清晰的跳动的娃娃，而是一片模糊的白影，这给课堂秩序的维持带来了困难。

为了不让孩子们看出我的破绽，此时的我就是一个演技派。课堂上我以故事的形式授课，讲授之后再逐一提问，学生们抢答，最后再让学生上台把知识点以板书的形式分步骤填充。课堂秩序的维持全靠听，我很清楚教室里哪一片学生爱捣乱。讲课时我会时不时地将头扭到纪律差的方向，一旦听到窃窃私语，我就噘起嘴巴，皱起眉头，高声朝那个方向咳嗽一声或者长长地嗯一声，眼神迅速扫射那片区域，故意高声吆喝一句：“嗯——？是谁，老师就不点名了哈，请他自觉点……”

这一招屡试不爽。

我把课堂当做舞台，把每一节课当做一出舞台剧，倾尽所有精力去表演。为了验收舞台效果，每当下课我就抽一位学生站起来接受我的考核，我将课堂所讲的知识点以问题的形式提出，学生们回答得不错，说明授课效果不错，反之，我则要及时调整授课内容及方式。

我为何不直接询问孩子们课堂感受如何？不，我不会这样做。这样做只会从侧面显露出我的不自信，时间长了，孩子们必定会怀疑到我的眼睛上去。我不允许这样的情况出现，哪怕只是孩子们一丝丝的怀疑。我只想永远如往常那样自信地昂着头颅，站在孩子们面前，无所畏惧，不卑不亢。

笔者：永远在争取，永远在坚持，不放弃任何一丝机会，不放弃任何一次努力，哪怕被逼上绝境，哪怕被碰得头破血流，仅凭一丝弱光也要登上讲台，这何尝不是一种英雄主义呢？

杨德才：英雄主义实在受不起。当时只想能够继续当老师，当个好老师。现在回想，当时的我只是在做最后的挣扎，伪装的面具迟早要被扯下，不管你有多不情愿。

空城计

笔者：再好的“演员”总有谢幕的一刻，您的“伪装”持续了多久？

杨德才：大概三年半。

2001 年 6 月下旬，因眼睛再度出现不适，无法胜任教学工作，我彻底离开了心爱的讲台。那段时间，心里不平静，夜夜梦回讲台——

“我正在城楼观山景，耳听得城外乱纷纷，旌旗招展空翻影，却原来是司马发来的兵……左右琴童人两个，我是又无有埋伏又无有兵，你不要胡思乱想心不定，来来来，请上城来听我抚琴。”

课堂上我声情并茂地演唱了京剧《空城计》选段。台下一片掌声。

“同学们，我刚才唱的是什么剧种，大家知道吗?”我眯着眼睛问道。

“京剧——”同学们异口同声回答。

“是的，京剧是我们的国粹，是在我国影响最大的戏剧剧种。任何事物的发展都不是一蹴而就的，同样，京剧的发展也不是一朝一夕的事。关于京剧的历史要溯源到清朝。要想详细了解京剧的发展史，那么让我们快速进入本节课——清朝前期的文学艺术。”

我和孩子们探讨了《红楼梦》，我带着孩子们认识并了解了昆曲和京剧的发展史。

我告诉同学们：“政治经济兴盛的年代，其文化必会达到一定的发展高度。我国古代的戏曲艺术发展到清朝，进入了一个繁盛时期。清朝的戏剧创作贴近大众生活，成为大众喜闻乐见的一种文化活动。一时间，剧种层出不穷，流派风格争奇斗艳，其中最有名的是昆曲和京剧。大家看 109 页右下角的插图：一座古朴的江南建筑，这就是苏州的昆剧古戏台。”

关于书中哪一页讲了什么，哪一页有什么插图，哪一页有几段文字，我都能背出来。话音刚落，就听到讲台下学生们哗啦啦翻书的声音。

“乾隆时期，北京成为戏班荟萃之地。1790 年，乾隆皇帝 80 岁寿辰时，由徽商出面组织来自南方的四大徽班进京献艺。一时间誉满京城，后来徽剧不断吸收其他剧种的优点，最终成为新剧种‘皮黄戏’，该戏种博采众长，又带有北京的地方特色，故被称为京剧。后来，京剧经过历代艺术家的创新，日臻完善，最终成为国粹……”

有同学发言：“老师，原来京剧最初不叫京剧啊!”

“是的，京剧通过不断地吸收、剔除、融合、创新，最终才形成了今天我们所讲的京剧。这说明一个什么历史观点呢?”

同学们踊跃回答——

“事物的发展是动态变化的。”

“事物的发展不是一蹴而就的。”

“文化的兴盛离不开一代代艺术家们的创新，更离不开当时经济与政治的支持。”

……

我总结道：“同学们说的都很对。我们学习历史的目的不在于记住了多少知识点，而在于是否能学会用历史的、变动的、整体的、发展的观点看问题。以后不论你们是从事理论性的科学研究还是从事实践性的实体操作，抑或是处理复杂的人情世故，你们都要学会用历史的观点、发展的观点看问题，这样的思维方式才是老师最想教给大家的。”

叮铃——，下课啦。这堂课也结束了。正当我准备下讲台时，突然背后一个声音出现：“他眼睛看不见！”

“他眼睛看不见！”

“他眼睛看不见！”

……

耳边的声音越来越大，越来越多。

教室里死一样地沉静。只听轰隆一声，我的城墙垮了，我的“空城计”被拆穿了……

我傻傻地愣在那，这个讲台我不知道是应该下还是应该上，一时间，进退两难。

突如其来的“揭秘”打得我措手不及。难道我的空城计失效了吗？是的，城墙上的我再也不能像往常一样“临风抚琴”了，我再也不能胸有成竹地站在城墙上全情投入地“演戏”了，因为我“城内空空”，因为我无“一兵一卒”。是啊，当老师怎么能缺少眼睛呢？眼睛是老师课堂上最基本的装备，我连最基本的装备都没有，还有何能力站在讲台上“指点江山”呢？

我丢盔卸甲地离开了我的“城楼”。耳畔又回荡起：我正在城楼观山景，耳听得城外乱纷纷，旌旗招展空翻影，却原来是司马发来的兵……

醒来时，眼角带泪。

又是一场梦。又是一场空。

笔者： 为了教书梦想，与黑暗斗，与病痛斗，与命运斗。眼睛看不见，头颅却昂扬向上，“城墙”垮了，教师的尊严却屹立不倒，仅凭一丝光感却能坚守课堂三年，这样的您虽败犹荣。不由地想到了海明威的《老人与海》，您身上有圣地亚哥精神，不退缩、不放弃，奋力拼搏，抗争到底，您是陆地上的圣地亚哥！

杨德才： 圣地亚哥是我心中的英雄，与他相比，我自惭形秽。其实“城墙”的垮塌，在我意料之中，我早就该离开课堂，另谋他路。一直以来我都在强力构筑自己的“城墙”，妄想将自己围在稳固的城墙内，强力维持着教师的体面与尊严，现在想来，这还是没有真正接纳失明后的自己。

让绊脚石成为垫脚石

笔者： 离开了你最爱的讲台，心里慌吗？

杨德才： 慌！又慌又乱。可慌有什么用？从学校回来的当晚，我想了很多。命运虽然斩断了我的教学生涯，但斩不断我求生求胜的心。39 岁，我还年轻，不算晚，我或许可以尝试着开启第二段职业生涯。盲人能够做什么？钢琴调音、心理咨询、推拿按摩……相比较而言，推拿按摩最具可操作性。想清楚后，在朋友的介绍下，我果断来到了湖南中医药大学，开始了我的求学路。

笔者： 这条路好走吗？

杨德才：人生，哪有好走的路？

从我家到中医药大学有 8 公里远，需要先坐公交车，再步行。常常下了车，找不到方向，拿着棍子四处敲，坐错车是常有的事。下了课，敲着棍子，摸到公交站，碰上下班高峰期，人挤人被推搡着爬上公交，车上嘈杂，听不到报站声，估摸着该下车了，就跟司机师傅打招呼。车停下来，我从拥挤的车厢里挤挪着到了车门口，棍子先下，左脚跟着棍子下，右脚最后下。可往往我的右脚还未落地，车猛地一启动，一个跟头就栽了下来。第一次栽下来，感觉很丢脸，后来次数多了，也就习惯了，这时候你也怪不得别人，只能催促自己在下车的时候尽量动作麻利点。

然而，摔跟头还不是最糟心的。

记得 2002 年春天的一个上午，天微凉。我敲着棍子往学校赶，因为车堵得厉害，我只能步行，大约走到了省展览馆附近，天突然下起了急雨。一下雨，仅存的一丝光也起不了作用，我就慌了神，拄着棍子四处寻找安全地带。

当时，正在修芙蓉大道。路面到处坑坑洼洼，棍子所到之处几乎没有平坦地带，凭借一丝光，我仅能判断出四周大致有铲车、皮带车、水泥罐车。这些庞然大物在雨雾中莫名地给我增添了一丝眩晕感。

我拿着棍子急咧咧地到处戳，一不小心戳到了泥坑，身子一歪，栽进了一个没过大腿的泥水坑。那一刻来不及多想，我下意识赶快爬出来，浑身都是黏糊糊的泥水。我去寻棍子，还好，棍子就在脚旁边，我去寻雨伞，却怎么也寻不着。雨越下越大，我隐约听到雨点打在伞上的啪啪声，我敲着棍子，顺着声音去摸，可是很快就被汽车鸣笛声、人群喧闹声所淹没。

算了吧！淋着去学校吧！

到了学校后我悟出来一个理来：盲人出门要看天气，要讲究天时地利人和。

然而，这些只是求学路上的小插曲。课堂学习才是大挑战。我们学解剖理论、中医理论、经络学。因为看不见，别人都拿着课本，在书上圈圈画画，而我只能靠耳朵听。理论性知识还好，听了以后反复领悟，我理解能力强，这些学习不在话下。就是经脉穴位的名字比较难记，我看不见字，只能听音识记，但听也只是听个大概，老师读“承扶”，我就跟音读“城服”，老师读“鹰窗”，我就跟读“阴窗”，最后虽然位置都找准了，但是我识记的是属于我自己的一套穴位经络表。

课上实践的时间很短。老师讲完理论后，就让我们轮流上讲台对着人体模型练习。人体模型与实际人体有很大差别，仅凭借模型练习很难找到准确穴位。我听到很多学生都在抱怨学校的人体模型质量太差，课上练手法的时间也太短，这样下去手法难得学精。

我静静地坐在教室的最后一排角落里，我知道给我的时间不多了，我没有时间可抱怨，要想学好手法，练好手法，必须主动出击。

课上学理论，课下练手法。

首先是找位置。经络穴位虽然有大致的位置，但也因体型的不同而稍有差别。要想找准位置，就需要大量的实操。这时候家人朋友就充当了我的“靶子”，我在他们身上找穴位、寻经络、做对比。

其次是练力度。按摩不能使蛮力，要学会使巧力。蛮力浮在表面，还没达到效果，倒先把自己的劲用完了。真正的巧力是将力道通过手指慢慢渗透进去，这就叫渗透力。渗透力不是一时半会就能获得的，得需要反复练习。

为了练习渗透力，我找到了一个很好的模型——枕头。我把枕头当做人体的背，每天课后回家就钻进自己房间里，抱着枕头反复练习，推、拨、点、压。妻子老是怪我说：“家里没有一个囫囵枕头，个个开着线，裂着缝，拿到太阳下一打，棉絮到处飞。”

每次妻子这样说我，我都尴尬一笑：“快了，快了，力道快被我掌握了。”

多年后，我开了自己的按摩院，也带了一批又一批盲人徒弟。每当听到他们抱怨生活，想要放弃时，我总会把自己求学经历讲给他们听：生活就是这样，没有事事如意。如果消极被动，那么处处都是绊脚石。所以，行进的路上不要只盯着绊脚石，一味抱怨。你要做的是，眼向着光亮看，劲朝着光亮处使。多年后，你再回头看时，你会发现讨厌的绊脚石已经成了可爱的垫脚石。

笔者：《古兰经》上有这样一个故事：一位大师几十年练就一身“移山大法”。人们问他秘诀，他说：“世上本无什么移山之术，唯一能移动山的办法就是——山不过来，我就过去。”大师的话道破玄机。人生何尝不是这样？我们无力改变外界环境，唯一能改变的即是自己的处事态度，适当转换态度和立场，一切都将豁然开朗。可大多数的我们遇到困境都会不由自主地抱怨、悲伤，这样的情绪内耗不仅不利于问题的解决，反而会进一步放大困境。

杨德才：是的。我们要永远保持一个信念——天无绝人之路。困境考验的正是我们是否具备强大的情绪管控力以及灵活的思维转换力。我一路走来，接连的打击教会了我不要沉溺于消极的情绪中，否则无异于慢性自杀。相反如果我们学会换位思考，学会灵活转化，绊脚石终将成为垫脚石。

最后一丝光也没了

笔者：照您这样讲，一切都在朝有光的方向前进。

杨德才：是的。凭借着最后一丝光，我学会了打理自己的生活，摸索出了与儿子相处之道，我还学会了推拿按摩，我的人生在慢慢好转。然而，命运又给我开了个玩笑。

2003 年 11 月的一天，我接到了高中同学李群（化名）的电话。电话那头他语气哽咽："老杨啊，你得帮我，除了你没人可以帮我了……"电话中他讲起自己这几年的经历：国企改革，他和妻子都下了岗。家里上有老下有小，生活一直过得不容易。可屋漏偏逢连夜雨，那年六月份，他骑着摩托车，在路上跟一辆中巴车相撞。当时，司机把他送到邻近的一家医院，检查结果颅内淤血，做完开颅手术后，左胳膊、左腿都不会动了……跟医院反映情况，医院爱理不理。

我一听这属于医疗事故，责任在医院，如果打官司，一定能胜诉。一番分析后，我们开始写申诉书。

我念，他写。

后续的程序比我想象的要复杂。光医疗事故认定这一环节都耗尽心力。我们两个搀扶着，他当我的眼，我当他的腿。我们跑到法院递交诉讼材料，法院要我们先做医疗事故鉴定，否则不受理。出了法院门，我们先跑到市卫生局做医疗事故认证，又跑到省卫生厅复审做医疗事故二次认定，跑了一个多月，最终法院才接收了诉讼材料。

那段时间，我的眼睛老是痒疼，去医院检查后，医生说，义眼在眼眶里引起了感染，建议摘掉义眼。医生说，我的右眼患有白内障，玻璃体浑浊，视网膜脱离。倘若能够解决了白内障和玻璃体混浊问题，再把视网膜整理平展，这样右眼会比现在看得更清晰一点。

医生建议我做手术，可是我当时忙着帮老同学打官司，没有时间做手术。家里人劝我，不让我多管闲事，让我专心准备眼部手术。可是，这个事我既然帮了，就一定要帮到底。眼部手术的事就搁置了。

从医院回来后，我帮李群写了申诉书，找了律师。第二年开庭审理，我又陪他出庭。

平民百姓跟医院的官司不好打，前前后后开了三次庭，都没有结果。官司打了一年多，李群说他累了，想放弃。我就很气愤："我们都走到这一步了，怎么能够退缩？好好的腿，能跑能跳，怎么开了颅，腿就走不了了，肯定是手术中伤了运动神经，这不是医疗事故是什么?”

第三年开春，李群迎来了第四次开庭。那时的我也按照医生的建议，再次上了手术台。

我被推进手术室。手脚捆起来，眼部打上麻药，清洗、消毒。一切流程，我很熟悉。但主刀医生并不是之前跟我商定手术方案的医生。

“把玻璃体切割，把晶体摘除，有空隙的地方，用硅油填充，这样好撑起视网膜……”手术台上，主刀医生与实习生讨论着。

要把玻璃体和晶体都切割了?这样会不会太冒险?我心里一直打鼓。第二天，拆了纱布，那一丝光不但没有亮起来，反而更模糊了。后来的几天，我就细数着，光一点点暗下去，直至消失殆尽。

一周后，李群给我打来电话，兴冲冲地对我说，“老杨啊，我们赢了，我们胜诉了！你的手术怎么样?”

“没了，彻底没了!”

“什么没了?”

“最后一丝光也没了……”

李群说:“这是医疗事故！绝对是医疗事故！这官司你得打，一定得打!”

电话这头，我沉默了好久，我在犹豫。

笔者: 轮到为自己打官司，您怎么就犹豫了?

杨德才: 李群不是例子吗?三年才等来一个结果，时间成本我付不起。况且打赢了又能如何?也换不回我最后一丝光。算了吧！退一步海阔天空!

第四章　自我再生产

眼睛中射不进一丝光亮，周遭只有无尽的黑暗。令周围人惊讶的是，厄运再次攻击杨德才时，他却没有了当年与它搏斗时的那种歇斯底里，他放下拳头，选择与命运和解。

正如他自己所说：“当我与黑暗握手言和时，我发现失明并不可怕。只要心中有阳光、有信仰，碰壁的人生照样精彩！”

认识它，然后战胜它

笔者：当眼中的光一点点消失时，您最大的心理感受是什么？是恐慌吗？可是依您的个性，您是不会被恐慌困住的，对吗？

杨德才：恐慌！草木皆兵式的恐慌。我的耳朵变得异常机敏，声音从四面八方涌来，任何一种声音都能触发身体报警装置。这种恐慌持续了很久。我知道倘若我不能进行自我调节的话，那么吞噬我的就不是黑暗，而是自杀式的恐慌。我在黑暗中思考着如何以黑暗对抗黑暗。“知己知彼，百战不殆。”黑暗，只有认识它，才能战胜它。

认识黑暗的第一步是触摸。

我先将自己关进卧室，这个独属于我的最熟悉的地方。我丢掉盲杖，用手用脚去试探每一寸空间，这是一种奇妙的体验。当你伸出手去试探的时候，似乎能触摸到大团的黑暗，像是黑色的云朵，空空的，但却真实存在。当你伸出脚那一刻，脚下的地板都变得陌生起来，前方不再是实实在在的地板，而是虚无的万丈深渊，每往前踏一步都变得提心吊胆。

我知道这是黑暗恐惧症。要想克服，就要学会适应黑暗，与黑暗相处。

我抬出右脚开始画圈。我发现这是战胜恐慌的一个好办法。每画一个圈，我的安全地带就扩大一圈，黑暗的领地就被我占领一圈，这样的触摸令我信心大增。我画着圈，走出了卧室，用同样的方法，去丈量客厅的黑暗、厨房的黑暗、卫生间的黑暗……我拒绝妻子和儿子的帮助，就这样重复着，进进出出，像个神经病。几天走下来，那种如临深渊的恐慌感慢慢地在消散。

彻底失明后，消失的不仅是空间，还有时间。当被黑暗包裹时，原有的空间结构会松动，所有的空间似乎都变成了可触摸的黑色实体，又似乎都变成了空荡荡的黑色虚无。这时，时间意识也会错乱，根本分不清白天和黑夜，更无法判断时间走位。为了重新掌控周遭的世界，我必须学着换个角度重新认识这个世界。

而聆听，是我选择的一种较为有效的方式。

我认为人的感官是一套平衡的感知系统，一旦某个感官丧失功能，那么为了维持感知系统的平衡，另一个感官功能就会自然增强。失明后，我的听觉功能异常敏锐。

当黑暗静静包围你时，声响就会从四面八方涌来。隔壁楼上的起锅烧油声、楼道里上下楼的脚步声、小区里收破烂的叫卖声……叮叮咣咣，开启繁忙的一天。

我最喜欢听鸟叫声。清晨的鸟叫是脆生生的，它告诉我黑夜已去，白昼降临；傍晚的鸟叫是疲惫且匆匆的，它告诉我太阳要落山，月亮要上工；夏夜的虫鸣是最清晰的，它告诉我漫漫长夜将要袭来……

触摸和聆听让我重新找回失落的时空感。这令我信心倍增。我在黑暗中重复地训练着自己的触觉和听觉，进一寸有进一寸的欢喜，这时的我蓦然发觉，黑暗给我营造了一个隔绝外界喧嚣的屏障，屏障内的我对人生有了更清晰、更坚定的判断与认知。

黑暗教会我，心中有光，脚下有路；黑暗教会我，解决矛盾的办法不仅只有对抗，还有良性共生；黑暗教会我，触摸和聆听或许能看见不一样的繁华世界。

笔者：瑞士心理学家荣格曾说："使我们变得明亮的，不是注视光明，而是投入黑暗。"万事万物皆为对立统一，其实阴影并不都代表着困境，它有时还代表着被压抑的能量。黑暗教会你的东西，正是失明后激发出的潜能，您主动投入黑暗之时，也正是焕发新生之日，对吗？

杨德才： 是的，生活教会了我辩证法。从车祸后的长时间对抗到彻底失去光明后的和解，我走了无数弯路，碰了无数次壁，最终我明白了：没有绝对的幸运，也没有绝对的不幸，无须恐惧黑暗，因为有阴影的地方必定有光。

活着，就是一次次触摸

笔者： 您说触摸和聆听让您看到了不一样的世界，这个“不一样”指的是思维方式的转变吗？

杨德才： 是的。就拿失明这件事来说吧！以前的我曾无数次苛责命运的不公，总会想倘若没有失明，我还继续在自己热爱的教师岗位上耕耘；倘若不失明，我的人生将会是另一番景象……长期下来，我发现自己陷入了思维困局，人生应该向前看，不是吗？以假设的思维回顾过去不仅毫无意义，还会故步自封。

笔者： 当您转变思维方向后，生活上或者思想上有很大的变化吧？

杨德才： 有，从某种意义上讲，失明开启了我第二次生命。

我重返孩童时代，以陌生的眼光开始打量并学习基本的生存技能：穿衣、洗衣、煮药、烧开水……

每天清晨醒来，我就开始一天的“例行活动”。第一步，抱腿深呼吸 5 分钟，第二步，捶打腰臀部 50 下，接着开始找胳膊上的穴位点，自己帮自己推拿按摩，然后就是搓脸环节，左右脸逆时针各搓 100 下，然后再按耳朵上的穴位，这一套锻炼下来需要 1 个小时。锻炼结束后，左右眼眶各滴两滴眼药水，然后再下床。车祸后，失血过多，身体各方面机能都大幅下降，为了增强自己的抵抗力，自己“发明”了这套晨练操，一坚持就是 20 多年。

下了床，开始一天的触摸生活。

摸着从床边走 5 步到房门口，跨过门槛，右转直行通往厨房。这个门槛尽管已经跨了 20 多年，但每一次跨都要先用脚尖轻轻碰一碰，找准它的具体位置，同时右手配合去摸门框，扶住门框，打量好身体与门框到达合适距离后，再右转，不然会一头撞在右面墙上。这种事发生了不止一两次，有时候心想着，这个门框都摸了二十几年了，不会出错，可每当自己放弃触摸，凭感觉右转时，总能撞一鼻子灰。不禁感慨，全盲人的世界里没有所谓的熟能生巧，一个动作，你锻炼它千万遍，它待你如初见。要想做好它，仍需要付出百分百的谨慎与小心。

我用两只手摸着，丈量好厨房的左右门框，尽量使自己的身体从门框正中间通过。进了厨房，又是一系列陌生又熟悉的连环动作：把中药材放进砂锅里加上水，放在左边的煤气灶上，再往锅里装两碗水并放三颗鸡蛋进去，再把锅放在右边的煤气灶上，左边大火，右边中火，两边同时开火煮，最后再摸着打开两边的排气扇。

然后去洗漱间，将头天的脏衣服放进洗衣机，再开始洗漱。六七分钟洗漱完毕后，返回厨房，此时两边的水都已煮沸。这时，关掉煮鸡蛋的火，再慢慢将煮药的火拧到最小。

煮药和洗衣服同时进行，大概需要 30 分钟。我摸索着走出厨房，来到客厅，将自己的身体安全地放进沙发，打开电视，收听中央电视台新闻频道的朝闻天下。这是一天中最充实最安全的时刻。没有了图像的干扰，听觉带动我的注意力和思考力同时运转。

“阿富汗政变，塔利班仅用 40 多天就夺取了政权……”历史总是以惊人的速度快速演变着，当年的 911 事件仍历历在目，今日的阿富汗又改天换日。历史专业出身的我大脑中不禁又浮现出阿富汗动荡史……药汤在砂锅里咕嘟咕嘟地沸腾着，发出闷闷的爆破声，我知道关火的时间到了。

我关掉电视，起身来到厨房，关掉煤气灶。将一条用凉水打湿过的毛巾拧干，对折，一半铺在砂锅盖上，一半紧紧裹住砂锅的把手。准备好一个碗，一根筷子。用左手手掌把好碗口的位置后，左手得紧紧摁着锅盖子，右手举起砂锅开始倒药。倒药有讲究，药渣经常会堵住出药口，必须倒一会儿，放下来，用筷子对着砂锅孔戳一戳，一碗药倒下来需要戳三四次，才能完全将药汤倒干净。

每次倒药时最困难的不是药渣堵住出药口，而是烫手的盖子，尽管铺了双层凉毛巾，盖子仍然很烫。稍有不慎，盖子就会哐当滑落，这些年来，因为盖子打碎，不知道换了多少口砂锅。

药汤倒好后，就放在灶台上先晾着。这时，我把鸡蛋从另一口锅中捞出，用凉水冲一会儿，再把锅洗干净放好。晾药的功夫刚好可以晾衣服。

我摸索着走到洗衣机旁，将甩干的衣服装进盆里，抱着盆，小心翼翼地朝阳台摸去。为了避免收错衣服，我跟家人提前规定好，前两排晾衣竿挂妻子和儿子的衣物，第三排晾衣竿属于我。

抱着一盆衣服，往前走四步，头顶就是我的晾衣竿。为了确定位置，每挂一件衣服，我都要举起衣杆来回敲一下。动作虽然繁琐了些，但却令我心安。

你可能会说这样程式化的生活太过于枯燥，可我并不这样认为。置身于黑暗中，我感觉每完成一个动作都会有巨大的成就感。打火的时候，我能想象到火苗的颜色；倒药的时候，我能想象到药汤的颜色；晾衣的时候，我能想象到洒满阳台的阳光的颜色……每做一个动作，这些关于自然和生活的记忆便会从脑海深处被唤醒，我的世界不仅只有黑色。

我不知道旁人是如何看待盲人，我也不知道其他盲人是如何看待自己，但我想告诉大家的是，只要心中有光，整个世界都是亮的。

笔者：您的一次次触摸不仅是在训练独立生活的能力，更是在对抗黑暗所带来的焦虑，对吗？其实焦虑是大多数现代人面临的共同课题。生活在光明中的我们在焦虑什么？是什么造成了焦虑？让我们把目光回归到正常生活秩序中，我们会发现焦虑的本质是空虚。现今有很多人，物质生活靠外卖，精神生活靠短视频，持续浸淫在电子化的高频刺激中，身心越发空虚，物质生活一团糟，精神生活更无着落，由此引发一系列的焦虑。您的故事告诉我们对抗焦虑其实很简单，只需要回归到正常生活轨道上，按时吃饭，洗刷缝补，适时锻炼，勤学善思，用有序对抗无序，用具体填充空虚。

杨德才：说到了我心里了。与失去光明相比，巨大的虚无感才是我的焦虑之源。在无边的黑暗中，倘若我无动于衷，焦虑就会把我吞噬掉，要想摆脱它，我必须行动起来，用一次次触摸来安排我的生活，用具体的行动一寸寸地挤走黑暗，从而靠近光明。

残疾人为何为难残疾人？

笔者：您眼睛看不见，在按摩店工作受过客人的刁难吗？

杨德才：这是常有的事。记忆最深刻的是几个残疾人来闹事。你们可能会有疑问，残疾人怎么可能为难残疾人？

2002 年，我在东风路的一所盲人按摩院做事。因为手法专业，老板让我边做事边带徒弟。日子不紧不慢地过着，虽辛苦但很充实。

9 月的一天，我敲着盲杖去按摩院上班。刚爬上楼梯，就听到楼上桌椅拉动的嘈杂声响，还伴有吆五喝六的声音。我有种不好的预感。

“哟，生意蛮不错嘛！有钱大家要一起赚，是啵？”一个男人粗声吆喝道，“来你们这，不做按摩搞么子？”

我一听就知道，这是来闹事的。我正要上去与他们理论。厨房做饭的刘大姐把我拉到了后厨。

“还是上次那几个残疾人，你能对付了他们？你眼睛又看不得见，上去理论不是吃亏?”刘大姐劝我不要上前。

我说:“可他们明显就是来闹事的，不能次次由着他们!”

“有么子办法呐?他们仗着是残疾人，不能把他们怎么样，要是他们一直堵在店门口，我们生意还怎么做?”刘大姐叹了口气。

我敲着棍子摸到了前台。

“那先生您看，让杨师傅给您做按摩行吗?”前台小心问道。

“他是店里的老板吗?让你们老板出来给我做。”男人的声音轻蔑而嚣张。

“不好意思，老板今天不在，要不换个人给您做。”

“换个人?我今天来就是找你们老板的，换个人也成，不过得给我们哥几个免费，让我们指导一下你们的手法!”

“行，给你们免费!”前台长舒一口气。

按照前台的安排，我给其中一个残疾人按摩。为了安抚他的情绪，我让他躺下先给他按摩头部。前十分钟他一直挑刺，一会说力度大了，一会说力度小了。

按完头部，开始按胳膊。当我去摸他左胳膊时，我只抓到了空空的袖子，旋即我的手就缩了回来，那空荡荡的袖筒如同我空荡荡的眼眶。

“谁让你碰我咯里?眼睛瞎了吗?”

“你们店里就是这样对待上帝的吗?”

我忙向客人解释，是因为自己眼睛看不见才冒犯到的。可似乎客人并不想听我解释，嘴里还不停地骂骂咧咧。我就果断摘下墨镜，露出了那空荡荡干瘪的眼眶和那只没有一丝光亮的眼睛。

停顿了几秒钟，男人开口问我眼睛咋回事，我平静地跟他讲着自己的经历，当他得知我以前是人民教师后，很是惊讶。过了许久，我没有说话，他倒自言自语起来:

“我胳膊是也是车祸造成的，该死!没了手，啥也干不成!我这辈子就这样了……”男人气狠狠地说。

“最起码你还有眼睛啊，只要肯干，工作还是有的。”我鼓励他。

“嗐，就我这样，缺个胳膊能干啥？谁会收我？”男人叹了口气。

男人的叹气中断了我们的对话。

按摩结束后，我送他出来。给他留了一个电话号码，那是我一个学生开的食品包装厂。让他打电话过去问问，看能不能在厂里找个事做。

男人走后，前台愤愤不平：残疾人为何要为难残疾人？

当天夜里，躺在床上，前台的话一直在我耳边回荡：是啊，残疾人为何要为难残疾人？他们真的是恶势力吗？他们有的是盲人，有的是肢残人，有的是聋哑人，他们同样都是社会弱势群体。为什么为难残疾人，归根结底还是因为没有工作。他们无法在社会上找到自己的立足点，长期压抑的心理困惑与压力无法释放，久而久之就破罐子破摔。倘若这些弱势群体能够得到有效的心理疏导，能够在社会上谋一份工作，那么堵马路、堵店子的残疾人会不会越来越少？

想到这，我内心忽然萌生了一个想法：开一家盲人按摩院，成立一个残疾人就业服务中心。这样就能帮助更多残疾人实现稳定就业，帮助更多残疾人找寻自己的价值。

笔者：一个全盲人要独立开家按摩院，还要成立一个残疾人就业服务中心，您的想法很大胆啊！

杨德才：完全失明后，我学会了中医推拿，自学了盲人电脑，还自学考取了心理咨询师。我不仅从失明中走了出来，还有了稳定的收入来源，可这些东西似乎给我带来不了快乐，我感受不到自己的价值在哪？以前当老师，课堂上慷慨激昂，课下带着学生社会实践，我觉得好有味。可现在的我，耳畔总会回荡起保尔的话：一个人的一生应该这样度过，当他回首往事，不会因虚度年华而悔恨，也不会因碌碌无为而羞愧……我不想将自己的生命局限于自我生存的小圈子里，我要用自己的力量帮助更多的弱势群体。这是有意义的事，我必须要做！

人生与按摩

笔者：您说失明开启了二次生命，这不单单局限于生活层面吧？

杨德才：是的，失明开启的不仅是新的生活，更是新的职业。从湖南中医药大学出来后，我在社会上四处寻找实践机会，不问保底工资，不问待遇提成，哪里有老师傅，我就到哪里。我到松桂园（长沙的地名）求名师，到东塘（地名）学习，还到不少其他地方向名师求学。在外人看来，我的推拿手法是提高了不少，但只有我知道自己的思想认识还在原地踏步。讲讲那些年我印象最深刻的推拿经历吧！

按摩床上躺着一个男人，中等身材，声音浑厚，估摸着有 40 来岁，他是我按摩职业生涯中的第一位客人。

站在按摩床前，一股巨大的恐慌感涌上了脑门，就如第一次站在讲台上那样。为了对抗这种突如其来的恐慌与紧张，我立马启动"工作程序"。

二间、三间、合谷、阳溪、中泉、外关、支沟、三阳络……

紧张让我精神高度集中，大脑中记忆的经络穴位图被一一激活、点亮。每个人高低胖瘦不同，穴位经络位置也有差异，我紧闭眼睛，循着大脑中光亮区域在客人身上迅速定位。

前台说这位客人对按摩手法要求高，让我不能怠慢。这给初次接单的我带来了更大的压力。我按照经络穴位图，照着顺序一一地按下去，每按一个穴位，我都使出浑身的劲，额头上的汗渗了出来，不一会，全身就湿透了。

从胳膊到肩背再到腿部，快速定位并发力。很快我就按完了全身穴位，我一按计时器，语言播报还剩 40 分钟。这不像上课，课讲完了，可以以老师的姿态在教室里巡视，此时我是一名按摩技师，面对的是顾客，来不得半点姿态。剩下的 40 分钟，我只好硬着头皮，又按照程序给客人按了一遍。

一个小时终于结束了。

“你是新手吧?”客人起身说道，“怎么该用力的地方冒（长沙方言：没）用力，不该用力的地方作死地搞。”

客人的话让我脸上发烧。客人的感受是最直接最真实的，确实，我在按的过程中只顾着找位置，没有顾及客人的感受。

此后的数月，我找店里的老师傅学手法。我请师傅在我身上按，每按一处，我都细细感受，按完以后，我和老师傅换位。师傅当顾客，我来按。

反复体验，反复练习。逐渐地，我悟出来了发力的技巧。

首先，技师的身子要稳，要放松。只有身子稳了，力气才能发出来。其次，技师的手要和按摩的部位贴紧。第三，掌揉的时候，不要把力气落在掌根上，要把力均匀分布在整个手掌上。第四，找准位置后，手移动的方式要流畅，不在部位上“打疙瘩”（指的是手法磕磕绊绊）。最后，要练的就是渗透力。所谓的渗透力不是浮在表面的蛮力，而是渗透进客人身体的巧力、内力。找准位置后，要慢慢发力，让自己的内力像水流一样慢慢渗进去，当客人感受到这个力度很舒服的时候，再慢慢地松开，让力道渗透进去，然后反射过去，这就是常说的反射法。

经过几个月的练习，我的手法长进了许多，也收获了不少客人的正向反馈。这给我带来极大的信心，为了进一步精进手法，每次没有点客的时候，我都待在休息室，拿着枕头自己练习内力。

这一天，我正在休息室练习指法。突然前台一声吆喝：“杨师傅，有顾客点单。”

从前的杨老师，变成了杨师傅。

第一次听人家喊，有些不习惯。

按照前台安排，我走进了 112 房间。听声音是一位女顾客，我不由地局促了起来。

说实话，来店里几个月来，每次我都有意选择男顾客，遇到女顾客点单，我也总是以各种理由推脱掉。可这次显然是推不掉了，硬着头皮也得接。

按的过程中，脑海中总能浮现出我站在讲台上讲课的样子，这种想象让我的按摩再次受阻。那一刻，我的手脚像是被绑了起来。

“你是新手吧？不用紧张，没关系，大胆按，我很受力。”顾客说道。

我很纠结，我心理上无法过这一关。我给女顾客按摩，别人会不会觉得我作风有问题？这样是不是有违教师的风范了？一想到我曾是一名人民教师，我就无法接受自己。

“不好意思，我今天有点不舒服，可以给您换个技师吗？”

我再一次逃脱了。

我把自己放进休息室的沙发里，脑壳里乱糟糟的。我到底在逃避什么？是逃避与异性接触吗？还是逃避这个职业？长久以来，尽管我也在卖力地学习按摩，但在内心深处，我似乎从未真正接受这一职业。我承认我的内心深处总持有这样一种偏见：教师是高尚的，按摩是低人一等的。可真的是这样吗？按摩真的是低人一等的下贱职业吗？

答案是否定的。

按摩运用的是祖先创立的中医理论知识，蕴含着古人的大智慧：针灸推拿，疏通经络，缓解痛苦，这是正当的中医行业，当按摩师没什么好丢人的！现在的我是一个盲人，不是一个健全人，现在的我是一名按摩师，不是教师，我需要做的是找准自己的位置，然后不断精进手法。

想清楚这一问题后，我豁然开朗。

后来，我跑了七八家按摩院实习，每到一家按摩院，我什么都不问，只问是否有老师傅，我要学手法，我要长本事。时间久了，按摩知识了解得越多，我也就越热爱这一行。

现在的我是一名手法娴熟的合格的按摩师，工作之余，我常常思考：人生啊，不就是一次次地做按摩吗？不同的人生阶段，我们学着甩掉包袱，解放思想；学着不断地调整自我认知，找准位置；学着精准发力，然后渗透自己、沉淀自己。

笔者：解放思想是当今快速演变的社会环境下所必需的一种思维方式。但是，解放思想说起来容易，做起来难。难在我们不敢打破固有认知、不敢走出舒适区。拿教育而言，随着社会生存环境和职业发展环境的演变，一大批孩子在职业发展的路上步履维艰，为了争取到更好的就业机会，很多年轻人考研、考博。然而情况并不乐观，当硕士成为求职市场的标配时，仍有不少名校硕士生在招聘会上落选。对此您怎么看？

杨德才：内卷这个词是我最近才学到的。现代年轻人的发展环境远不如我们那代人宽松。大量孩子在考场“卷”，一波波跳入考公、考研、考博浪潮中；不少孩子在职场“卷”，公司内部为了绩效指标，相互倾轧，恶性竞争。我觉得与其在同一个圈子里彼此内耗，不如大胆跳出内卷怪圈，解放思想，甩掉包袱，在自身喜欢的领域找到一个支点，深度发力，同样也能闯出一番事业。

碰壁

笔者：您在接受采访时常用“碰壁”一词，是为什么？

杨德才：碰壁，不仅指的是生活中真实的碰壁，更是指社会中无形的碰壁。如果说生活中的碰壁把人碰得头破血流，那么社会中的碰壁更是把人碰得千疮百孔。我这大半辈子碰了无数次壁，最难的要数当年的创业了。

2005 年的一天上午，我接到一位建筑公司的朋友的电话。他说有一家建筑公司这两年国企改制，他们在东风路上的房子要公开招租，让我去问问。

我之前跟朋友说过想开推拿按摩店，曾经拜托他给我找找房子。接到电话的我一听，东风路离我家近，那里的房子又宽绰，在那里开家按摩店，成立残疾人就业服务中心再好不过。这个机会我一定要抓住。挂了电话，当天下午，我就让徒弟带着我来到了建筑公司。

工作人员把我领到了一间办公室。我说："您好！听说你们建筑公司的房子要出租，我想租下来，开一家按摩店。"

办公室接待我的人犹豫地问："您是听谁说的这个消息？"

我很疑惑，不是公开招租吗？莫不是他以为我会拿着残疾人身份跟他在租金上讲条件。想到这，我立马向对方解释道："没关系，租金该是多少就是多少。"

这时，工作人员支支吾吾地说："呃——不是租金的事，而是……这个事不归我负责。"

"那请问一下，如果我要谈租房的事应该找谁？"

"这个嘛……我帮你问一问公司领导吧！您要不改天再来？"

工作人员说话前后不一，刚进门时他说他是负责人，现在又说不是负责人。

第二天一大早，我又来到了建筑公司。这次接待我的是一个姑娘。当我提到租房的事时，她说不知道这事，答应帮我问一问，让我改天再来。

我心里更疑惑了。当天晚上，我给朋友打电话，问这是怎么回事。

朋友告诉我，听说是建筑公司的一位领导的亲戚想租，这时我才明白，工作人员为啥说话遮遮掩掩。可是，如此一来，这不是开后门吗？按照正规流程，不应该面向社会公开招租吗？外人也可以公平参与竞争啊，不行，这房子我一定得争取。

第三天，我又早早来到了最初接待我的办公室，我再次找到了第一天与我沟通的工作人员。工作人员说，这个事他做不了主，让我找领导。他把我领到了另一间办公室。进门以后，一个声音浑厚的男人起身与我握了手，并跟我解释道："公司里一个员工也想租，让我看看别的房子。"

我跟他说，我租下这个房子，是要开设残疾人就业服务中心，用来培训安置残疾人就业的，这是对社会有意义的事。我还告诉他，我并不是要求直接把房子租给我，我愿意公平参与竞争。

领导说他有会议要开，让我改天再来。就这样工作人员又急匆匆把我送了出来。

第四天，按照他们说的时间，我又来到了建筑公司。果然，建筑公司将租金抬得好高，远高出市场价，普通百姓根本承受不起。

那一刻，我知道了，建筑公司根本不想把房子租给我。

这不公平！后来的几天，我天天跑市信访局。

"您好！我是盲人杨德才，我想开设一个盲人按摩院，培训安置残疾人就业……"我把我的诉求讲给信访局工作人员，工作人员很快就给我联系上了信访局领导。

当时的信访局局长曹立军接待了我，他认真听了我的诉求，然后关切地对我说："你这个想法很好，你们残疾人特别是盲人，是特殊弱势群体，必须得到全社会的关爱和支持，党和政府对你们的生活、生存、培训、就业等都非常重视，现在我就打电话。"

接着，局长当着我的面拨通了电话。第二天，我就接到建筑公司的电话，他们同意把房子租给我。接到通知那一刻，悬了几天的心终于安定了下来，那一刻我感受到了极大的安全感。

自从眼睛彻底失明后，我碰壁无数，我深知一个残疾人要想在社会上站稳脚跟有多难，但是从今以后，我不怕了。我想告诉残疾人的是，不走出去碰壁就得回家面壁！只要你想做事，只要你有想法，不要怕，尽管大胆去做，只要走出去抱着敢于碰壁的心态，一切难题总会有解决办法。

笔者：不走出去碰壁，就得回家面壁！您的碰壁理论很有意思。现今大多数人都缺乏碰壁思维。究其原因，一是怕担风险。碰壁路上，轻则鼻青脸肿，重则头破血流。二是怕吃苦。要想破壁找出口，不仅需要智慧，更需要不怕吃苦的精神。现实中大家都倾向于躲在安逸的舒适区，不想碰壁，更不敢碰壁。那么，您的勇气何来？

杨德才：对于完全失明的我来讲，黑洞洞的不仅是自我世界，更是外部世界。倘若我不碰壁，就只能被锁死在黑铁屋里。出去碰壁，不仅是为了挑战自己，更是为了求取更广阔的生存空间。

路边的按摩床

笔者：有了店面，下一步就是开业，开业过程顺利吗？

杨德才：万事开头难！开业第一个月是最难的时候，没有知名度，没有客源，曾一度经营不下去。发传单是常用的宣传方式，除此之外，我还在楼下摆了一张按摩床。

想不到，是这张按摩床帮我留住了顾客。

2005 年，我从建筑公司手里争取到房子后，就开始四处借钱，筹得了 10 万块钱，在我以前教过的学生张欣（化名）和刘则（化名）的帮忙下，前期装修和设备购买工作很快就完成了。

有了店面和设备，下一步就是招聘员工。从湖南中医药大学学成回来后，我先后在七八家按摩店做过事，认识了不少朋友，通过朋友介绍，顺利招收了几位优秀技师。

开业当天，我贴出单子：本店除了提供推拿保健服务还免费为残疾人等所有弱势群体提供就业培训指导。单子一贴出去，很快店里就迎来了一波又一波的残疾人。我根据他们自身情况，有志于学本事的，我就把他留下来，免费为其提供按摩培训，至于那些上门揩油闹事的，一概拒绝。

店子开了一个多月，员工及接受培训的人已经全部到位。可是店里的生意却很惨淡，一天来不了几个客人，店面要支撑下去非常艰难。

无奈，我带着店里的几名员工出来发传单。刘姐搀着我负责东风路街道，其他几名员工负责周围几个社区。我们沿着街道，给路人发，给路边的店铺发，给社区的居民发。眼看着传单一沓沓发出，就是不见有客源来。

“杨嗲（长沙方言：祖父或泛称祖父级长辈），这样下去咱们店子恐怕要关门啊……”

我当即对前台收银说：“召集大家马上来前厅开会!”

人员叫齐后，我开口了：“店子刚开业，生意不景气，这是正常现象。这个现象不会持续很久，我们也不会让它持续很久。从今天开始，我们要好好思考一下店里的经营问题了。现在我们面临的问题是有技术没客源，说到底还是宣传不够。下一步的主要任务就是扩大宣传，让更多人知道我们店，信赖我们店……从明天开始，我们把楼上的按摩床搬下去一张，给过路人免费提供按摩服务，让市民切身感受一下我们的按摩技术与服务，这个活动要持续一个月。”

员工老张问道：“给路人免费做按摩算不算绩效点?”我当时就答应道：“算，当然算，这工钱我负责，大家只管给客人提供最优质的服务，工资的事不用担心，我来兜底。”

老张又问：“客源不足，入不敷出，持续一个月的免费活动岂不是让店子垮得更快?”

老张的担心我何尝没想过，可我坚信只要提供优质的服务就一定能够赢得顾客信赖。我告诉员工们，要继续加大力度发传单。一定要把传单发到有需求的对象手中。

第二天，我敲着棍子早早地来到了店子里。员工们也很齐心，早早地把按摩床抬到了楼下。

一张按摩床，几个员工，来来往往的行人。

“杨嗲，这怎么吆喝啊？路人都很疑惑地看着我们呢！这……我们得介绍一下吧！”店里前台小姑娘悄声对我说道。

我让刘姐站在路边给大家讲一下我们的活动。刘姐当场否决，说她是粗笨人，不会说话。我又让老张说，老张也不说。

看他们一个个推脱都不敢向前，我就敲着棍子走到按摩床前面，“亲爱的顾客朋友，我是爱康盲人按摩院的杨德才，适逢我们新店开业，为了让大家体验我们爱康最优质的推拿保健服务，我们店特意推出免费给路人按摩的活动，从今天起，我们店的按摩床会在楼下摆放一个月，大家有颈间腰腿痛的都可以来，我们免费给大家提供体验服务！”

话音刚落，一个老娭毑就过来问我：“昨晚睡觉落枕了，脖子痛能按按吗？”

“娭毑，您躺下来，我亲自给您按。”我把棍子放到一边，给娭毑按了起来。

不一会，我就听到路人聚过来的声音。

“这是免费的吗？”

“可以给我按按吗？”

“有心脏病可以按吗？”

……

我们的员工一一解答，“这样，要参与免费活动的顾客们都排好队，跟着我们上楼，楼上有空闲的技师和床位……”刘姐招呼着大家。

听着熙熙攘攘的人群声，我心里有底了。

如今我们的“爱康”已经走过19个春秋，从这里走出去一批又一批残疾人学员，迎来一批又一批的顾客，可我永远也忘不了当年路边的那张按摩床。那张按摩床上，坐过社区的嗲嗲娭毑，坐过周边的环卫工人，它时刻提醒着我：按摩，要服务群众！

笔者：社会上很多人对按摩行业抱有偏见，会戴着有色眼镜看待吧？

杨德才：大众有偏见，恰恰说明行业存在问题。正因为存在问题，我们才更需要正名。自“爱康”开办以来，我时常告诫员工：我们服务的是人民群众，心要正，行要端，中医推拿技术是老祖宗留下的遗产，我们不仅要晒，而且要光明正大地晒。

“失落”的爱心卡

笔者：您说按摩要服务广大人民群众，我们特别赞同。其实，所有的行业，所有的从业人员都应该抱着这个宗旨，尤其是医院、学校、法院。

杨德才：我让员工去打印店印制爱心卡（免费体验按摩的卡片），把这些爱心卡都发给社区困难弱势群体。想法是好，没料到还搞出一堆的麻烦。

一大早就接到前台的电话，“杨嗲，快来爱康吧！店里乱成一锅粥了！”正在家里煮药的我关了火，抄起棍子就摸着下了楼。

刚走出小区，就碰到了店里的小刘，她拉着我往店里赶。我问店里出什么事了？小刘没好气地嘟囔起来：“还不是您发的爱心卡惹的事！之前都劝过您，爱心卡不要发太多，不要乱发，您不听，非要当好人，现在好了吧！他们一窝蜂地挤到店里，又吵又闹，搞得店里正常生意没法做，把顾客都吓跑了……”

可我不明白，爱心卡三个月内都有效，怎么都赶到今天来了。小刘说道：“这我哪知道，来的啥人都有，都挤在店里不走，我们赶也赶不得，讲也讲不得……”

刚走到楼下水果摊拐角处，就听到楼上沸腾的人声，我敲着棍子上了楼。“这不是你们发放的爱心卡吗？怎么现在不承认了？这不是欺骗消费者吗？”

服务员解释：“您好！不是不承认，您也看到了，今天来的人实在太多了，我们人手也不够，现在技师正在服务的就是持爱心卡的人，要不您等一会，等技师下钟了，立马给您做！”

“上一次我来的时候，就说人手不够，这一次又是人手不够，人手不够开什么店啊，发什么爱心卡啊？”一个男人说道。

“对啊，我已经等半小时了，这爱心卡到底有效吗？”一个女人说道。

我挤过人群，高声说：“大家不要急，我是店里的负责人，只要是‘爱康’发放的爱心卡，我给大家承诺一定有效。今天排上号的我们一定会做，没有排上号的，改天再来。”

“改天再来？为了你这张免费卡，还要我跑几趟，你们店有人手发卡没人手做事？得，你这卡，我是享受不起了，你们留着自己享受去吧！”说话的男人语中带刺，说着，就听到嚓嚓的撕碎纸片声，还没等我反应过来，碎卡片就朝我的墨镜飞了过来。

店里瞬间乱成了一锅粥。前台猛地把我拉到身后，对着男人吼：“哎！你怎么打人呢？”

男人吼得更厉害：“哪个打人了？哪个看见我打人了？我打哪个了？你让你们老板指认，看哪个打他了……”

前台准备上前理论，我拽了拽她的胳膊，把她拉了回来。

然后就听到女人的声音：“算了算了，不做了。”

那一刻，只感觉到站在人群中的我被顾客撞来蹭去，有点天旋地转。

前厅终于安静了下来。前台服务员蹲在我的脚边捡散落在地的爱心卡，“杨嗲，看看吧！你把人想得太善良了，把爱心卡发放到这些人手里，好心没好报……”

前台把爱心卡捡起打成一沓，塞进我手心。

攥着爱心卡，我有点想流泪。

发放爱心卡难道错了吗？我让弱势群体不花一分钱就能够享受专业的推拿保健服务，难道错了吗？不，没有错！

前台问我：“杨嗲，爱心卡还发吗？”

我回答：“发，继续发！不过，要换一种方式发。”

我跟社区主任打电话，通过社区工作人员将爱心卡发放给社区的退伍老兵、残疾人、孤寡老人、老党员以及低保困难人士的手中。一上午，我联系了四五个社区。社区工作人员那有名单，他们可以把爱心卡点对点发到对应人群手中。我想，这次的爱心卡不会再失落了吧！

一个月后，前台反映，持爱心卡来店里享受免费按摩的残疾人、老年人并不是很多，反而持卡来做免费按摩的都是青壮年，有的还是比较眼熟的社区工作人员。持续观察两个月，我才知道，爱心卡并没有如我所愿全部送到特殊弱势群体手中，而是被某些人贪了便宜，我知道我的“爱心卡”又失落了。那一刻，我才真正明白了打通社区工作最后一公里的重要性。本想把这个情况反映给社区领导，但转念一想还是算了。

9月的一天上午，我刚进爱康，就听到前台抱怨：“杨嗲，你是怎么跟社区交代的，刚走了一位客人，他在这挑三拣四，说这不好，那不好，还说这是政府发给他们的卡，这个钱说到底还是他们纳税人自己掏的钱，骂我们吃着政府的补贴却不给他们好好服务。这明明是杨嗲您自掏腰包搞的免费活动啊，怎么我们就变成大恶人了？我早都劝过您，不要再发爱心卡了，他们不但不领情，反而会觉得这是应该的……”

听了前台反映的情况，我感觉自己坠入了冰窖。

“那个客人是哪里的？有登记信息没？”我问前台。我按照前台给我的住址信息，让徒弟小李带着我来到了浏河村社区这位客人的家。

“您好！您今天上午是不是在爱康做了一次免费按摩？”

“是的，你是？”

“您好！我是爱康的老板，盲人杨德才，今天来这算是售后服务，今天店里给您提供的推拿保健服务还满意吗？”

“嗯嗯，按得蛮好！”或许是我登门拜访的缘故，让眼前这个男人的回答又变了说法。

我的突然造访显然让这个男人说话有些局促不安，可我没有别的意思，我只是想解释一下我的初衷，我不想让我的“爱心卡”再次遭到奚落。

“我是一个盲人，我深知残疾人、老年人生活的艰辛，作为社会一分子，我也想为这些群体做些事，奈何眼睛看不见，我也为社会作不了大贡献，想着给大家发一些爱心卡，凭我这个盲人的一点微薄之力，让咱这些特殊阶层的老百姓在辛苦工作之余也做做按摩，给身体解解乏。我的工作做得不好，请您多提意见，我们一定会尽全力提高服务！”

男人听了我的解释，忙招呼我坐下喝茶，我谢绝后，就匆匆离开了。出门时，天突然刮起了大风，我裹紧了衣服，敲着棍子朝爱康走去。但愿经历了这次，我的爱心卡不会失落太久。

笔者：如果个人主义盛行，善良与美德有时不但会遭到无视、嘲笑，甚至还会被人利用。行善的被误解，救人的被讹诈，献爱心的被说傻。汶川地震的“诈捐门”、疫情之下的口罩骗局……在那些精致的利己主义者看来，金钱实在，道德虚无，而在无私的利他主义者眼中，美德永远是个人与社会发展的基石。诚然，我们无法要求每个人都成为道德的高标，但可以要求自己做到宽厚善良，问心无愧。

杨德才：是的。我坚持发了19年爱心卡，其间碰到各种各样令人寒心的情况，可是越寒心，我越要做。别人说我傻，可我很快乐。烈士公园里，大老远就听见孩子们喊我杨爷爷，我快乐；马路上陌生的环卫工人拉着我嘘寒问暖，我快乐；这几年身边集聚了一批又一批的志愿者，我快乐。谁说爱心不会传染？谁又能说美德是虚无主义？

生命再生产

笔者：您开了爱康残疾人就业服务中心，后来又成立了残疾人阳光艺术团、德才居家养老保健服务爱心站，这些机构的开办几乎是同时进行的，您的身体吃得消吗？

杨德才：吃不消，所以就倒下了。

我躺在窄窄的悬崖边上，胸口被一块巨石死死压着，压得无法呼吸。那一刻我仿佛看到了巨石下被压迫的跳动心脏在慢慢减速，我知道要想活命，必须推开巨石。我铆足了劲，拼命地推，一翻身，啊的一声，连人带石滚落了悬崖……

再次醒来时，我闻到了一股浓浓的消毒水味儿。我支起手腕，准备起床，却被一双手按了下去。

“别动，在输液呢！”是妻子的声音。

“昨天半夜，你大叫了一声，就没了声音，我和儿子连夜叫了救护车，把你送进医院……”妻子说着昨夜的事，我想着昨夜的梦。

“杨老师，你这身体今后可得注意了呀！”听声音，我知道是湘雅医院经常给我看病的杨教授。

杨教授对我说，车祸给我身体造成的损害太大了，刚给我做了个全面检查，问题有点多：窦性心律不齐、血压不稳、胆囊炎、咽喉炎、中耳炎、支气管扩张、左右脑腔梗……期前收缩很厉害，怕引起心肌缺血、脑缺氧。这样的情况白天有人在身边好一点，就怕三更半夜心脏突然停止跳动，脑缺氧严重，抢救都来不及！

妻子急切地问道："那我们该怎么办？"杨教授说让我家里备台氧气机，晚上睡觉插上氧气管，睡醒后拔掉……"

教授说完后就出去了，临走时还拍了拍我的肩膀说，不要有太大心理压力。

说实话，自从完全失明后，任何病症都吓不倒我了。自己的身体，我自己知道。自打车祸后，身体抵抗力就直线下降，一变天，我就感冒，即使不变天，只要周围人感冒，我也逃不脱。车祸后那几年，我几乎每个星期都要去社区打吊针，一年住院好几次。妻子工作忙，儿子要上学，没办法，我只能自己一个人拖着病恹恹的身体敲着棍子去社区打针。我算一下啊，眼睛失明以来，我加起来住了45次院。

自从家里买了氧气机，夜里睡觉就有了新的程序：换上一杯纯净水，打开氧气机，插上呼吸管，空气从海绵中吸进去，走三道净化环节，排出废气，过滤出氧气，再输送给我。

"咕嘟嘟——咕嘟嘟——啪——"氧气机迸出一丝氧，我就拼命地吸进去，再迸出一丝氧，我再吸进去……空气进着，氧气吸着，废气排着，听着氧气机循环往复的泵水声，我知道那是真真切切的生命流动的声音，那是呼吸的再生产，是生命的再循环。

我均匀地吸吮着咕嘟嘟送上来的氧气，心里平静了，大脑也清醒了许多。每当这时我就问自己：人活着的意义到底是什么？

车祸后，我死不成，就想好好活。我靠着自己摸索，学会了完全自立生活，我靠着自己摸爬，走出了房门，创办各种公益性服务机构。好多人疑惑：为什么我一个残疾人非要费心费力搞这些？

我答：我想实现生命价值的再生产！

笔者：相声艺术家夏雨田虽病痛缠身，但仍坚持在病榻前进行相声艺术创作。他说他要为后代、为观众留下一长串笑声。对于夏雨田而言，生命的意义在于笑声的再生产；退伍军人刘真茂主动上山，自掏腰包建哨所，义务保护生态几十年。他说他要坚守大山一辈子，死了就埋在山上，永不下山！对于老兵刘真茂而言，生命的意义在于承诺与坚守；平凡村妇廖月娥心甘情愿照顾无亲无故的老人，用赤子之心践行着百善孝为先的传统美德。廖月娥说希望自己是一条小小的田埂，让劳动的人们，开心地走过。对于廖月娥而言，生命的意义在于善良的再生产……对于您而言，生命的意义在于什么？

杨德才：人生其实就是人的生与活。生有其二，一是肌体器官的生存；二是思想境界的提升；人的活法也有其二：一是局限在自我小圈子为自我而活；另一种活法是把自己与周围环境紧紧融合在一起，与社会共存。车祸后的失明开启了我第二次生命。我抛弃前一种活法，选择后一种活法。因为前者太自私，是小人的活法，那样活着单调乏味、冷酷无情，是行尸走肉。而后一种活法温暖充实、有滋有味。大家互帮互助，一起生活，一道探索。大家活得好，社会就更和谐，民族就更兴旺。这就是我追求的人生的意义！

第五章　我们终将老去

人老了，背会驼，腰会弯，眼会花，耳会背，脸皮会下垂，骨骼会变脆。冬天散步，肉皮挡不住风，寒气会往骨头缝儿里钻；夏天洗澡，脚站不稳，一个趔趄，连人带盆摔倒；早上去厕所，蹲下去，脑袋一晕，常常站不起来……

老人，如同枯黄的草木，易折易断。活着时，我们要尽可能地尊重生命、珍爱生命、怒放生命，因为我们终将老去。

母亲被“收走了”

笔者：您如何看待衰老这一问题？

杨德才：如果说衰老意味着身体机能的全面退化，那么 20 年前那场车祸后，我就已经老了。可那时的我并不觉得自己“老”了，我与命运对抗，拼身体、拼事业，那时的我不但没有感到自己“老”了，反而有满血的能量。多年来我一直将力量投之于外，我开店子、做培训，尽管拖着病恹恹的身体但是忙得很有劲，我从来没有感受到自己的衰老，直到母亲去世那一刻，我才对生命、衰老有了更深的理解。

母亲是童养媳，一辈子生养了 10 个儿女。

日本鬼子进攻长沙那一年，父亲跟随着抗日队伍走了，母亲牵着 6 岁的大姐，背着还在襁褓中的二姐，四处逃命。大姐因长途劳累和饥饿死在了半路，一路上，母亲哭天哭地哭自己，走到河岸，望着滚滚的河水，一度想跳河结束自己的生命，但一想到自己背上还有个吃奶的孩子就又退了回来。终于熬到了新中国成立，结果碰上三年困难时期，9 个孩子中又饿死了一个。

母亲个头小，是个瘦弱女子。可时代与命运的苦难硬生生把一个瘦小的女人磨砺成一位刚强的母亲。

我 9 岁那年，放学回家，半路落起了大雨，我顶着书包一路狂奔。刚跑进桐坡里，隐约看到对面山坡上一个人拖着一担柴在风雨中缓慢移动，随着距离越来越近，我才隐约看清柴下面是我的母亲，母亲左胳膊挎着一篮子菜，右肩膀上拖着一担柴，柴的枝枝丫丫几乎将她的身体完全遮住了。

母亲的刚强能抵抗一切生活的苦难，却无法抵抗她孩子们的苦难命运。比如夭折的两个孩子，比如眼睛失明的我。

1997 年，我出车祸，眼球摘除。得知消息的母亲又绷不住她那哭天抢地的泪水。在医院里，母亲哭天哭地哭自己，怎么老天不把苦难降到她身上，非要让她的满崽遭罪，她虔诚地乞求老天把她收走，来换回她儿子的光明。

出了院，母亲匆匆赶回老家。几天后，给我打来电话："满崽呀，我找人算了命，说你八字太大，宜谷这个名字压不住，算命先生给你改了个名字叫海山。杨海山，咯个（长沙方言：这个）名字蛮大气，我看要得。"

电话那边，母亲情绪激动。

我想了想，改个名也好，但是海山二字太俗气，我不喜欢。迟疑了一会，德才二字突然跳入我的脑海，"就叫杨德才吧！今后我做一个有德有才，对社会还有用的人！"

电话那头的母亲，听到我这样的解释，情绪也平复了许多。此后我就是杨德才了。

后来，我开了店子，事业有了一点点起色，我常常把母亲接来给她老人家做按摩，每当这时，母亲就感慨："到底还是这个名字好，能降得住你的命！"

在孩子们的事情上，母亲总是很信命，可在自己身上，她却总想与命搏一搏。

2014 年 12 月，乡下大嫂打来电话说母亲住院了。接到电话后，我立马让徒弟屈妙带着我去镇里医院看望母亲。到了医院才知道，母亲的腿摔骨折了。大嫂告诉我，母亲一个人心里闷得慌，上山去捡柴，下山的时候，被一条小沟拦住了，别人都是跳过去的，她也要去跳。

这一跳，坏了，直接掉进沟里，把腿摔骨折了……”

“妈，您都90岁的人了，怎么还逞强？”我拉着母亲的手，坐在病床边说道。

母亲说：“从前我上山砍柴，养猪种菜做农活，么子事没做过？怎么咯回（长沙方言：这会）就跳不过去了嘞？我想沟并不宽，何解就掉下去了嘞？看来我真的老嘎哒（长沙方言：老了）……”

母亲的衰老我是亲手可触的。

90岁高龄的母亲背已经弯得很厉害了，一把小骨架，一副松弛的肉皮，每次给她老人家按摩我都只是象征性地揉一揉，根本不敢使一点劲。每次按完，母亲都笑呵呵地说：“舒服，我崽就是按得舒服！”每当听着她老人家笑盈盈的说话声，我都期盼着时间能走得慢一些。

2016年9月初，我回三姐家看望母亲。临走时，塞给母亲5000块钱。三姐说：“妈，这个钱我给您放着，您揣在身上容易丢。”母亲偏不，我说：“妈，听三姐的，这个钱让她给您放着，您啥时候想花钱，再问三姐要就是了。”母亲最终把钱交给了三姐。

2017年9月21日，我正在参加一个会。突然接到三姐打来的电话。“毛三啊，快回来吧！妈妈不行了……”三姐带着哭腔。

“不行了！”我听到这三个字后，五雷轰顶。挂了电话，我立即给领导说明情况，拦了辆的士，带着妻儿赶回老家。

回家的路好漫长。

“妈昨天晚上睡觉前问我要那5000块钱，我还说大晚上要钱干吗？等明天给她，她不听，非要。我就把钱给她了……第二天，我去屋里喊她起床，发现咱妈已经……已经没气了。给她换衣服时，我在胸口衣兜里摸到了硬邦邦的东西，掏出来是一块包裹得紧紧实实的小方巾，打开一看，是昨晚那5000块钱……”坐在颠簸的车上，姐姐的话一遍遍回荡，我的眼泪一遍遍流。

终于到家了，我敲着棍子往屋里赶，我跪在母亲的床边，发疯一般地给母亲按穴位，我按内关、合谷，盼望着脉搏能起，我按心经、肺经，盼望着它们能被激活，我按极泉、按小海、按劳宫……凡是急救的穴位，我都找出来卖力地按。

“毛三伢，别按了，妈已经走了，这些没用的……”

我不相信母亲已经走了。可母亲那双手却分明在逐渐变硬变冷。妻子将我拉了起来：“让妈安稳地走吧……”

洗澡、换衣、入殓、下葬……我整个人昏昏沉沉地被嘈杂的人声所裹挟，我踉踉跄跄地跟着下葬队伍上山。我的耳朵自动屏蔽了山上的风声、哭声、鸟叫声……耳边回荡的仍是盖棺后无穷无尽的砸钉子声。我知道，钉子楔进去，母亲将被永久封存。

从乡下奔丧回来的我，夜里常常做梦。黑色的梦里传来的都是尖利的、迟钝的砸钉子声，声声入耳，锤锤入心。夜里下大雨，我会担心雨水会漫进棺木，我会担心母亲溺水无法呼吸，我甚至一度听到了母亲的呼救声……

很奇怪，那一刻，在我黑色的世界里，母亲的音容笑貌竟然瞬间烟消云散，我奋力在黑暗中捕捉，却怎么也捉不到。耳边、脑海回荡的全是钝钝的砸钉子声，那空洞洞的敲击棺盖的声音竟成为母亲留给我最后的记忆。

笔者：生命如同草木，终将老去，我们需要做的是学会接受，学会放手，学会珍爱。

杨德才：整整一个月，我才慢慢接受了母亲已经入土的事实。母亲的离世，让我对生命、衰老、死亡有了更深的理解：生命在行走，总有走尽的那一刻，当我体悟到死亡之哀时，同时也体悟到活着之幸。那个时候 50 多岁的我常常在想：既然人终将老去，那我能否为健在的老人们做些什么？

“孤独又怎么办呢？”

笔者：所以您后来成立了德才养老服务爱心站？

杨德才：说实话，成立这个爱心站很大程度上源于我对母亲的愧疚。母亲生前，我奔波于门店经营，没有投入很多时间陪伴母亲，母亲的离世让我真正明白“子欲养而亲不待”的道理。我将目光投向身边的老人，不仅是为了在生活上关心他们，更多的是想排解老人们的孤独。

孤独有很多种。独在异乡的年轻人有孤独，奔波在外的中年人有孤独，留守在家的老年人更有孤独。年轻人的孤独，或许还可以通过娱乐来排解，中年人的孤独或许还可以通过家庭的温馨来消解，那老年人的孤独呢？

我至今记得王家垅社区的王娭毑。王娭毑腿脚不方便，常年坐轮椅。初次去他们家，连敲几次门都被拒绝，最终进了门，为了打消娭毑的顾虑，我就陪她聊天，可我还是明显感觉到老人的不自在。为了打开老人的心扉，我就给她讲我的家事。讲我的父亲、母亲，讲我自己。

老人听得很投入，也不由自主地谈起自己：“老倌子（长沙方言：丈夫）走后，只剩下我一人待在老房子里，前年腿部又做了个手术，手术后，就离不开轮椅了。”

老人只有一个女儿，可一年也来不了几次。当我问起是否想她女儿时，老人一度哽咽。

“想，怎么不想，我也想让她回来看看我，陪我说说话，可是，又有什么办法呢？她工作忙，我不想耽误她。”

“可是我越想她，就越恨自己，别人的妈都能帮着女儿接接孩子，做做饭，我这腿……算是把我困住了，有时候，想去女儿家看看她，但又一想，我摇着轮椅出门，一路磕磕绊绊，连自己都顾不了，去了不是给女儿添乱吗?”

“一个人孤独吗?”我又问。

“怎么不孤独? 每天家里除了洗涮声，轮椅声，没有其他声音。可是孤独又能怎么办呢?”娭毑的话听得我心里发堵。

我又想到了东风村85岁的张嗲嗲。第一次去他家，就有一股奇怪的味道窜进了鼻孔。有中药味、风湿膏味、潮湿发霉味、长期没有开窗通风的废气味。跟老人一番聊天后，我提出给他按摩。老人家的皮肉干瘪松弛，能一把抓到骨头。这样的皮肉不像年轻人，禁不起捏按，我不敢使一分力，只是给老人松松皮。

正在我捏的时候，突然间隐约听到了老嗲嗲的啜泣声。

老人哽咽地说:“你要是我的崽就好了……”

原来张嗲嗲是失独老人。15年前，儿子出车祸去世，从那以后，老嗲嗲身体就变差了。有一次在路上晕倒，被路人发现送到医院，医生说这是突发性脑梗，延误了最佳治疗时间，自此以后腿就走不了了。

听完故事，我答应张嗲以后常来看望他。后来的每一年我都会让徒弟陪我去张嗲家里走一走，张嗲喜欢唱红歌，我也喜欢唱红歌。每次我领头，他跟唱，《没有共产党就没有新中国》《社会主义好》《团结就是力量》这是我们常唱的歌。后来我学会了打快板，我又教他打快板，每次听到张嗲爽朗的笑声，我就心满意足。

可心满意足后又会产生忧虑。像张嗲嗲这样无儿女的老人要备受孤独之苦；有儿女但儿女却在外的老人又要受相思之苦。是啊，孤独又能怎么办呢?

笔者：世间有两类孤独。一类是个体生命的孤独，这类孤独抽象、广阔，是“飘飘何所似，天地一沙鸥”；是“孤舟蓑笠翁，独钓寒江雪”；是“念天地之悠悠，独怆然而涕下”……这类孤独无人能解，也无需人解，只需自己孤独面对，静心修行。另一类孤独是个体生活的孤独，这类孤独具体、可触，添一人、听一曲、下一棋即可消解。

杨德才：我常感个体生命的渺小，又常感自我生命的宏大。生命的孤独难以排解，需要靠自身修行。那么我该如何修行？大多数人会选择向内修，我选择向外修。当今社会老龄化程度越来越厉害，作为个体的我何不为社会尽一份责？出一份力？尽可能多地帮助身边的老人排解生活的孤独，尽可能让老人们有所乐、有所依、有所安！某种意义上，这何尝不是我的修行？

那个高呼共产党万岁的老人

笔者：青年人朝气蓬勃，代表着民族的未来和希望，社会也总是将目光集聚在青年人身上。相比之下，老年群体就显得落寞不少。多年来您走访过那么多老人，您如何看待老年人这个群体？

杨德才：以前看待老年人是以整体眼光看，现在更倾向于从个体角度观察。我发现：老年人这个集体名词后面藏着的是一个个可爱的老人、忠贞的老人、不屈的老人。

2019年，我受邀到社区讲党课。我照例在台上讲，当讲到毛主席在天安门城楼上宣布新中国成立时，台下一个老人连声高呼："共产党万岁！共产党万岁！共产党万岁！"

这声音几乎是哆嗦着吼出来的，我似乎能感受到声音在他喉管里剧烈震动，这声音一声比一声高，尖利又高亢，似乎使出了浑身的力气。听声音这应该是位七八十岁的老人。老人的高呼声引来了全场如雷般的掌声。

讲完党课后，徒弟屈妙拉着我回爱康。路上，我和屈妙一直很激动地讨论着今天的党课。我问屈妙，今天高呼共产党万岁的老人，长什么样？好大年纪？

"是坐在最后一排的一个精瘦的老嗲嗲，我看到他胸前别着党徽……”屈妙描述着。

我们边走边讨论，快走到包子铺时，忽然听到背后好像有人喊我。

我碰了碰屈妙的胳膊肘，“是谁？回头看看，是在喊我吗？”

因为曾有过被街上无赖纠缠的经历，屈妙拉着我赶快跑，我敲着棍子，也跑不快，几乎是被屈妙强拽着走。

“快走，咱们快走，他好像在后面追咱们，怕是个神经病……”屈妙说着。

我收起棍子，屈妙带着我紧赶慢赶跑回了爱康。

大概过了十几分钟，爱康的门被推开了。“杨老师，您跑什么啊？”一个男人气喘吁吁地说着。坐在沙发上正在闭目养神的我，听到这声音忽地站了起来。我来不及思考，赶紧摸着走到门口。

一解释，才知道刚才追我们的正是这位老人。老人介绍说：“我也是一名老党员！我听党课无数，但是像您这样，把建党历史脉络讲得如此清晰，甚至把时间、地点、参会人员的名字记得如此准确的，我是第一回听到。现在好多年轻人不喜欢听过去的事，但是我们不同，我们很留恋那个时代，今天咯样好过的日子真的来之不易嘞……”

老先生的登门拜访让我惊讶又感动。聊天结束后，我让屈妙送老先生下楼。

回来时，屈妙说：“杨嗲，您猜他是谁？”

“是谁？”

“他就是那个高呼共产党万岁的老人！”

当时走得匆忙，也没来得及留下联系方式。不过后来他儿子给我送了一封信。

那是2020年春节，爱康来了一位年轻人，说是受父亲委托要来送一封信。打开信封，里面还有一个硬纸片。是老先生写的一首诗歌。

读了信和诗歌，激动、羞愧、感恩，一种复杂心情浮上心头。

我杨德才何德何能受到一个陌生老先生的诗歌赞美？我受之有愧

啊！同时也催生了一股力量，激励我做更多的事，帮更多的人，只有这样才能对得起这份沉甸甸的心意。

笔者： 人民有信仰，民族有希望，国家有力量。信仰的力量来自红色党史的代代传唱，更来自党员们对初心的代代守望。我们要守护共产党人的世界观、人生观、价值观，摒弃金钱至上、名利至上、享乐至上的错误信仰。加强党风建设、坚守共产党人的精神家园、营造良好的社会文化氛围，不仅需要党和国家的努力，更需要每个共产党员的努力！您作为一个党员，一位四面碰壁的盲人，坚持义务讲党课，这种坚守与执着很了不起！

杨德才： 我只是做了我想做的事。失明前我是一名历史老师，失明后我通过为社会大众讲党课，成为一名思政老师。这不仅延续了我的教师生涯，更尽了一名老党员应尽的责任。

这个时代，我们仍然需要英雄！

笔者： 记得您之前说过曾经走访过一位抗美援朝老战士？

杨德才： 是的。如今这位老战士已经去世了，但他的故事却永远刻印在我心里。他是参加过抗美援朝上甘岭战役的志愿军战士詹玉书。

认识他是在 2007 年重阳节。那时候，我想搞一个为社区老党员送爱心的活动。社区工作人员告诉我说，附近文化物资公司的宿舍楼上住了一个抗美援朝老战士。我一听好高兴，赶忙向工作人员要来了地址。

拜访他的前一晚，我久久无法入睡。我将要见到的老人该是一位怎样的英雄啊！他一定高大勇猛，他一定铁骨铮铮，他一定目光炯炯！……

见到了他，我才意识到，英雄老了！

他身材瘦削，给他按摩，发现老人的背已经完全变了形，手如同枯木，指关节弯曲不能伸展。我跟老先生边按摩边聊天。当我问到当年战场上的故事时，老先生一下子激动了起来。

“不能讲，不能讲，讲一次我的心就被刀剜一次，那场面这辈子都不会忘记。可这辈子我都不想再回忆……”

老人哽咽着，死死地抓住我的手，那双手在不停地颤抖。

老先生讲道：“我是一名军医。上甘岭战役结束后，我们卫生队去打扫战场。到了战场，我看到了——我看到了那个被炸平的山头，脚下横七竖八躺着我们的战士，我看到了，战友的肠子挂在树枝上，衣服被炸成了烂布条，我眼前一黑，瘫软在地。那一刻，人的意识是完全错乱的，我的手好像抓住了一个实在的东西，我拿起一看，是一条被炸得焦黑的胳膊，是胳膊啊，是战友的胳膊啊……”

“那一年，我 16 岁。我被这样的场景吓到了，我呆呆地抱着胳膊……远远地听到，有人在哭，我抱着那条胳膊傻愣愣地走过去一看，卫生队长抱着战士的遗体在号啕大哭……打扫完战场回来，我一夜没合眼，眼前都是血肉模糊的不完整躯体。我哭不出来，身子发抖，嘴巴抖、双手抖，双腿抖……”

听了老战士讲的真实战争场景，我心里久久不能平静。回来的路上我反复思考：岁月在老人身上刻下了沟沟壑壑，战争在老人心上留下了百孔千疮，面对他们，我们该如何铭记历史？

现在，我们生活在一个没有战争的国家，但并不代表我们生活在一个没有战争的时代。巴以冲突不断、阿富汗常年战乱、俄乌战争火力全开……身居中国的我们何其幸运，生活在英雄先烈为我们打下的稳固河山中，我们今天的安居乐业是英雄用血肉之躯换来的，我们今天的繁荣昌盛是先辈用血汗积攒下来的，吃水不忘挖井人，这个年代，我们比任何时候都更需要铭记历史，铭记英雄。

孩子们需要铭记英雄，他们需要感知那段炮火连天的战争史；青年们需要铭记英雄，他们需要从英雄身上汲取钢铁般的力量；中年们需要铭记英雄，他们是传承红色基因的中坚力量。铭记历史，我们最亟须做的就是走进英雄！让英雄不再孤独！

笔者： 2018 年 12 月 26 日，一个叫柴云振的老人去世了，享年 93 岁。在抗美援朝第五次战役中，他用美军遗弃的武器弹药击毙击伤了 200 多名美军。战后他荣获了一级战斗英雄和特等功臣的称号。柴云振因伤重被送到后方，从此与部队失去联系。而授予他的两枚军功章也未能发放出去，在十五军军部档案管里一锁就锁了 30 多年。

1984 年，在祖国的西南边陲，一个不知名的小村落，找到了英雄柴云振，当他被授予那迟到的两枚军功章时，柴云振含泪拒绝：这军功章我不能要，我没有佩戴的资格，那一仗打得太惨烈了。我们的阵地每秒钟都要承受 6 颗炮弹，可我的战友们宁死不退，他们捅弯了刺刀，打折了枪托，最后他们都倒在了阵地上，而只有我踏上了胜利的曙光，我柴云振只是一抔黄土，而我的战友却是群山巍峨……柴云振的故事震撼了无数人，没有人不为英雄落泪。古来英雄皆寂寞，为了铭记英雄，我们有必要走进英雄的记忆，抢救那段悲壮的英雄史。

杨德才： 是的，散落在民间的战斗英雄需要被发掘，他们的故事需要被听见，他们是精神家园宝贵的财富，更是中华民族不屈的脊梁。挖掘英雄人物、收集英雄记忆、讲述英雄故事，我想这是当今社会提倡爱国教育最务实、最有效的做法，这同时也启发着我后来在讲党课的过程中必须增加英烈故事的讲述。

“老有所乐、残有所依”

笔者： 您眼睛看不见，却又是怎么一个个记住这些老人的？

杨德才： 别人都说我记性好，其实哪是记性好，只是我爱写日记罢了。眼睛失明后，整日生活在黑夜里，没有视觉的帮助，对人对事的记忆也只是短暂停留。身体状态好的话，记性还好一点，状态略差一些，就会丢三落四。我学习盲人电脑，学会了打字。我每天都会把自己做的事情以日记的形式记下来。日记就是我的记忆储存器。

我现在打开电脑里的日记文档，给你们念念啊！

2010 年 4 月 28 日：近段时间，胃肠老是出问题，吃不下，也睡不着。去看了医生，医生说是思虑过度，让我歇歇，别给自己太大压力。可是我怎能放得下？

2012 年 5 月 1 日：我让屈妙带着我上门为“植物人”许梅免费推拿治疗。回来后，心情沉重：她那么年轻就被困在了床上，不禁感慨命运不公。

2013 年 5 月 19 日：下午，我和老周书记、谢主任冒雨来到王家垅社区看望 94 岁的王择民、96 岁的万仁清和一级伤残荣誉军人邓月华。我为老人们免费做推拿，看到他们开心，我也开心。

2014 年 11 月 2 日：给东风路街道十个社区发送爱心保健卡，九个社区都领走了，我很踏实。

2016 年 1 月 26 日：组织 50 多名阳光艺术团盲人去创乐福敬老院，为老人们举办“共圆中国梦”猴年春节文艺联欢会。

2016 年 2 月 22 日：在精英路社区举办“残疾人闹元宵，展望猴年好春光，欢歌笑语过佳节，共同致富奔小康”社区文化艺术节，免费为社区居民送上文化食粮，共圆中国梦，这是我们的阳光艺术团第 35 次活动。

2016 年 3 月 8 日：天气很恶劣，我带着爱康的员工顶着狂风暴雨去湘女老年人活动中心，路上风大雨大，我的伞被吹破了，帽子也刮飞了。员工们打趣说：“杨嗲，可不能把棍子再搞丢了，不然可真一无所有了！”到了湘女活动中心，我带着员工们为百岁老人免费按摩、歌唱。有位老奶奶拉着屈妙的手说，“孩子，谢谢你们，我好久都没这么笑过了。”听屈妙说，临走时，还有位老奶奶给我们敬礼，问我们什么时候再来，她好记着日子。回来的路上，风雨依旧。我情不自禁吼出来：竹杖芒鞋轻胜马，谁怕？一蓑烟雨任平生。

2016年5月23日：又下雨了。我带着志愿者去东风一村走访了93岁的贺大爷、94岁的柳大娘、95岁的付大爷、96岁的王大爷等几位离休老干。柳大娘瘫痪在床，其丈夫贺大爷照顾着她。保姆在隔壁打麻将，房间空气污浊难闻，两老人相依为命。了解到贺大爷、柳大娘还没有享受到90岁的老龄补贴，我让屈妙带着我去找社区工作人员，反映这个情况，他们表态立马帮老人去申请。

2016年5月24日：上午八点到长沙市慈善会开三届五次会，下午去社区商讨90岁老人走访和为他们开展活动的事情。

2016年5月25日：下午，冒雨走访精英路95岁的葛大爷、廖大爷、93岁刘娭毑、92岁谭娭毑。四位老人都比较健康，我答应他们过段时间再来。

2021年8月25日：我回卯田村看望了我80多岁的老校长，忆起往事，我和老校长感慨万千，卯田中学的一草一木、一砖一瓦、一师一生似乎都历历在目。临走，老校长颤颤巍巍地抱住我，刹那间，我呆住了，我感受到了校长的嶙峋瘦骨，感受到了时间的衰老。

2022年2月6日：今天是大年初一，我特地要儿子开车陪同我到雨敞坪镇麻田村看望93岁的老教师黎俊夫、有60多年党龄的老党员杨正初和86岁老人邹容华，并为每个人送上400元红包，三位老人很感动，都称赞党的政策好、时代好。这是我上门看望的第627位耄耋老人，我要继续加油，趁我还能跑得动。

2022年2月11日晚：儿子陪同我前往河西，看望中风十多年的87岁老人李嗲嗲。他坐在轮椅上，我给他把脉。老人血压高，同类药已经用了三年多，我劝他去医院检查，让医生给他换一种降压药。临走，我还给他在外地的儿子打了电话，给他说明了其父亲的身体状况。哎，儿在外地，老人家好孤独啊！

2022年5月16日：我到东风路街道砚瓦池社区讲党课，讲完后，一位老人颤颤巍巍地走向讲台拥抱我，夸我党课讲得好！后来一打听，才知道这位老人是年近90岁的全国劳动模范，长沙汽车电器厂退休职工的万娱驰。老人的鼓励给我了力量！

……

时间过得可真快啊！日记记了20多年，为老弱病残群体做义务推拿保健也做了20多年。我见过太多孤寡老人，他们有的膝下无儿无女瘫痪在床，有的儿女长期在外地，无人照看。走路摔了，磕着碰着了，无人知晓。老人们像老孤雁，长年蜗居在自己的巢穴。他们对物质没有一点要求，一天两顿饭，渴了就烧点水，饿了就下个面，吃不了多少，也用不了多少，唯一的渴望就是想让家里来点客，让家里有点人气，哪怕是坐一下，说说话，聊聊天。

这几年我的身体越发不好了，妻子劝我歇一歇，别再瞎折腾了。

可这些老人我实在放不下：我承诺要为东风路街道等不少其他社区的老弱病残每人免费按摩两小时；我承诺失独的张嗲嗲要做他的干儿子；我承诺李娭毑要带屈妙常看看她；我承诺陪东风村的老人们一起过重阳节；我承诺抽空陪贺大爷教他学打快板儿；我承诺把乡下的邹爷爷两老接到城里来看我艺术团的演出，陪他们在烈士公园里好好地走一走；我承诺自己在能折腾动的时候，尽己所能让身边人老有所乐，残有所依……承诺是金，我说出来，就一定要做到！

笔者：2022年《中国卫生健康发展评价报告》显示，我国60岁以上的老龄人口已达2.6亿，其中失能或者半失能老人达到4700多万。老人因疾病或事故无法支付高额医疗费、无法入住社会护理机构、子女穷忙或啃老等等都会将老人推向贫困深渊。当前，老人的医护和赡养问题已经成为社会所面临的一大课题，未来谁来照护我们？这是我们每个人都要思考的问题。

杨德才：当今老龄化问题越来越突出，通过这20多年的走访，我发现，现实中的情况要比想象的更棘手。那些瘫痪在床或意志不清的被子女送进养老院的老人，他们在养老院过得怎么样？是否温饱？是否受虐？子女对这些一概不知；那些居家独处的、在冰冷空荡的家中过活的老人，是否孤独？是否健康？远在外地的孩子也无法知晓。每每想到这些老人，我心里就不是滋味。实际上，大部分家庭无力承担医院照护、机构照护的时间和金钱成本，我想在这种情况下，社区医养结合将成为未来的养老模式。

第六章　“看见”盲人世界

“盲人额头皱纹多。”哪怕是年轻的盲人，也逃不过这个“魔咒”。

杨德才起初并不理解为什么？直到他自己真正成为一名盲人时，他才深刻理解：因为没有了眼睛，他们更习惯用耳朵听，更习惯皱眉头想，他们害怕受虐待、害怕受侮辱，因此他们也总是疑心重重。

“大碗仔”

笔者：有人说，失明就意味着认知窗口关闭，您同意这样的说法吗？

杨德才：不同意。失明只是关闭了我的视觉窗口，但是我还有耳朵，还有嘴巴，还有心。只要心保持明净，世界就能在你面前打开。一定程度上讲，失明不但没有关闭我的认知，反而拓展了我的部分认知。以前的我从来没有关注过盲人群体，直到我成为盲人后，我才真正看见了这个群体，看见了一群可爱的盲人孩子以及他们的百态人生，比如大碗仔。

大碗仔，名字叫秦善权（化名），是个眼睛仅有一丝光感的大男孩。2009年他自己找上门要跟我学推拿。我在他身上示范手法，他学得认真，悟性好，但就一点——话不多。

我起初以为是刚来不熟，为了尽快让孩子适应过来，我总是把大家叫到前厅开茶话会，可在大家叽叽喳喳的聊天声中，我总是捕捉不到小秦的声音。他就是这样一个孩子，你问么子他答么子；你不问他，他也不插话。

后厨做饭的阿姨爱说笑。常常听她叫小秦为大碗仔，我好奇地问为什么。她告诉我：“小秦吃饭用的是特大号碗，我们店里他年龄最小，但他的碗最大。每次盛饭我都给他装好多饭，我叫他大碗仔，这孩子也不生气，反而冲我一笑。”

大碗仔这个绰号，我们就叫开了。

8月份的一个下午，我正在社区讲课，前台的电话一个接一个打来。无奈我只能一个个拒接。店里出什么事了吗？我心里嘭嘭打鼓。半个小时后课结束，我立马回电话过去。刚拨通，就听到前台在电话那头大喊："杨嗲，快回来！"

一听喊声就知道店里出事了。前台在电话里着急忙慌地说着："二楼的窗户掉了，大碗仔在那撑着呢，快叫维修师傅来，他已经撑了半个多小时了……"我立马交代前台，让她别急，再坚持一会，我马上叫维修师傅上门。我挂掉电话后，就慌乱地按着手机键盘：

"残联刘丽霞"

"爱康杨立群"

"楼下水果小李"

"热水师傅唐建"

……

老年机翻电话簿慢，得等它按照顺序一个个读出来，吴师傅的电话应该在后面，我不由地加快了按键速度。

同时跟着加快的是播报速度。

"七中李主任、张欣、刘泽、张一……"

我估摸着快到了。又放慢了按键速度。

"考古所老张"

"社区李医生"

"维修工吴师傅——"

我下意识地死死按住，生怕被跳过，一键拨出去。

"赶快到我爱康来，爱康的窗户快要掉下去了，窗户下是来来往往的路人，怕出事，赶快来！"我一股脑地把情况吐了出来。

谁知吴师傅说，他回老家了，不在长沙。我急得冒火："那你能不能帮我叫个师傅？我这急，怕掉下去，砸到人……"

吴师傅答应帮我叫人。我安下心后，在社区工作人员的搀扶下赶回爱康。一路上，脑袋里浮现的都是大碗仔双手撑着玻璃的画面。二楼的窗户是老式大玻璃窗，一整块玻璃有一米多高，下面没有任何缓冲地带，万一砸下去……已经过去50分钟了，从社区开车回爱康不堵车也得花上半小时。这一个多小时，大碗仔能撑得住吗?

一路上坐在车里，车晃荡得厉害，我脑袋也紧张得不行。等我赶回了爱康，还好问题已经解决了，我的心也放了下来。

也是到了后来，我才听店里人说，大碗仔整整撑了一个多小时，手上被划了一个大口子，手掌在滴血，脸憋得涨红，短袖全部湿透，愣是坚持到维修师傅来。等师傅帮他卸下玻璃时，给他上药，发现他手都僵了……

再后来，窗户修好了，大碗仔的手也好了，可是前台的话却一直记在我心上。

几个月后，大碗仔主动找到我说，他要离职，回家自己开店。我听了以后，大力支持。临走时，我对他说：“大碗仔，你是个厚道孩子，预祝你成功!”

大碗仔离开爱康的日子里，我时常想起他，他是我所有徒弟中上手最快、悟性最高的一个。说实话，他离开，我真的舍不得，但年轻人总要闯一闯。

第二年开春，一天晚上我忽然想起他，于是就拨通了他店里的电话。电话嘟嘟响，一直没有人接。反复打了几次，终于有人接了。电话那头传来的是一个女人的声音。

“请问小秦在吗?”

“您是?”

“我是他师傅盲人杨德才。”

“他人已经走了——”女人说道。

“走了？去哪？这不是他开的店吗?”

“两个月前，突发心肌梗死，人已经走了……”

我一下子蒙了。挂断电话后，我久久无法缓过来。

小秦的突然离世让我根本无处安放悲痛，我脑袋里都是大碗仔手撑着玻璃的画面，他那么强壮的体格怎么就？他那么年轻怎么就？心肌梗死，如果早些做检查或许就不会出事……

那一晚，我躺在床上，辗转反侧，听着氧气机嘟嘟地响着，那一刻，脑海中又浮现出那个双手举着玻璃的大碗仔。

第二天，我叫来了维修师傅，焊死了二楼临街全部的玻璃窗。

笔者：国际《残疾人权利公约》中多处指出，应向残疾人提供残疾特需医疗卫生服务，包括酌情提供早期诊断和干预，并提供旨在尽量减轻残疾和预防残疾恶化的服务。党的十八大以来，我国残疾人权益保障机制不断完善，医疗、教育、就业、基础设施建设等方面得到长足发展，但在健康意识宣传普及方面还存在严重不足。不少残疾人并没有明确的医疗健康意识，也很少有人为他们进行疾病预防及健康知识宣传，导致不少残疾人小病拖成大病，大病拖成重病。

杨德才：是的。残疾人的疾病预防意识和能力相对较弱。就拿盲人群体来讲，他们连走出去社交的机会和欲望都没有，更何谈主动到医院做体检？心门的主动关闭某种程度上是造成疾病的一大诱因。小秦的离开，让我惋惜的同时也进一步加强了对身边残障孩子的关注。就像当年教书一样，我愿意当残障孩子的引路人，将他们从幽闭的房间里引出来，走出家门，学会笑对人生！

他只是想恋爱而已

笔者：小秦的离开对您的打击挺大。

杨德才：是的，小秦的离开，让我更加坚定了信念——尽我所能保护在我爱康工作的每一位残疾孩子。可上天好像就偏偏跟这些孩子过不去……

他叫吴恒（化名），眼睛先天性仅有一丝光感，2015 年来我店里应聘，通过接触，我发现他是个热情开朗的大男孩，嘴巴会说话，待人也真诚。让他简单在我身上试了手法，发现手法并不怎么样。

接下来的一两个月，我就手把手带他。他当靶子，我来按，让他感受力度和方位，演示一遍后，换过来，我当靶子，他来按，我再感受他学得如何。他脑袋聪明，两个月后，手法基本到位了。

吴恒爱说爱笑，很招客人喜欢。每天点他做推拿的客人很多，可听前台说，近段时间，吴恒晚上都会早早下钟。我纳闷，第二天就问他。

“小吴，听店里人说你最近晚上老请假，有么子事?”我试探性地问。

吴恒告诉我，他最近认识了一个女孩。我一听，知道孩子在谈恋爱，心里替他开心得不行，赶紧鼓励他，好好谈，需要什么帮助尽管开口。

吴恒说道：“杨嗲，还没确定，正谈着呢！她在火车站附近做推拿，也是个有光感的盲人。”我一听，这是好事啊，赶紧说：“这好啊，你把她叫过来，也来咱爱康上班嘛！这样你也不用两头来回跑了，况且你这眼睛晚上也看不清楚，你晚上出去，我也不放心。”

过了两天，吴恒找到我说，女孩那边老板不同意辞职。我听出来了吴恒语气中的失落，就说：“小吴，你走吧！你从咱们这离职，凭你现有的手法到女朋友那店里一定受欢迎。这样你也不用大晚上两头跑了。”

吴恒起初觉得不好意思，一直拒绝我，我告诉他，恋爱是你人生大事，恋爱要好好谈，工作要加油干！

就这样，我把吴恒这孩子放走了。

几个月后，前台打电话说，来了一个中年男人执意要见我。我刚推开门，一个男人就迎了上来，紧紧抱住我，放肆哭，嘴里还念叨着替吴恒谢谢我。我当时一听，觉得话音不对：嗯？代替？吴恒怎么了？他不是在火车站上班吗？

“我弟弟——，我弟弟他已经，他已经走了。”

“走了？走哪去了？”我问。

“晚上下班后，他和女朋友在路上散步，途经建筑工地，正走着，突然背后跳出一个男人拿起一块砖，就往吴恒后脑勺砸去……我在杭州工作，他女朋友给我打电话，我当晚就往长沙赶，等我赶到后，弟弟人已经——不行了。造孽啊！”面前这个男人抱着我哭，我的眼泪吧嗒吧嗒往下流。

后来听说行凶的男人抓到了，不过因为是个精神病患者，也没有判刑。得知了消息的我真想抽自己嘴巴子，我后悔得要死。倘若我不放他走，他就不会出事。他在我身边，我看着他，起码还安全点，我怎么能放他走呢？倘若孩子眼睛看得见，那么他就会离精神病男人远点，他就能及时发现背后有人跟踪，他就能及时反击行凶者，他就能不死……

残疾人生存就这么难吗？孩子想谈恋爱，他只是想谈个恋爱，怎么就要付出生命的代价？

我想不通，我死活想不通。

笔者：在您眼睛没有失明之前，您是否思考过盲人群体？是否思考过社会平等、机会平等、发展平等的社会议题？

杨德才：说实话，没有。当我自己真正成为盲人群体的一份子时，我才对盲人群体有了更多的认识与体悟。如果说，残疾人是弱势群体，那么盲人就是弱势中的弱势。因为他们看不见四季变换，看不见人情世故，甚至看不见身边的威胁。生活在同一片蓝天下，他们的呼吸可能更为紧张，他们的生存空间可能更为局促，他们就像生活在水中，必须时刻屏气凝神地划水，因为稍有疏忽，就会有溺水的风险。尽管国家已经出台了不少残疾人保障政策，但仅这些还不够，还需要全社会的共同参与。作为个体，作为一个全盲人，我想帮助这些残疾人，我想为他们建立一个保护屏障，让他们有所为、有所乐、有所安。我深知我的能力很小，但我想尽我所能去帮助他们、爱护他们，我想把他们拉上岸，能拉一个是一个。

两堵无法感知的墙

笔者： 您所培训的都是盲人孩子吗？

杨德才： 不全是，有的是有光感的盲人，有的是聋哑孩子。相比盲人来讲，教聋哑孩子所遇的障碍更多。我和他之间就像两堵墙，真实存在，却无法彼此感知。

他叫杨智（化名），是个先天性聋哑孩子。2010 年夏天，他姑妈带着他和他妈妈一起来爱康找到我。他妈妈是个老实人，说话说不囫囵，全程都是他姑妈在跟我交流。

“这孩子今年 26 岁，全聋哑，小时候读过聋哑学校，会写字。带到您这，实在是没办法了。您说孩子也这么大了，没有一技之长，天天在家里游手好闲，在家吃完饭就到处乱走，害得家人天天啥活都干不了，净花功夫寻他。带到您这，想让您带带他，教教他。”

期间，我和孩子交流，他姑妈在中间打手语当翻译，交流起来费时费力。临走时，他姑妈对我说：“搞得定就搞，搞不定不霸蛮（长沙方言：执拗），拜托您了。”语气中充满了无奈。我知道这孩子也是苦命人。我决定留下他，心想什么样难教的孩子我没教过？

第二天，我开始带这个特殊的徒弟，才知道我高估了自己的能力。

杨智是个五大三粗的年轻人，有力气，如果学成，肯定是个推拿的好手。可是干这一行，光有力气还不行，重要的是如何将蛮力转化为巧力。我把他叫到按摩室，让他躺下，我给他示范。

“感觉到没，这个位置？疼吗？有感觉吗？”

没有回应。

哦，忘了，他听不见。我在我的黑暗世界中，自言自语了半天，才想起来他是聋哑孩子。我得换种方式，找到适合这个孩子的教学方式。于是，我叫来了助手屈妙。

屈妙拿着纸和笔，充当我俩的翻译。这种教学节奏很慢，往往我找到一个穴位，手就要放在那不动，然后我讲解，屈妙书写，杨智再理解。

“这个位置往前走三指就是一个穴位，能感受到吗？”

我话音刚落，就听到笔尖在纸上摩擦的沙沙声。

屈妙告诉我，杨智摇了摇头。

我心想，没关系，不懂，我换个说法再来！

我又说道：“这个位置有个窝窝，你可以自己用大拇指感受，按这个位置会有酸胀感……懂吗？”

屈妙再次向我转达，他不懂。

我告诉自己，没关系，换个说法，重来！

我说完，要等屈妙写完；她写完，我要等待杨智看完；他看完，我要等待杨智的文字反馈；他写完，我要等待屈妙的语音反馈。这样的交流很缓慢很吃力。最辛苦的是屈妙，她要反复切换，精准传达。此时，我们三个环环相扣，任何一环的松动都会导致“教学的瘫痪”。

我使出浑身解数，用比喻，用拟人，想尽办法去表达。那一刻，我感觉自己仿佛到达了语言的尽头，几轮交流后，我这才深深感受到，盲人与聋哑人交流是如此艰难。虽然艰难，但我决不能放弃，答应了孩子的家人要帮他，一天搞不定，就花两天，两天搞不定，就花三天……总之，不能放弃。

半个月磨合下来，我们三个已然变成了机器上前后联动的齿轮，咬合——松开——替换——再咬合。我在黑暗世界中讲授，屈妙在文字世界中传达，杨智在无声世界中领会。三个人，三个时空。

两个月后，杨智已经学得差不多了。

10月份的一天，我让杨智给我按腰部。我让他轻一点，他听不见，我用手示意，他以为我要他加大力度，他一加力，结果我“啊”的一声，用力地捶了捶床，他这才反应过来下手重了。然而，为时已晚，我的腰像断了似的疼。

躺在床上，我听到他急咧咧地跑出去，叫来了前台。我的腰确实被按坏了，半个月无法动弹。那段时间，他见到我就会嗯嗯啊啊地在我面前叫，我知道他在表达愧疚。为此，那半个月这孩子天天主动接送我回家。

杨智这孩子什么都好，就是有个特点大家接受不了。

每次发工资，他总会用手机叫来一帮聋哑朋友挤在店里玩。前台给我反映这个情况时，我还觉得不是啥大事。直到有一天，我亲自撞见，才意识到问题的严重性。

11月的最后一天，我来到爱康，一进门，就感觉到前厅被塞得满满当当。我抓住一个人，问道：“你是谁啊？”对方不作声，我又摸索着抓到另一个人问：“你又是谁啊？”又是不作声。那一刻，我感觉四面都是一堵堵黑压压的墙。

我正一头雾水的时候，前台把我拉到一旁，“杨哆，看看，您今天见识了吧！这些人都是杨智的聋哑朋友，每次都叫来一群人，把店里挤得水泄不通，我们还做不做生意了！”我一听，觉得前台说得有道理。

我打算找杨智这孩子聊一聊。转身来到前厅，喊道，“杨智！杨智在哪？”

“他刚从您身边走过，还给您挥手示意了呢！”店员说道。

哎，又错过了！我猛然回头。

我喊他，他听不见，他在前面走，我在后面追，前台看着我俩心急，索性把杨智拉到了我面前。当我抓住那双厚实的手后，我才真实地感受到眼前这个孩子的存在。

我又叫来了屈妙，让屈妙告诉他，以后不要再叫那一帮朋友来店里了，都挤在前厅会影响到客人的情绪。屈妙告诉我，他点头同意了。

此后，他的一帮朋友再也没来过店里。可是，我听屈妙说，每次发工资时，杨智总会拿着一沓钱一个人默默发呆。

我知道，是孩子太孤独了！

后来，我决定把临街的那间杂货间腾出来，用作员工的休息室。这样，杨智的聋哑朋友再来聚的时候，就有专门的地方了。

笔者：你喊他，他听不见；他给你挥手示意，你看不见；他在前面走，你在后面追；他就在你眼前，你却依旧急咧咧地寻……我们看到了您面对聋哑孩子的焦灼，而我们知道这焦灼的背后是悲悯，是爱。

杨德才：也是无奈。我总想帮助每一个我所遇到的残障孩子，可是我越来越力不从心。残障孩子从小所受的教育少，身体上的残疾给他们心理蒙上了阴影，这些孩子多多少少都存在一定的认知障碍，在与他们相处的过程中，我明显感到有的孩子情绪不稳，脾气暴躁，性格偏执，我想要帮助他们，就需要想方设法地走进他们，我深知这项工作难做，可我依然想试试。

“恰一点，恰一点，是我的心意喽”

笔者：您开办爱康残疾人就业培训中心这么多年，带出了不少年轻的残疾孩子们，您觉得培训的过程中最困难的是什么？

杨德才：最困难的就是如何走进他们的心里。残疾孩子比起健全孩子来讲，他们心理更敏感，如果不积极开导，他们会更加叛逆。我曾遇到过一个先天性失明的孤儿。

18 年前，警察在湘江边的沙滩上发现了一个大纸箱，纸箱里用小褥子裹着一个女婴。警察同志把这个女婴送到了福利院，给孩子一检查，才知道孩子先天性失明。这个孩子就是刘庭（化名）。18 年过去，刘庭也长大成人。福利院的院长把她送到我这，想让我教她推拿，日后好有个谋生的出路。

因为年龄小，刘庭一来到爱康，店里的长辈们就很照顾她。可时间一长，大家发觉这个孩子脾气怪，很难相处。店里员工知道她的身世，又觉得她年龄小，就不跟她计较。可是，员工吃住在一起，生活上难免起摩擦。几个月下来，不少人过来跟我反映这个孩子的问题。

店里小王说：“自从她来，全寝室的姐姐们都处处照顾她，有么子好恰的都给她一份，还带着她买衣服，平时大件的衣服哪次不是我们轮流帮她洗，她说过一声谢谢吗?”

李大姐说：“这姑娘真的是不会说话，前几天落雨了，我叫她把自己的衣服收回来，她直接扔给我一句，关我屁事？我当时被噎得死死的。”

员工们的吐槽我何尝不理解。刘庭的怪脾气，我怎能不知道。

我满腔热情教她推拿，她爱搭不理。我问她能不能找到位置，她不作声；我问她是否感觉到力度的差别，她还是不作声。我的热情得不到她的回应。我反思，是不是她不喜欢我的教学方法。既然语言无法传达推拿知识，那就换个方式。我抓着她的手，就像握着三岁小朋友的手写字那样，手把手教她，什么叫推、拨、揉、搓、点。

还是白费苦心。整个教学过程，我拿着她的手，放在哪个穴位，她的手就僵硬地待在哪个穴位，我说一步，她走一步，我不说，她就不走，我问她听懂了没，她就冷冷地嗯一声，我让她自己演练一遍，她又说自己不会。

她那双手就像提线木偶，毫无主动性。我暗暗对自己说，今天学不会，就明天；明天学不会，就后天。反正日子还长，只要她在这一天，我就教她一天，是块石头也要焐热她。

嚯，这块石头还真被焐热了。事情还得从那次锁门讲起。做饭的阿姨喊着："庭庭啊，恰饭了，再不恰，饭菜凉了就不好恰了!"刘庭这孩子非但不领情，还回怼一句："要你管呐！烦人!"前台是个直脾气，替做饭的阿姨抱不平，刘庭就骂她："狗拿耗子，多管闲事!"

我一听，不行，这孩子得教育，刚准备叫住她，她就啪一声把自己反锁进屋里。

我捣着棍子，去敲门。立在门外，一分钟过去了，两分钟过去了，五分钟过去了。门迟迟不开。正当我准备转身离开时，门开了。我摸着进了房间。她在房间哪个位置，我不清楚，我只能大声喊着，耳朵支起来听着。

"刘庭？在哪呢?"

我对着房间窗户方向喊，没人应，我对着房间沙发位置喊，依旧没人应。声音就像落入了空地。

"刘庭！在哪呢?"我提高了嗓门，细细听着。

我听到了房门后有鼻子抽泣声。我转身，去摸。摸到了那个高高的马尾辫。我放下棍子，摸索着在地上找了块空地，也靠着墙根坐了下来。

"你的饭，佩姨给你放进锅里温着呢！么子时候想吃了都是热乎饭。你佩姨对你可是真好啊，你看你来了多久，佩姨给你洗了多久碗，孩子啊，咱们做人得知道感恩不是？嗲嗲知道你是善良孩子，但为么子说话老是伤人呢？咱们店里的人都不坏啊，大家都是你的哥哥姐姐、嗲嗲、娭毑，店里就属你最小，大家都在关心你呢！你难道感觉不到吗？人活着就要融入集体，社会不是你一个人的，对啵?"

"我不需要别人的关心，我不稀罕!"

刘庭的突然激动，让我的火气上来了。

我问她："为么子不稀罕？脱离集体，脱离社会，一个人能活下去吗?"

她反问我：“咋不能活？没爸没妈我不照样活？没亲戚没朋友我不照样活？”

刘庭激烈的反问让我的怒火彻底爆发。

“是，你没爸没妈，从小遭到父母抛弃，但社会抛弃你了吗？当年要不是警察从湘江边把你抱回来，你活得了吗？要不是福利院的阿姨一口口地喂你，你长得大吗？没有他们，哪有你？”

我突然听到呜呜的哭声。

听到孩子哭，我意识到，是我话说重了！从小生活在福利院，虽说有一群同龄孩子相伴，但天生眼睛看不见总会遭受调皮孩子的欺凌。她防备心太重，别人关心她，她怀疑是虚情假意，别人跟她玩笑，她怀疑是嘲笑。她排斥别人，无视别人，其实是想证明自己的强大；她浑身带刺，说话冷漠，她这是在以自己的方式保护自己……这些我都知道！残疾人的心理我怎么不知道？

她在门后呜呜哭，哭完就沉默不语。她不说话，我也沉默地坐着。但我确信，这一次她有所触动了。

后来的日子里，刘庭说话不那么带刺了。我知道孩子正在改变，必须趁热打铁。每次我手把手教她推拿时，总尝试着跟她聊天，开导她。

她满 19 岁时，我特地让前台带着她上街买了两条漂亮的裙子，她特别喜欢，我和店里的员工还为她举办了一个生日聚会。聚会地点就在我们爱康前厅。佩姨为她烧了一桌子好菜，员工们为她准备了一个大蛋糕，我把自己的盲人电脑送给她作生日礼物，李嗲嗲亲自为她唱了生日歌。那一天，员工们都说她脸上堆满了笑，好开心的。

许完愿，大家开始动筷吃饭。我正对着碗扒饭，突然一双沉甸甸的筷子压了过来。

“恰一点，恰一点喽……”

原来是刘庭这孩子。

“好了，好了，够了够了，吃不了。”我用碗筷推搡着。

“莫喽，恰一点，恰一点，是我的心意喽!”

这孩子竟然说话变软了，有人情味了!

我好开心啊，石头终于焐热了!

笔者：每个人都是一座孤岛，却没有人能成为真正的孤岛。我们活着，总要依赖他人，或多或少，或早或晚。倘若失去与他人和社会的连接，我们将无法自理生活所带来的种种不测，唯有相互救赎，才能共同抵御人生之苦。残疾人是这样，健全人更应如此。

杨德才：是的。现在的人总说活着太累，为什么？戒备心太重、私欲心太强、虚荣心太重、玻璃心太强。各种私欲杂念绑缚在身，怎能不累？人啊，都是自己把自己给圈住了，倘若能够卸下不必要的包袱，就能收获一段轻松的人生之旅!

“我再也不干那些蠢事了”

笔者：尽管当今社会对残疾人群体的包容度有了很大提升，但社会上仍有许多人对残疾人抱有一定的偏见。偏见这种东西人人都可能会有。歧视盲人是一种偏见，躲避盲人是一种偏见，对盲人过度呵护同样也是一种偏见。某种意义上讲，偏见不是一个道德问题，而是一个认知问题。您怎么理解偏见这一词？

杨德才：说实话，没成为盲人之前，我从未思考过这个问题，但真正当我成为一个全盲人后，我才搞明白了什么是偏见？什么滋生了偏见？是贫乏的认知、片面的认知导致了偏见。某种程度上讲，成为盲人，让我更清晰地“看见”了盲人世界。盲人群体也不那么单纯，他们有的是不屈服命运独自闯荡社会的勇士；有的是散落街头靠占卜维持生计的算命先生；有的是蜗居在家靠父母养着的啃老族；当然，还有一群愤世嫉俗，伺机报复社会的盲人，他们被人利用，去堵马路、堵车站、堵机关单位……

说说刘刚（化名）吧。

刘刚是个有一丝光感的年轻盲人。2010 年他叔叔带他来找我学按摩。简单交流下来，我发觉这个年轻人心性不足，不适合学推拿。但他叔叔极力哀求，我还是收下了这个徒弟。

果然，刘刚这小子学推拿心不在焉。没耐心，没韧性，关键还不舍得用劲。每次让他发力，他的手总是象征性地推两下，生怕累着自己似的。忍了几天后，我实在看不下去了。

我吼他：“刘刚！你是不是不愿意学？不愿学就算了，愿意学就认真学！”我话音刚落，他也吼起来：“我怎么不认真学了，手都快废掉了！还怪我！”听到他这样说，我更气得冒火：“学东西哪有不累的？不吃苦能学到东西吗？不吃苦能养活自己吗？”

“谁说我养不活自己！不干推拿，照样养得活自己！这伺候人的活，老子不干了！”刘刚扔下这句话，摔门而出。

晚餐时间，后厨佩姨说刘刚没去吃饭。前台说一下午都没见着刘刚。我这才知道，这小子旷工了。

第二天，我早早来到店里等他。结果等了一天，也不见人影。我急了，莫不是真赌气不回来了？我给他叔叔打电话。他叔叔对这孩子离家出走已经见怪不怪了，说这孩子只要身上没钱了，就会自己回来，还安慰我不要太急。

一天过去了，他没回来。两天过去了，他还是没回来。

我急了，到处托人打听他消息。尽管我知道这孩子机灵不会受欺负，但总归眼睛不方便，不会惹事被人打吧？被人打，眼睛看不清路他也跑不快啊，这孩子不会真出事了吧？那一晚上，胡思乱想，不知不觉已经凌晨三点了。

实在睡不着。就起身摸索着来到了客厅。打开电脑，写起了日记。

“2—0—1—0（思念、年龄）年，一、零 yue（月亮），二六日（日子)，liu（留下、姓刘）刘 gang（钢铁、刚才）刚还没有回来……"

眼睛看不见，电脑语音读屏软件给我帮了不少忙。经过这么多年的练习，我早已经学会了盲打。掌握了这项技能，我也喜欢上了在电脑上写日记。

"刘刚的出走让我的心忽上忽下。我真害怕他出啥事。是我太急躁了，要是不训他，他或许就不会赌气离开。"

越写越烦躁，索性又关掉了电脑。摸着回到房间，爬上了床。大脑渐渐疲惫了。迷迷糊糊地昏睡了过去。我梦到了刘刚的脑袋被人砸了，血淌了一地。我的腿猛地一抽搐，惊醒了过来，耳边尽是咕嘟嘟的氧气机抽水声……

已经早上 8 点了。我匆匆收拾完，去了爱康。刘刚今天会回来吗？

上午，爱康客人很多，我也忙得团团转。中午 11 点多，前台接到电话，喊着："杨嗲——拘留所的电话！"

嗯？拘留所？我迷惑不解，敲着棍子就往前台赶。

电话里问着："刘刚你认识吧！他说你是他老师，这样，你来拘留所一趟吧！"我不记得电话那头还说了什么，只记得当时心里忽上忽下，不平静。挂掉电话，我让屈妙赶快带着我去拘留所。到了拘留所，工作人员说，刘刚和一批盲人参与聚众闹事，堵在人家单位门口，严重影响社会公共治安……已经拘留了四天，今天释放，让我们把他带走。

回来的路上，我和屈妙在前面走，刘刚在后面跟着。一路上，我们一言不发。到了爱康，我还是没有理他。晚上下班，刘刚主动提出送我回家。那晚风大，刚开始刘刚牵着我走，到后来挎着我胳膊走，我不说话兀自敲着棍子。一路上，除了风声、棍子声、脚步声，还有刘刚闷闷的鼻息声。

走过了路边的水果摊，走过了社区医院，走过了小区门口的超市……进了小区，路过了小花园，路过了收发室，上了楼。正当我准备掏钥匙开门时。

“老师！我再也不干那蠢事了！”刘刚扔下这句话，就跑下了楼。

第二天，刘刚又重新跟着我学推拿。令我感到惊奇的是，这小伙子跟换了个人似的，不仅舍得用力，还会主动发问。拘留所的事，我自始至终没有问过他，这事在我这也就过去了。

一年后，刘刚手法学得差不多了，他想回老家自己开店。我很支持，他能有这样的上进心，我打心底感到欣慰。临走时，他给我讲了一年前的事：

“我的盲人朋友告诉我，有个堵单位的活问我干不干。说是只要堵在那家单位门口起起哄，喊喊话就好，一天一人 300 块钱，起的哄越大，钱越多。我一听，这钱赚得轻松，就加入了他们。起初也害怕，但是领头的人说，我们是残疾人，他们单位不敢动我们，于是，我就跟着他们在人家单位门口闹了一天事，结果钱还没收到，第二天就被抓了……”

听了刘刚讲的事，我心中五味杂陈。

我突然为那些堵车站、堵马路、堵单位的残疾人感到辛酸。他们大多数文化程度低，物质条件差，就业难，社交难，生存空间小，生存在社会底层的他们怎么可能是恶势力？可是那些围堵在单位门口聚众闹事的是他们，围堵在交通干线扰乱社会治安的也是他们，为什么那一刻的他们那么强势？那么肆意胆大？无非是仗着他们残疾人的身份，觉得社会拿他们没办法，这种扭曲的心理倘若不得到有效纠正与疏导，久而久之就会仇恨社会、仇恨国家、仇恨党，继而被人利用，成为社会潜在的不安定因素……

想到这，我再次嘱咐刘刚：“我们是残疾人，我们更要走正道！”

笔者：就业是残疾人最大的民生。长期以来，社会都以一种福利保障的思维解决残疾人的就业问题，这不仅会降低用人单位录用残疾员工的积极性，更不利于残疾人更好地更有尊严地择业就业。刘刚作为一个盲人孩子，在您这他不仅获得了谋生之道，还得到了人生教诲。遇到您，是他的人生之幸，社会上应该多一些像您办的这样的残疾人就业服务公益机构！

杨德才：残疾人就业是老大难问题！不仅需要特殊教育学校的强力作为，更需要政府、用人单位的合力相助。学校要教会残障孩子遵纪守法、自力自强，社会要给予他们更多的生存发展机会。只有全社会都调动配合起来，残障青年就业之路才会畅通发展。

“按摩这一行来不得半点虚假！”

笔者：您的爱康按摩院开了这么多年，也带出了一批又一批徒弟，您带徒弟有什么原则性要求吗？

杨德才：有，不作假，不吹牛。这其实就涉及“如何看待按摩这个行业”的问题。推拿按摩的确能够疏通经络，缓解病痛，但并不能包治百病。所以干推拿这一行最忌讳跟客人吹牛，这不仅是对顾客的不负责，更是对推拿行业的亵渎。

2009 年，一个男人来爱康应聘。他叫刘才（化名），和我的年龄相仿，也是个盲人，但有些许光感。

“杨老板！我的按摩手法您放心！那绝对不会让客人失望，这一行我已经摸爬滚打好几年了，手法已经很成熟了……”

坐在我面前的男人，大谈特谈他的按摩手法有多好。我向来对夸夸其谈的人持有怀疑态度。现场我让他试了手法，发现他的技术很一般，顶多只有一年的“功力”。我不禁对眼前这个男人产生了疑问。我问他个人情况，他躲躲闪闪，来回跳转话题；我问他家庭情况，他支支吾吾，表示不好说。

半个小时下来，除了获知他和我年龄相仿这个有效信息之外，其他我一无所知。直觉告诉我，这个男人不可靠。

按摩行业要不得半点虚假。于是，我婉拒了这个男人。

两年后，刘才再次上门找到了我。

他说：“我今年 49 岁，37 岁那年在工地上出了事故，从此眼睛就看不见了。没了眼睛，啥也干不了。养不了家，妻子天天跟我吵，日子终于熬不住了，妻子一气之下离家出走了，撇下了儿子和我。没了妻子，家就垮了。日子总得过啵！我把儿子寄养在我大哥家，自己就来到长沙打拼。一个盲人能干什么，在长沙晃悠了一段时间，最终决定学按摩。这几年，前前后后我也去过几家按摩店，可干得都不顺心。两年前，我来找过您，您没收我，我知道是我心太浮。这次来找您，我是真心想在您这干……”这一次，刘才对我说了实话。

我也是个半路盲人。他说的心路历程我都懂。盲人应该帮助盲人不是吗？我不知道能帮助他多少，但是，人活在世上不容易，能帮一把是一把。于是，我留下了他。

刘才什么都好，就是爱吹牛。这一点犯了我们爱康的大忌。

2011 年 11 月的一个上午，我正在前厅收听新闻。突然来了位客人做推拿，点名要找刘才。前台说刘师傅不在，换个师傅行不，客人不答应，坚持要找刘才，嘴里还念叨着，找他是为了治腰疼病。

治腰病？我疑惑不解。这时，前台对客人说道：“阿姨您好！我们这是中医推拿保健，能够帮您疏通气血，调节经络，具体治病的话，还是得去医院做个全面检查，这样您也放心不是？”

前台话音刚落，就听到客人喊道：“不对啊，你们店里的刘师傅说只要坚持找他做推拿，定能治好我的腰疼病。这一会儿，你们怎么又说治不了了？这不是骗人吗？”

我察觉到客人情绪上来了。当时我就从沙发上起身，拿起墙角的棍子，就往前台走去。我耐心跟客人沟通一番后，客人的情绪缓和了些，最终同意由我给她做推拿。

这位女士是个大骨架，按摩之前告诉我她很受力，让我多使力。

然而，通过给她按，我才发现她腰椎间盘突出很严重。之前的暴力按摩让她的腰椎间盘突出得更严重。我告诉她，不要再做按摩了，赶快到医院做个全面检查。并告诉她，中医推拿利用的是经络学的原理，它只是起到疏通经络，调节气血的作用。如果是器质性病变，那仅靠推拿按摩是不能治好病的。

当天下午，刘才来上班了。我立马将他叫到休息室。

我厉声问他："你给客人吹牛你会治病？你给客人承诺你会把人家病治好？刘才，你咋这么厉害呢？"

面前的刘才支支吾吾。

我又说道："我开会一再强调，我们做推拿按摩的，一不能带颜色，二不能吹牛皮。前者犯法，后者犯规。这是爱康的铁律，你不是不知道！怎么还犯规？你是医生吗？你能治病？"

我接着说："经我调查，这样的事出现的不是一次两次了，今天是让我碰见了，我知道了，要是没碰见，那你岂不是要吹上天了？我开会一再强调，诚实营业，真诚待人，你这态度让我怎么信任你？你这样不是在砸爱康的牌子吗？你走吧！爱康不欢迎不诚实的人！"

我气得冒火，直接让他走人。可他苦苦哀求："杨师傅，我不能走啊！我不能丢掉这份工作啊！儿子眼看着到了结婚的年龄了，我这个瞎子爹得给孩子攒娶媳妇钱不是？我着急用钱，我没办法，只能多上工，多做'点'，我向客人吹牛也是为了揽住客……"

刘才的话戳到了我的心窝。

他不容易，我知道。妻子离家出走多年，儿子被丢在乡下，他一个人在长沙打拼，50岁的人了，我要是辞了他，让他去哪呢？他又能去哪呢？想到这，我心又软了下来。

后来，我又继续留用他。就这样，刘才在爱康一干就是10年。这10年间，他渐渐改掉了吹牛皮的习惯，做事也更加勤恳。如今他的妻子也回来了，儿子也结婚了，又抱上了孙子，现在他不仅脱了贫，还重新找回了家。

笔者：人情假、学历假、食品假、工程假……虚假渗透到社会的方方面面，认钱不认人、认钱不认情、认钱不认理……当虚假发生时，真诚就变得异常可贵。

杨德才：有人说，做人太真，容易受欺负。其实我倒觉得受欺负不可怕，可怕的是你为了避免受欺负，也学会了以假待人，这样下去，虚假之人越来越多，真诚之人会越来越少。人心都是渴望获得真诚相待的，真的假不了，假的真不了，不管他人是真是假，我们自己要追求真。

我们彼此互为向度

笔者：前半辈子当教师，后半辈子当推拿技师，您觉得两个行业有本质上的区别吗？从教师到按摩师，身份角色的转化给您带来怎样的心理变化？

杨德才：老实讲，我从未将二者割裂开来。无论是教师还是按摩师，都是传道、授业、解惑。只不过教师传的是知识的道、解的是知识的惑；按摩师传的是中医之道，解的是身体经络之惑。当教师，学生围着；当技师，徒弟围着。老实讲，教育者的角色给我带来了极大的自豪感和满足感。这种满足感裹挟着虚荣感让我一度对自己产生了不真实的认知。曾经的我总觉得自己资历老、经历丰、经验足，总觉得自己掌握着知识的话语权，在面对徒弟时总以教育者的姿态出现。就是这种盲目自大的心态让我产生错误的、不真实的认知。还得从我徒弟李正这孩子说起。

一双温吞吞厚实的大手，一副浑厚洪亮的嗓音，身板结实有力，说话中气十足，这就是李正，一个 20 来岁的大男孩。可是，就是这样一个小伙子却经常把自己关在小小的房间里，只有工作时才能见得到他。

教育者的惯性思维让我再次刻板地认为这孩子有社交恐惧。然而，当我真正走进李正时，才发现自己的想法是多么自以为是。

那是2015年夏天，天气闷热，大家都在前厅吃西瓜解暑。吵闹的说话声中始终寻不到李正的声音。“李正呢？李正？”我高声喊道。大伙说，李正在房间呢！

我起身，摸着朝李正的房间走去。刚走到过道拐角处，就听到一串节奏很快的电脑语音播报声。我早就听说李正喜欢玩电脑，可具体玩什么，怎么玩，我丝毫不知。

我咚咚咚敲门，“李正！出来吃西瓜了！”

“哦，好，马上！”李正回应着。

我折身回去。

十分钟过后，后厨阿姨喊，前台收银喊，最终西瓜都吃光了，谁也没能把李正喊过来。

我再次起身，摸着来到他房间。当我推开门，一连串英文字符不间断地涌进耳朵，与之配合的是哒哒的键盘敲击声。我仿佛来到了异质空间，陌生的字符声如同咒语般被输出。黑暗中我抓不到任何熟悉的东西……

“李正！”我朝着声音密集处喊道。

“诶，在这呢！”李正应声答道。

随后，播报声消失了，键盘声消失了。

“你在搞么子？”我问着。李正说，他在编写程序。我听不懂，又问道：“程序？”这时李正的话匣子好像被打开了似的，讲了一大堆我没有听过的东西。

他说，编写程序就是让电脑或者手机自动完成一些工作，比如，电脑或手机清垃圾这一程序，通过程序的插入可以让它们每天打开手机或电脑后就能自动完成，这样就大大减少我们盲人的操作步骤……

我很惊讶，就问道，编程不是很复杂的东西吗？没有工具书，这些都从哪学的？李正说，都是自学的。他的回答再次令我惊讶。我又问道：“眼睛看不见，如何自学？”

李正说：“全靠耳朵听。早些年逛各大贴吧，聊天室，通过听教程自学的……”

李正的回答震惊到了我。

那是我第一次与李正深入聊天，我们从编程聊到互联网，从网络聊到《道德经》，从《道德经》聊到《易经》八卦。整个过程，他很兴奋，我很惊讶。他给我讲编程原理，给我讲二次元文化，给我讲网络玄幻小说。李正向我输出了一堆我不仅没听过甚至理解不了的网络名词，哔站、抖音、电竞……李正为我打开了一个新世界。正当我为错过了网络时代而感到遗憾时，李正又说话了。

“我属于国内最早触网的一代人。早些年的贴吧、聊天室，这几年的直播、短视频。新媒体技术越来越花哨，我却觉得越来越吵闹……”

我在黑暗中静静地聆听眼前这个年轻人的观点。我被他清醒独立的思考所触动。在我所接触的盲人孩子们中，李正是第一个让我有所反思的年轻人。他对编程感兴趣，他就克服一切困难，去网上找教程，边听边摸索；他对视频剪辑感兴趣，他就在哔站上开个账号专门上传自己剪辑的作品；他对《易经》感兴趣，就天天晚上守着喜马拉雅反复听……这个年轻人让我惊讶也让我佩服。命运将他与世界隔绝，他却靠着耳朵参与了这个世界。

我们总是以长辈、教育者的身份居高临下地看待年轻人，总觉得他们思想不成熟，需要被教育被引领，殊不知年轻人中不乏像李正一样的孩子们，他们以兴趣为师，善钻研，善思考，他们对世界对人生有着自己独特的见解，而这些可贵的想法却常常被长辈、教育者所忽视。教育者如果只站在教育者的角色立场上，那么看到的或许只有对孩子们的偏见，正如健全人站在他们的立场上，看到的或许只是对残疾人的偏见。

笔者：世间万物没有绝对的高低优劣之分，万事万物皆互为向度。年长抑或是年轻，高位抑或是低位，健全抑或是残缺，生而为人，彼此平等，我们应该彼此关照。

杨德才：是的，就教育而言，师不必贤于弟子，弟子不必不如师。时刻保持开放的头脑，活一辈子，学一辈子，悟一辈子，这才是人生之乐！

当盲人遇上骗子

笔者：现在社会上一些诈骗手段花样翻新，防不胜防，那么盲人是不是更得小心？

杨德才：没错。我们盲人看不见，极容易受骗。记得几年前有个盲人徒弟几个月的工资就被人骗走了。从那以后，我经常给员工做反诈骗教育，近几年员工受骗的经历虽减少了许多，但是骗子的手段也愈发高明，防不胜防。

一天上午，一个朋友给我打来电话，说会有一个叫“善新会文化产业集团”的人来为爱康献爱心，让我接待一下。

如果真的是献爱心的组织，我当然愿意接待，可就害怕是骗子。果然，在上午 11 点，爱康来了几个陌生人。听他们介绍，正是早上我朋友讲的那个集团。听声音，他们一行男男女女也有四个人，我招呼他们入座上茶后，他们就开口了。

“杨老板！您好！我们是善新会文化产业集团的，这次来咱们这主要是想对店里的残疾人进行一对一精准帮扶……”

说话的是位女同志，说话谦和，态度诚恳。

我就说道：“谢谢你们！但是我想跟你们讲清楚，我们店里的员工都是弱势群体，他们得到你们的资助后，是无能给予任何回报的，更不能给你们提供他们的证件和其他个人信息。”

紧接着，那个女同志又开口说话了：“您放心，我绝对不会要个人信息的，我们纯属是公益行为，您放心……”

几经交流后，我听着也不像是骗子，心想着我的这些员工若能得到他们一点资助也是件好事，就同意了。

很快，那些人就一对一地给员工每人发了 300 块钱。谁知，刚发完，他们就要与发了钱的员工集体视频合影，还拉着我去合影。

我原以为只是让员工跟他们合影。谁知，员工刚站齐，就听到乱糟糟的声音，不知从哪蹿出来十多人涌进队伍中，并胁迫我的员工整齐呼喊“善新会”的口号。这时候我才明白，这伙人是骗子。他们以行善为诱饵骗取我爱康的声誉为他们打广告。

可当我意识到后，为时已晚。

多年来，我一直记得这件事。盲人开店不容易，盲人把店开好不容易，盲人把店开好并保护好他的员工更不容易。

2023 年 5 月 25 日，我从新闻中听到 AI 诈骗，有人 10 分钟被骗走 430 万，听完后很震惊，脑袋里第一想到的是赶快告知员工。次日我召开员工会议，告诉他们现在兴起了 AI 诈骗，骗子通过 AI 换脸进行语音视频诈骗，AI 技术强大到能够模拟真人的微表情、音色。我警惕员工们要加强防范，除非见到真人，否则都不要相信。

2023 年 6 月 10 日下午吃饭间隙，听员工反映：厨房的电冰箱门关不上。我听了以后当场决定，立马换掉，换新的。员工们觉得，冰箱没坏，换掉可惜。可我不这么想：冰箱门关不上，压缩机就会时刻运转，长时间工作压缩机会起热，稍有意外，可能会引发火灾，后果不堪设想。两天后，新冰箱装上，我才安下心。

我看不见，为了保障用电用火安全，每晚下班我都反复询问反复确认：厨房火关好了没？前厅电关了没？门窗锁好了没？我看不见，为了提高员工防盗防骗意识，我每周开会都会给他们做培训；我看不见，也觉察不到员工的心理情绪变化，为了关注他们的心理变动，我定时找每个人聊天、扯家常……

19 年来，我用老牛拉车的笨方式管理着我的爱康，虽然运行得慢了些，但却很有人情味。

笔者： 2019 年，您的爱康被国务院授予“全国助残先进集体”，您的管理秘诀是什么？当今不少公司实行 KPI 绩效管理制度，以企业的需求为导向，强化考核，弱化激励。不仅大大降低了员工工作积极性，还一定程度上造成员工间在待遇上互相攀比，责任上互相推诿的现象。您怎么看待这种管理方式？

杨德才： 我来讲个故事吧！有人问禅师，我觉得周围的人都不好，我该怎么办？禅师没有回答，点了一根蜡烛，蜡烛把周围都照亮了，唯独放蜡烛的地方黑着。禅师说，这根蜡烛，就是我们的心。黑着的是我们自己。人又问：那如何能让自己亮起来呢？禅师又点起一根蜡烛，前一根蜡烛立刻被照得透亮。这个故事说明了什么？要想照亮集体，需要燃烧自己；要想照亮自己，需要借他人的光。禅师看似在讲蜡烛，实则讲的是奉献。

企业管理也一样，离不开奉献二字。为了激发员工的奉献精神，我经常带着员工们一起做志愿服务，我坚信有爱心、懂奉献的集体绝不会出现尔虞我诈、勾心斗角。其次，我是教师出身，我深知要想让整个集体团结有力，正向激励很重要。每个月我都会让前台计算，谁的点钟（为顾客做推拿的时间）最少，谁的点钟最多。点钟最多的人会主动请大家的客，点钟最少的员工我会适当给予激励。我一直强调，我们是个同吃共住的大家庭，恶性竞争没有出路，互利共赢才是正道。

发现从未停止

笔者： 听说您店里又新来了一个聋哑孩子？是怎么认识的？

杨德才： 是的。她叫吴欣宇（化名），是在 2023 年春节前夕认识的。

多年来，我一直坚持开展慰问残疾人活动。2023 年 1 月中下旬，按照惯例，我要赶在除夕前慰问一批残疾人。屈妙刚当选为长沙县盲协主席，手上有残疾人花名册，为了能够一次集中多跑几户残障家庭，我把慰问地首站就定在长沙县。

1 月 20 号一大清早，屈妙的男朋友就开着车载着我们向长沙县进发。当天跑了北山镇、安沙镇、福林镇、青山铺镇四个乡镇，大概跑了 200 多公里，走访了 20 几户残障家庭。中午到屈妙家吃中餐时，屈妙的父亲说了一个女孩子的故事。

这个女孩子是他们队上的，是个聋哑孩子。春节前夕女孩的父亲听说，屈妙在我这进步很大，还成长为长沙县盲协主席，觉得不可思议，于是也想让他屋里的女（女儿）上我这学习。我一听觉得这是好事，吃罢中饭我们就驱车赶往女孩家中。

到了女孩家中，女孩一直躲在屋里不出来。她父亲进去做工作，好不容易才说动她与我们交流，就这样，她父亲从中做翻译，我小心地与女孩交流。

我说，听他们说你长得好漂亮！这么漂亮的女孩子怎能天天把自己关屋里呢？他们都说你家房子好漂亮，你看，你住的是漂亮的房子，还有爸妈疼爱着你，你好幸福啊！交流中我尽可能地多鼓励，我想用赞美与肯定唤起她对生活的信心。

半个小时后，女孩没有那么抵触了。

我问她，上过学没有？以前在哪里工作？

女孩打手语让她父亲告诉我，她之前在长沙市特殊教育学校学习，毕业后去了青岛一家美容美发店学习。

我又问她，你聪明，学习美容美发很适合，怎么就不在那里做事了呢？

她父亲告诉我，到了青岛那家店，店员都欺负她，不教她做事，还处处孤立她，只让她做洗头的活，回来的时候，两只手都泡烂了。

又是一个可怜的孩子。

当时我就下决心，我一定要帮助她。2023 年元宵节过后，女孩在其父母的带领下就来学习了。

聋哑孩子不好教，沟通费时费力。我们都不会手语，手机就成了转换器。我一句句教，屈妙拿手机打字做翻译，女孩再按照文字描述一点点学。可即便如此，也常感力不从心。

女孩性子急，做事求快。我说，慢慢加大力度，渗透进去，再慢慢松开。屈妙赶忙打字给她看，往往上个问题还没完全打出来，下个错误就又出现了。知道了她的性子后，我就一点点地说，屈妙一条条地编辑，每个穴位，每个指法都要多次练习，直到她基本掌握为止。

推拿是个实践活儿。有时候练习过程中出现的问题很难用文字准确表达出来，即使表达出来，每个人理解的也千差万别，这时候翻译几乎无效。碰到这种情况，我只能拿着她的手在她的手上或者胳膊上一点点示范，让她直接感知到穴位在哪，哪里有结节，哪里有颗粒。即使这样，有的东西也很难准确地传达给她，我着急起来，又是拿着她的手比画，又是拿着自己的手比画。屈妙常常笑话我独创了一门杨氏手语。每次学完，我都鼓励她，给她竖大拇指，女孩也很上进，每次练完手法后都给屈妙打字，问她哪里做得不好，哪里需要改进。

培训的学员一般三个月才能上岗，为了让她找到成就感，我让女孩第二个月就边上岗边学习，第一个月的工资就拿到了 4000 多元，女孩有自信了，她爸妈也放心了。

她聪明，悟性强，如今的她进步得越来越快。2023 年 5 月份，屈妙告诉我，女孩自己搬出去住了。

“何解不在宿舍住?”我立马问。

屈妙说，她做事风风火火，在宿舍生活时锅碗瓢盆总是搞得啪啪响，但她又听不见，噪声影响了其他室友正常休息，而其他室友眼睛看不见，需要把灯亮度调得更高些，然而她眼睛看得见，强光对于她来讲又觉得刺眼。就这样，女孩觉得宿舍生活不对付，就自己搬出去住了。

“她搬到哪里去了？”

“芙蓉路。”

她耳朵听不见，芙蓉路上车跑得又快，万一出事了怎么办？晚上下班晚，她住的地方又要走富兴时代广场地下通道，一个女孩子万一出了事，又怎么办？

我当即给女孩父母打电话。

女孩父母来了后，我们一起在爱康按摩院对面帮她租了个房子，这下我才放心。

笔者：在春节之际慰问残疾人，这件事您坚持了多久？为什么如此坚持？

杨德才：有 20 多年了吧。最初只是走访一两户，后来走访的家庭越来越多，十几户、几十户的都有。好多人说我不自量力，说我既不是政府公务员，又不是大企业家，这样做费力不讨好。可我不这样想。我是一名残疾人，也是一名党员，帮扶残弱人士解决困难、解决痛苦，甚至帮助他们实现梦想，我的党性在一次次得到加强，我的思想境界在一次次得到升华，我的精神世界更加充实、更加丰富，这样的奋斗人生，我自己感觉其乐无穷，对于我来说，这已经值了！

看与被看

笔者：我们在收集资料时发现了一封《心中有光，照亮他人》的电子信件，能讲讲信件背后的故事吗？

杨德才：这封信是 2023 年 4 月份收到的，写信的是一个患有视网膜色素变性的患者。

一间屋子，关上门，别人能看到门与地面缝隙透进来的光，他不能；一张长桌，零散放置几个杯子，别人能够一览无余，而他不能；童年时期的他只知道自己看到的和别人不一样，可这种不一样丝毫不影响正常生活学习。

专科毕业后他入职了纤维检验局，做检测，出报告，利用三年时间，他不仅成为一名出色的检测员，还自考本科成功拿到学士学位。本科毕业后，他又自学 CAD 设计，成功入职一家工程公司。工作期间因为表现优秀，多次被公司评为先进工作者、优秀员工。为了进一步拓展自己，工作几年后他再次转行，应聘一家国企做项目管理，从项目启动到计划实施，从项目跟进到后期维护，踏实认真的工作态度帮助他很快地在公司扎稳脚跟。

人生在顺利展开，危机却悄然来临。

2021 年年末，他的视力断崖式下降，视野也越来越小。为了不耽误工作，他利用周末四处求医。医生告诉他，他患的是先天性视网膜色素变性症，这种眼病发展不可逆，倘若不控制病情，随着年龄的增长，视野会越来越小，直至最后完全失明。

医生的话击碎了他多年来的努力。

随后他瞒着父母悄然离职，主动疏离职场圈、社交圈。将自己封闭在家中，没日没夜地搜罗眼病信息，乞求从海量病例中找寻一丝希望，久寻无果后陷入重度抑郁。不想出门，不想吃饭，说话声音越来越低，走路步伐越来越小，为了避免磕磕碰碰，一切都变得小心翼翼。

这就是张峰（化名）的故事。

2023 年 4 月份，他来爱康找我。他说他在新闻上听到了我的故事，几经犹豫后，决定来找我。他说主动找我是人生中做的唯一一次勇敢的事。他说他找我是想给自己一个出口，从而汲取到活下去的力量……话很真，心很诚，我理解他的焦虑与彷徨，因为他就是当年的我。

我决定帮他。

我拿出半辈子累积的经验与心得，倾心相授。我告诉他，盲人有三类，一类盲目自大，一类破罐破摔，一类故步自封。盲目自大者，犹如井底之蛙，掌握一点技能就自以为是。破罐破摔者，倚仗自己残疾人身份，倚残卖残，撒泼无赖，混沌度日。故步自封者，不愿承认自己残疾人身份，终日守着孔乙己旧袍，伪装过活。我告诉他眼下要抓紧办残疾证，有了证件就有了社会性保护。我告诉他要承认自己、接受自己、解放自己，才能重获希望。我告诉他控制病情、接受现实、重定目标才是关键……我给他讲当年的我如何挣扎、如何焦虑、如何绝地反击，他是个高学历年轻人，我不想让他沉溺于无谓的彷徨中，我想让他赶快走出心理困境，越快越好。

我深知单一的说教，力量不够。于是我讲党课时叫上他，搞助残活动时喊上他，户外实践带上他，我让他读《孔乙己》写感想，让他上街发传单与人交流，我想让他大胆地走出房门、走向社会。可他似乎并没有达到我理想状态。

我承认，我心急了。

笔者：接纳自己是一条漫长的路，您已经克服了所有的障碍，走到了路的终点，而年轻的他还在路的起点。您站在路的终点，以过来人的姿态苦口婆心地说教，初心虽好，但似乎并不实用。其实无需太过于心急，你在路的终点看他，他在路的起点看你，他倾听了你的生命，你参与了他的人生，这是一个看与被看的故事，无需安排故事的结局，彼此参与即好。

杨德才：是的，后来的我也有过反思：我这种急咧咧的助人方式的确不太恰当，想明白这一问题后，我便释然了。如今我们仍在联系。只不过我不再心急于他未来的出路，我在慢慢等，等他慢慢接纳自己。

第七章　“听见”盲人世界

白天，耳边涌来的是无遮无拦的嘈杂；夜晚，耳边涌来的是无穷无尽的沉静。

一半是喧闹，一半是孤寂。

喧闹的声音进得来，孤寂的心绪却出不去，没有外部疏导力量的介入，矛盾的状态彼此排斥，被推向极端。

杨德才深知，盲人过得不快乐。

多年来，他一直在寻找那股外部疏导力量，久寻无果后，他决定成为那股力量。

失明意味着失语？

笔者：有人说，失明意味着失语。您同意这种说法吗？

杨德才：怎么讲呢？我心理上很不想承认，但事实上又不得不承认。盲人有三少：话少，社交少，朋友少。

看不见，就接不上话；少出门，就很难交到朋友。这是盲人生活的恶性循环。自我开办爱康以来，我接触过各个年龄段的盲人。他们有的是六七十岁的哆哆嗦嗦，有的是三四十岁的中年大姐，有的是二十来岁的小伙子。他们都有一个共同特征：一天中除了上班，其他时间都自觉回自己房间待着。店里热络的聊天与他们无关，窗外喧闹的叫卖与他们无关，公园里热闹的商演更与他们无关……

听觉敏锐的他们像吸音墙般接纳着外界一切声响，然而，外界却没有提供任何接纳他们声音的渠道。久而久之，失明的同时也带来了失语。

失语意味着什么？

失语意味着失去了自我表达，失去了与他人沟通；失语意味着自我封闭，意味着与外界隔离。一定意义上，失语即失联。处于失联状态的人不快乐、易抑郁，这是一种危险的自我相处方式。

我是一个全盲人，我深深理解失语的状态。比如大家聚在一起聊天，有时我也很想参与，可因为看不见，我根本无法找准声音的方向；比如当我站在社区讲台上讲课时，我也很想与台下人互动，可因为看不见，我根本无法找到沟通的突破口；比如我与单个人聊天时，我很想专注交谈，可一旦我捕捉不到对方的回应时，我就会恐慌，我会支起耳朵，我会提高音量，我会想尽一切办法捕捉对方的信息……这样的社交很被动也很累，几经挫败后，我也逐渐变得少言寡语。

处在黑暗中沉默寡言的我就像蛰伏在地下的虫子，不见青天白日，不闻鸟语花香，自闭又阴郁。后来我想通了。人是一个活的系统，有效地输入与输出，才能保证生命的鲜活状态。于是，我就开始寻找自我输出的通道。

早上煮药时，我会在黑暗中吹口哨；下午散步时，我会在公园里放声高歌；夜晚下班后，我会在电脑上敲写日记。我选择一切可以利用的渠道去表达自我、输出自我，以此来对抗我的失语。

这的确是个有效的手段。我变快乐了。

走过弯路的人更能明白弯路的曲折与艰辛。经历过失语的我，更想带着盲人群体走出失语症候。

这不禁让我再次思考失语到底是什么？失语是不爱表达吗？显然不是，相反失语的盲人更渴望表达、更渴望被倾听。他们失去的不是表达能力，而是表达渠道。现实生活中留给盲人的表达渠道少之又少，大家可以利用各种社交软件在网络空间中表达，他们不能；大家可以在户外跳舞运动，他们不能。他们常常扮演社会的旁观者，而非社会的参与者，我坚信他们一定也想参与这个世界，就像我一样。可无奈现实社会中很少有公益性的组织能够为他们提供表达与展示自我的渠道，这才是盲人群体失语的根本症结所在。每当想到这，我都想为盲人群体做些事！

笔者：从您身上我们看到了中国古代的士人精神，看到了知识分子所拥有的强烈的社会责任感！身为一个全盲人，您没有选择独善其身，反而时刻推己及人，心怀他人，这种品格是时代所缺，更是时代所需！

杨德才：安得广厦千万间，大庇天下寒士俱欢颜！杜甫的家国情怀一直是我推崇的。奈何我是一介草民，还是一个两眼黑洞的草民，我所能做的太少，所发的光也太弱。可是鲁迅先生不是说过嘛：“愿中国青年都摆脱冷气，只是向上走，不必听自暴自弃者流的话。能做事的做事，能发声的发声，有一分热，发一分光，像萤火一般，也可以在黑暗里发一点光，不必等候炬火。”可我已不再年轻，不知道还晚不？

在黑夜里放歌

笔者：您是在意识到盲人群体失语这一问题后，萌生了创办长沙市残疾人阳光艺术团的想法吗？

杨德才：不不，这个想法是后来才萌生的。最开始我只是想组织残疾人出去晒晒太阳、唱唱歌，是后来的一次登山活动让我萌生创办艺术团的想法。2014 年 12 月，我组织残疾人爬岳麓山。到达山顶后，有人提议大家合唱《团结就是力量》。歌声在风中飘，心儿在空中荡。那一刻，我冒出一个想法：成立一个残疾人阳光艺术团。让残障朋友们以歌会友，走出孤独，岂不乐哉？可是创办艺术团，说着容易，做起来难。

没有成员。

让残疾人走出家门、参与活动、舒畅心情，是我创办阳光艺术团的初衷。想法确定后，我广泛发布成员招募信息。我打电话邀请徒弟，徒弟发朋友圈号召朋友，一传十，十传百，很快就召集了 120 多名长沙市及湖南各地的残疾人。

没有经费。

办艺术团最终还是想义演，义演就需要经费。买设备、租场地、调灯光、调音响、请司仪……这都需要钱。我把这些年开按摩院的积蓄都拿出来，儿子也时常拿工资补贴我，不为别的，就想支持我把艺术团办起来。

没有老师。

残疾人文化水平参差不齐，乐感差，看不见手势，理解不了乐谱。教与学都是个难题。谁会愿意带我们呢？那几日我敲着棍子往返各大学校寻找音乐老师。身边人劝我：带着大家唱一唱，乐呵乐呵就行了，没必要搞那么专业。我不答应。既然要办，就要办得有模有样！

遍寻各个学校，我说动了长郡中学的一名退休音乐老师——刘乐为。刘老师的加入打响了艺术团开团的第一枪。培训地点安排在小区活动室。

100来号人将活动室挤得水泄不通。首先是试音，刘老师按照声部，将我们分成高、中、低音组。接着，让大家一一介绍自己特长。有人会弹吉他，有人会弹钢琴，还有人会拉二胡。这真是让我大开眼界。刘老师说我们这个群体卧虎藏龙，只要大家愿意学，她就愿意教。

继刘老师之后，邓洋老师的加入再次激发了艺术团的活力。邓洋是武警北京总队政治部文工团的声乐演员。转业回来后，志愿为我们阳光艺术团做声乐指导。起初邓老师用手掌打拍子，无奈人数太多，节拍声太小。一场下来，手拍累了，也拍肿了。后来，邓老师想办法用空水桶传音，击打桶底儿、敲着节拍，声音亮起来了，节奏跟上来了，乐感也找回来了。

找乐感只是第一步。练声才是关键。

没接受过专业训练，一张嘴，都是大白嗓。我着急，邓老师更着急。我问他，我们这艺术团能搞成器不？邓老师说，任务很艰巨，但是他想试一试。

“mi……ma……mi……咪这个音要低，慢慢高，声音往上走，对，往上走，像爬坡一样……”邓老师带着大家开嗓。

“咪——嘛啊啊啊——1、2、3走！”

“咪——嘛啊——”

“不对，重来！”

“不是干吼，试着用腹部发声。所谓丹田之音，就是腹部用力，以气托音。来！再试一遍！”

“咪——嘛啊啊啊——”

……

邓老师不厌其烦一遍遍地纠音。一个个挑出来，一个个细听。谁适合主唱，谁适合领唱，谁适合和声，邓老师一一划分。分好类，排好队，剩下就是排练。“百灵鸟从蓝天飞过”单是这一句，我们就练了一个多月。每一次排练我都以日记形式记下，几个月下来，我们前前后后集中训练了几十次。

长沙市一中开福中学音乐老师刘晓红、四川大学音乐学院毕业生张紫璇听说我办艺术团，也前来为我们做免费指导。在老师们指引下，队员们打开了嗓子、爱上了音乐。我们为社区孤寡老人唱、为湘女养老院的娭毑们唱、在全国助残日文艺汇演上唱、在长沙市第八届“善行四十佳”颁奖晚会上唱……艺术团走到哪，歌声就飘到哪。

我常问队员们，加入阳光艺术团最大的收获是什么？

他们说：“歌声是混沌黑夜里的一道光，我们越唱，世界越敞亮！”

笔者：乡村诗歌教育公益机构“是光诗歌”，自2018年以来为1200多所中小学的11万余名孩子带去了他们人生中的第一堂诗歌课；关爱留守、流动儿童的长腿叔叔公益项目，自2014年成立以来以书信的方式为38所乡村学校和打工子弟学校的留守儿童提供了心灵陪伴；关注贫困山区孩子教育问题的“暖流计划”公益项目，自2012年成立以来为贫困山区学童送上生活、学习物资，圆了无数孩子的上学梦……公益的意义最终是为了传递爱、希望与温暖。就像大家常说的，会写诗的孩子不会砸窗户，同样会唱歌的残疾人也不会堵马路。公益的力量就在于对人心的感化、对善心的唤醒。您觉得您的残疾人阳光艺术团成立以来，给残障朋友们带来了哪些改变？

杨德才： 其实，盲人朋友间的安慰与鼓励比来自外界的鼓励更有说服力。阳光艺术团的成立，就像是光打入了暗室，越来越多的盲人朋友如尘土粒子般集聚到一起。因为艺术团，他们发现了原来还有那么多与自己有同样经历的人，通过彼此交流，不仅驱散了彼此的悲观情绪，还进一步获得了生活的希望。我想这是艺术团最大的意义，也是我坚持办下去的意义！

重启

笔者： 在创办残疾人艺术团的过程中有遇到令您印象深刻的人吗？

杨德才： 遇到了不少印象深刻的人，要说最为深刻的那就是残奥会上拿金牌的运动员董启明了。我与她的渊源还得从她的手指说起。

董启明是长沙姑娘，中国著名残奥游泳运动员。先天失明的她 7 岁学古筝，12 岁学游泳，凭借惊人天赋，在 2000 年悉尼残奥会和 2004 年雅典残奥会上获得 3 块游泳金牌。2005 年到美国加州大学学习音乐教学，回国立志在古筝教学上干出一番事业。然而，由于练习过度，董启明右手食指发生病变，疼痛难忍，动弹不得。后来，经朋友介绍来到我这。我记得她刚来时，心情很沮丧，她说，她这手指看过医生、吃过各种药，先后做了 5 次小诊刀手术，都未能康复。深入交谈过后，就在我面前哭脸：“废掉了，彻底废掉了……”

我安慰她：“只要手指还在，就有希望！世界冠军，怎么能轻易向困难低头？”

后来，我就认真分析她的手指。她这属于腱鞘炎。小针刀治疗的原理是把狭窄的腱鞘松开，让肌腱在腱鞘内运行通畅。按道理讲，是可以治好的，但她的手指仍未改善，说明是很严重的劳损了。我答应她，以后每天给她手指推推按按，先看看效果咋样！

启明是个要强的孩子。艺术是她的生命，我得帮她。那段时间，我坚持每天给她做免费食指推拿康复治疗。四个月后，她的手指竟然奇迹般恢复了功能。

2018 年 2 月 8 日，在“残疾人学习十九大精神知识抢答赛暨残疾人春节文艺联欢会”上，董启明再次登上舞台，弹出美妙琴声。演出结束后，她告诉我，站在舞台上，她又找回了在残奥会领奖台上看到升国旗、听到奏国歌的那种感觉。

如今董启明重返了古筝教学课堂，还兼教游泳课程。每当艺术团有活动，她都第一个跑来做志愿。

我总劝她：“你太忙，不要操心艺术团的事！”

她却说：“是您重启了我艺术的第二次生命！艺术团的事就是我的事！”

我说：“是你自己没有放弃，才重启了自己！”

笔者：您作为艺术团的创立者，给艺术团的定位是什么？

杨德才：希望加入我艺术团的残障人士都能够自信快乐地面对人生。就像因音乐获得自信的陈梓怡；就像因音乐喜结连理的盲人夫妇蒙军与李晓红；就像因音乐变得积极向上的易海燕，就像因学打快板快乐的我……

残疾青年也是青年

笔者：您觉得残疾青年最缺乏的是什么？

杨德才：缺乏展示的平台。现实生活中，身有残疾的他们常常隐身于社会各个角落，无人看见，无人听见，没有舞台，没有观众。通过艺术团，我看到了一群群身怀绝技的年轻人。残疾青年也是有为青年，倘若被看见、被听见，他们同样也是社会建设的中坚力量。为了给这些孩子提供展示的平台，我一有空就想搞活动，组织文艺汇演、知识竞答、演讲比赛……

演讲比赛是我在 2017 年青年节前半个月策划的。那时，我就在思考，演讲主题定什么？青年人是国家与民族的希望。一个时代的发展方向看的是青年人，一个民族的进步方向看的是青年人，青年人要想引领时代，不仅需要过人才干，更需要崇高德行。一番思考后，我敲定了比赛主题为“循古训格言之道，做有德有为之人”。

演讲比赛那天，我敲着棍子走上台。

“亲爱的观众朋友们，为了庆祝五四青年节，我们爱康残疾人就业服务中心在此举办以‘循古训格言之道，做有德有为之人’为主题的演讲比赛，以此来展示长沙青年残疾人自尊、自信、自立、自强的精神风貌；展示长沙青年残疾人吃得苦、不怕难、耐得烦、霸得蛮的坚强个性；展示长沙青年残疾人在社会关爱下，不但是物质文明的创造者，同时也是精神文明的践行者……”

简单做了开场白，我匆匆下场，将舞台留给参赛的年轻人。

站在台上的都是 20 来岁的盲人青年，他们没有多高的学历水平，没有丰富的舞台经验，这是他们第一次上台演讲，我替他们感到欣慰的同时也捏了把汗。他们会不会紧张得说不出话，会不会讲到一半忘词，会不会看不清舞台台阶跌倒……要是忘词了怎么办？要是冷场了怎么办？

台下的我侧耳倾听。

我听到李正讲天道酬勤；听到屈妙讲天行健，君子以自强不息；听到李乐取讲欺人是祸，饶人是福……我一直担心他们会讲不好，听了以后，发现他们要比我想象中好太多，眼睛看不见的他们能够顺畅地背出演讲稿，已经实属不易，他们还能将古训格言融入自身成长经历中，这让我异常惊讶。

李正说：勤劳能赢得尊重！屈妙说：命运像弹簧，你强它就弱，你弱它就强！李乐取说：得饶人处且饶人，退一步海阔天空！

舞台上，选手们频频爆出金句；舞台下，观众频频爆发掌声。

比赛结束后，有好几个盲人朋友跑过来问，什么时候再举行类似的比赛？他们也想报名！后来我又举办了“残疾人感党恩奋斗人生”演讲比赛、“毛主席诗词朗诵比赛”等等。

那一刻，我看到了残疾青年的力量。长久以来，残疾人处在社会边缘地带，不被看见，不被听见，整个社会对残疾人持有的更多是同情、怜悯的态度，这样的社会偏见虽是对残疾人生存环境的保护，但同时也是对其精神力量的扼杀。有相当一部分残疾青年，他们有抱负、有情操、有德行、有才干，比如荣获省级二胡演奏金奖的盲人小伙李朋奇，比如退役回来致力于古筝教学的董启明……残疾人身残心不残，他们同样心中有信仰，脚下有力量，同样是社会主义的建设者，精神文明的守护者。他们实现自力更生后，也想讲出自身故事，传递精神力量，对于残缺的青年的他们来讲，缺的可能不仅仅是保护，更是展示自我的平台。作为残疾人的我来讲，我深知自身力量有限，但是我愿以盲杖为圆心，以自身为半径，为残疾青年们画出展示圈，尽我所能，能画多大画多大！

笔者：有人说，您花费如此大的人力物力财力举行这些活动，只是简单愉悦了他们的身心，无法从根本上帮助他们成就梦想，意义不大。还有人说，这些只是表演式的活动，无法真正唤醒残疾青年积极向上的思想。对此质疑声，您怎么看？

杨德才：活动举办的次数多了，难免会有人质疑活动的意义。我也反思过，这样的活动是否真正影响到了残疾朋友们？是否真正唤醒了残疾青年？反思过后，我更加坚定自己的做法。无论是健全人还是残疾人，有天赋且在某领域取得卓越成就的人只是少数，我们大部分人都是普通人。那么，我们就不需要正能量了吗？我们就不需要情感上的激励、斗志上的激发了吗？我们同样需要，即使我们终将成为普通人，我们也要选择成为积极向上、有道德有良知的普通人，即使大部分残疾人无法为社会重大领域作出突出贡献，但他们也可以成为勤劳上进、踏实能干的普通人。我觉得活动的意义就在于此，我们宣扬的正是劳动精神、奋斗精神、奉献精神、勤俭节约精神，这不是虚伪的道德高调，也不是空洞的道德表演，话说出来就会有影响力，哪怕它很小，我们也要说，哪怕只是说给残疾朋友听。

选择

笔者：这么多年来您举办那么多场大型户外演出，每次演出前您紧张吗？

杨德才：怎么会不紧张？每次演出前我都提心吊胆，但比起无所事事，我还是愿意选择这种紧张感。

2018 年 5 月 19 日，我在长沙鸥波广场举办了一次大型文艺汇演，这是为了庆祝第 28 个全国助残日的文艺汇演，也是“高唱春天的故事，奔向新时代”的文艺汇演。参演人是我们“残疾人阳光艺术团”的所有成员，虽然这已经是我们第 28 次大型文艺演出，虽然大家都身经百战，但我还是神经紧绷，像个道士似的嘴里念叨着：平平安安、顺顺利利……

活动现场，我打电话催了音响师，调度了现场人员，询问了现场进度，还好，一切都在可控中。文艺汇演快要开始了！

身边的人笑我过于紧张了，可他们不知，正是无数次的提心吊胆才换来每一次的平平安安。

大型演出不像去社区讲课。租场地、搭舞台、租音响、请司仪、备席卡、备饮料、请嘉宾、置安保……从活动策划到实施到结束清场，一切大小事都得操心。整个过程中，演员有可能迟到、音响有可能坏掉、外人有可能闹场，我得做好所有的应急预案。

演出正式开始！董启明演奏了古筝、邓洋表演了个人独唱、我打了一首快板、朋奇拉了一曲欢快的二胡、残疾人阳光艺术团的成员们合唱了一首歌曲……

演出很顺利。结束后，我带着爱康的员工们给社区的老弱病残送了500张推拿保健卡，还给参加活动的100位残疾人每人送了一袋米、10斤油。

这本是值得庆贺的日子。谁知第二天，我这没出息的身体又把我拖进了医院。家人们说我自讨苦吃，可打着吊针的我收获的却是实实在在的甜。

为活动操心是苦，活动成功举办是甜；生病住院是苦，成就自我是甜；受到别人质疑是苦，收获他人真心是甜……这么多年，我不是在孤军奋战，有很多人在帮助我、支持我。说说刘娭毑烫伤的事吧。

那是我们艺术团的一次户外演出。当时现场有人喊，谁包里有芦荟膏？人群中的我听到以后就疑惑，高声问道：“哪个出事了?”这时听到有人慌里慌张地说道：“冒么子（长沙方言：没事），冒么子!”我心想一定是出事了，就敲着棍子朝声音方向走去。我又问：“出么子事了?”还是没人回我。我只好找屈妙问。

屈妙告诉我：“刘娭毑在给队员们倒热水喝，瓶子倒了，烫伤了，刘娭毑不让告诉您……她害怕您嫌她年纪大了，不让她参加活动……”

活动结束后，我敲着棍子去寻刘娭毑。她跟我说，盲人憋在家里像只黑老鼠，不透气，不见光，她想加入阳光艺术团，因为艺术团能让她看见光……

当时听到这句话，我既感动又感慨。突然觉得一切的辛苦都值得。残疾人阳光艺术团创办多年来，集中排练212次，免费为社会举办大型文艺演出56场，艺术团成员逐年壮大，有长沙市周边的，有湖南其他地级市的，还有外省赶来的。艺术团人才济济。有会弹吉他的盲人小哥，有唱流行歌曲的双燕组合，有音域宽广的草原汉子，当然还有像刘娭毑这样默默无闻的志愿者。艺术团的活动愈来愈丰富。湘江边上，我带着残疾人朋友为抗洪勇士送上西瓜、矿泉水；岳麓山顶，我们摇旗呐喊，歌唱祖国；橘子洲头，我们一起拔河、朗诵、打快板……

有人说我傻，把钱都扔在了外人身上。我不这样想。人活着总是要追求些精神价值，我有退休金，不愁吃不愁穿，我更愿意把开按摩院挣的钱花在残疾人身上，为残疾人做些事，我有成就感，我觉得这样比什么都有意义！

笔者：贫穷是一种生活状态，富有也是一种生活状态，选择精明是一种生活态度，选择愚钝也是一种生活态度。苦与甜，精与傻，认知不同，选择就不同。

杨德才：是的。就像《红楼梦》中所讲，世人都晓神仙好，唯有功名忘不了！古今将相在何方？荒冢一堆草没了。世人都晓神仙好，只有金银忘不了！终朝只恨聚无多，及到多时眼闭了……比起金钱名利，我更愿意选择一种朴素踏实的生活方式，就像我的快板中所唱的：

小竹板打起来
我是长沙土里土气一丝光感都冒得的盲人杨德才
冒得光感的盲人好辛苦
被动呆板不如街头的二百五
从前盲人好可怜
靠算八字来攒得恰饭钱
盲棍碰铃小板凳
天天蹲守在马路边
不管刮风还是雨雪天
不管是酷暑还是冰冻天
耳朵高高来竖起
只想路人走上前

运气好
算上几个八字攒上一顿恰饭钱
运气差
起早贪黑饿得要死还要白白守上一整天
深更半夜人们都睡得香
叮叮
咣咣
还有盲人摸不到家在哪一边
……
现在盲人要站起来
我们有手我们有脚
任凭它老天打不倒
自食其力站稳脚
我们不愁
我们不忧
心眼敞亮乐悠悠
谁说盲人不见光
我们联合起来就是一道光！

衡山之行

笔者：整理资料时，我们发现了一张您和艺术团拍摄于衡山的照片，能具体讲讲照片背后的故事吗？

杨德才：衡山之行刻骨铭心，现在回想起来还心有余悸。

带着一群盲人登衡山，这是个大胆的决定。

2017 年 10 月 15 日是国际盲人日，为了庆祝这一天的到来，我和志愿者商议决定带着阳光艺术团登一次衡山。

为什么选择衡山？一方面是因为，自艺术团成立以来，我举行的各类户外活动都集中在长沙市内，艺术团的成员们也想出去走一走。另一方面，衡山海拔高，对于盲人来讲，攀登衡山是个挑战，更能发扬我们残疾人自立自强的精神。

2017 年 10 月 14 日清晨，我租了一辆国际旅行社的大巴车载着艺术团 30 多名成员和爱康 10 多名志愿者向衡山进发。那天天气晴朗，大家一路欢声笑语，很快就到了目的地。在志愿者的带领下，我们先参观了南岳大庙，然后乘景区观光车来到南天门开始登山之旅。

山路曲折陡峭，寒风嗖嗖，但我们热情似火。你搭着我的肩，他搭着你的背，朝山顶攀登。经过一个多小时的努力，我们终于到达祝融峰顶。屈妙告诉我，祝融峰很漂亮，云雾缭绕，游人如织，峰顶还有一座庙。我想这么美的风景，我们残疾人来一次不容易，一定要留下点什么。

于是我当即决定，我们残疾人要歌唱，要为游客送上了一场特殊的文艺“午餐”。在志愿者的协调下，艺术团的成员很快就排好了队形。我们歌唱《阳光路上》《没有共产党就没有新中国》。盲人易海燕、高梦晔、邓智泽、谢文礼齐唱《让世界充满爱》。歌声响彻云霄，博得游客阵阵喝彩！

我也诗兴大发，即兴自编一首《长沙盲人登衡山》。

阳光普照英雄汉，桂香八月登衡山。
不说明月离我远，杖眼步欢壮志昂。
人生本无通天道，不畏艰辛路自坦。
长沙盲人力奋进，祝融峰上会吴刚。

祝融峰顶，赞叹声、欢呼声响成一片。正当我们要合唱《团结就是力量》时，山顶突刮大风，雨点子啪啪打在身上。

我突然警觉，大喊“快，快，趴下，都趴下！”

雨点子又猛又急，屈妙拉着我猫着腰，一个个清点人数。风是乱的，卷得人往空中抬，雨越下越大，屈妙眼睛也看不清了，没办法，我们只能猫着腰一个个去摸，摸一个，确认一个。清点到最后，发现盲人李焕军不在队伍中。他眼睛看不清，风这么大，不会被吹到山崖下面去吧？我一下子慌了神儿，头上下大雨，身上冒大汗，我们放肆喊：“李嗲嗲，李嗲嗲——”

雨越来越大，大家坚持不住了。

艺术团邓洋老师喊着：“大家先到庙里避雨。”到了庙里，人群中突然发出一声惊呼：“哎哟！李嗲嗲，你原来在这里啊，我们一直在找你……”当我听到那一声惊呼，心中的石头终于落了地。

笔者：这次活动太惊心动魄了！

杨德才：是的。衡山之行时刻警醒着我：安全责任重于山，山不能爬得太高，安全才是第一位。

巨龙上山

笔者：听说您后来又举行了百名盲人登长沙岳麓山的活动？您又是忙培训，又是搞活动，如此大的工作量，身体吃得消吗？

杨德才：吃不消硬吃。我妻子说我这是老虎啃天！“硬吃”会“吃”出病，最后还是吃进了医院。

组织百名盲人登岳麓山那次，临近活动时间，我身体出了毛病。医生说，我的24小时动态心电图显示，室性期前收缩19000多次，肺部感染也比较严重，建议我住院。

可眼看都已经11月末了，如果这时候住院，一定会耽误12月初的登山活动。路线还没规划，景区人员还没提前打招呼，志愿者还没联系到位，绝对不能住院，还是回家吃药打针吧！

一番思考后，我拒绝了医生的建议。原以为在社区打打针就能暂时扛过去，谁知12月6日，又感冒了。当天夜里发高烧，终究还是进了医院。

可身在医院，心在岳麓山。

这是第一次举行百名盲人登山活动，不能半途而废吧，我得赶快吃药，配合医生赶快好起来，时间不等人。可是，身体呀就偏偏作怪，烧迟迟不退，还咳嗽不停。医生劝我，不要思虑过度，儿子劝我推迟活动时间，可是，一百多名残疾人联络一次不容易，选定一个大家都空闲的时间不容易，活动时间哪能说改就改？活动必须原计划进行。

我拨通了张欣的电话。

张欣是我当年九中教过的学生，他人脉广，为人诚恳，把联系、组织、培训志愿者的事交给他做，我放心。

我又拨通了李正的电话。

李正为参加此次活动的100多名盲人建了一个交流群。李正对网络精通，活动的时间、地点、规则、流程等消息通知由他负责语音编辑、发送。

我拨通了爱康前台的电话。

前台小刘提前去打印社定制活动横幅、旗帜，提前完成话筒、音响等设备的调试。

最后，我拨通了屈妙的电话。让她第二天早上8点来长沙市第一医院接我，带我去走路线。

12月7日上午，屈妙带着我去了岳麓山景区。这次登山活动可不寻常。首先是人多，其次，100多名都是盲人。如何规划路线，如何分组，如何组织，如何确保安全，如何给景区人员接洽等等都是问题。

屈妙搀着我来到管理处。

“您好！我是盲人杨德才，12月9号我将带100多名盲人爬岳麓山，想提前跟你们报备一下，请求你们的帮助……”

工作人员很热情，“需要什么帮助，您尽管说！”

我说，我们人又多，大家眼睛又不方便。所以到那天，希望你们管理处能够在广播里播报几句，提醒游客、车辆注意礼让。当然，我们自己也有请志愿者，帮忙整理队伍秩序，一定不会给你们添麻烦的。

与工作人员沟通完，屈妙就带着我走路线。哪里有弯道，哪里有陡坡，哪里有卫生间，哪里有休息亭；哪里人多，哪里人少，宽敞的路段有哪些，不好走的路段有哪些……我们边走边规划路线。

下了山，已经下午 3 点了。头昏脑胀，脚下轻飘飘，我们赶快打了车溜回医院。到了医院，果然被护士批评了一顿。一想到后天的登山活动，这个批评我愿意挨。8 号上午，我又让屈妙带着我悄悄地溜出医院，来到岳麓区公安局，请求出警支持我们的登山活动。

9 号早上醒来浑身软塌塌，但一想起今天的活动我就逼着自己强打起精神。大家劝我不要出去着凉。可作为活动的发起人怎能不打头阵呢？一定要去，我人一定要到。

在张欣、屈妙、李正等人的组织下，盲人朋友、志愿者朋友都整齐到位。

我扯着嗓门，使出浑身的劲喊话：“朋友们！这是我们有史以来最大型最艰巨的一次活动，考验的是团结心齐，考验的是坚强毅力。打旗子的当排头，志愿者们善后，大家都戴上小红帽，手拉手，肩搭肩，组成一条长龙，向山顶进发！”

盲人朋友走得慢，路程显得就更长，极易疲惫懈怠。为了给大家鼓劲，我提议大家唱红歌、背 24 字的核心价值观。因为体力不支，临时景区工作人员给我叫来了一辆观光车，我们车子在前面走，长龙在后面跟，我看不到，但是画面却清晰浮现，脑海中不禁打起了快板：

一条巨龙攀高峰，岳麓山上添新景。
你勾肩来我搭背，秩序井然小分队。
志愿者们前后跑，辛勤热心把情抛。

盲人朋友力量大，组成巨龙咱不怕。
二十四字价值观，字字铿锵记心间。
同为社会参与者，盲人也想搞建设。
乐观坚强有毅力，精神传递靠大家！

笔者：您将残疾人的冷暖悲欢放在心上，并把残疾人事业当作自己的使命，通过一次次活动，不断挑战自己，助益他人，这是一种务实的精神，也是一种高阶的精神追求。据了解，截至目前，您共举办了83场大型残疾人文体活动，在这条扶残助残路上，您有没有想过停下来歇一歇？

杨德才：只要身体还能折腾，我就会一直做下去。被人笑话也好，被人利用也好，被人误解也好，我不管他人眼光，事情做成了，我踏实。在我看来，做成一件事，我的生命就会有一个亮点，做成100件事，就有100个亮点，这样的话，我的生命串起来就是一条光带，我想想都兴奋！

屈妙是我的眼

笔者：您一直在提屈妙，她是您的徒弟？

杨德才：准确地说，她是我的眼睛。

先给你讲一个女孩子的故事吧！

2008年，女孩的堂哥考上了大学，堂哥家在办升学宴。两家仅一墙之隔，热闹声穿墙入耳。女孩本想拿起耳塞屏蔽掉一切杂音，可没拿好，耳塞滚落在地，女孩趴在地上找，找不到，贴着地板摸，摸不到，眼前蔓延的却是不断扩大的模糊色块。喧闹声再次响起：呼朋唤友，劝酒划拳。女孩哭，拼命地哭，哭累了，她就摔东西，摔完了，就静静蹲在墙角发呆。不说话、不出门、不见人，怕别人笑她，年纪轻轻就看不见……

这个女孩就是屈妙。

屈妙是大家口中常说的漂亮女孩子。然而，有时候命运就是妒忌花季少女。2008年高考结束，她的眼睛突然病变，眼球充血，看不见东西，做完手术没多久后，紧接着视网膜脱落，脱落一次，手术一次，几番折腾后，左眼视网膜完全脱落。八月份，大学录取通知书寄到家，而她面对的却是“黑暗”与“光明”的较量。尽管她积极配合医生，仅剩的右眼视力还是在逐渐下降。为了控制视力，医生专门给她定制了隐形眼镜，戴上眼镜能够模糊看到人、房子、马路，但是书本上的字是再也看不清了。就这样，她眼睁睁看着黑暗吞噬掉她光明的人生。

2009年，屈妙在家人的带领下来到我这。听了她的故事，我两眼泪，这样的孩子我得帮。

来到我这后，我亲自带她练手法。我当靶子，她来按，推、拨、点、按、揉，手把手教她每个手法，她理解能力强，肯吃苦，肯卖力，每次都练到汗水吧嗒吧嗒往下滴。

学会技法后，这孩子变得开朗了一点。为了让她更阳光，每次有活动我都带上她，给她安排事做，让她出活动策划，让她做宣传。受过教育的年轻人就是不一样，她想法新颖，考虑周到，很快就成了我的好帮手。

这些年来，我所搞的每一次文艺汇演、每一次看望老弱病残、每一次开道德讲堂、每一次青少年实践活动，都是屈妙在跑前跑后。她牵着我奔走在每一次的活动现场，打车、扶我上车、搀我下车、勘测活动路线、用手机敲文稿……屈妙这孩子简直就成了我的眼。有一次，我问她，天天跟着我这个盲老头搞活动，不觉得没意思吗？她却说，这是做公益，比吃喝玩乐有意义！

屈妙的话不禁让我眼眶湿润。10多年来，这孩子跟着我一起做公益，手机上存了上万张活动照，写了10多万字的活动文稿，这些都是她眯着眼睛在手机上一个字一个字敲出来的。长时间看手机对眼睛伤害更大，我劝她歇一歇，可每次她都嬉皮笑脸地说：“反正我总是要刷手机的，与其刷手机娱乐，不如做些有价值的事。”

笔者：屈妙长期跟着您一起做公益，有过怨言吗？

杨德才：我脾气倔，性格执拗，做事还有些专断，屈妙脾气躁，性子直。一个60后，一个90后，观念不同，脾气却相同，总免不了硬碰硬。这几年我一直在搞大型公益活动，可身边除了我儿子和屈妙，没有其他人手。我儿子工作忙，挤不出时间，搞活动的大部分事情都落在了屈妙这孩子身上。总是我提想法，屈妙落地实施，每次她耐不住烦的时候，总会气鼓鼓地出走。难得的是，气消了，又会帮着我跑前跑后。我经常被她的付出所感动，她也仅仅是个孩子啊，而且也和我一样是个视力残疾人啊！

谢谢屈妙！

早安长沙

笔者：难以想象每次大型的演出活动，您和屈妙两个人是怎么应付过来的？

杨德才：办一次活动不容易，不仅要费体力，更要费心力。

2023年5月21日是全国第33个助残日。我想在助残日来临之际，举办一场残疾人感党恩文化助残活动。

既然是文化助残，那么活动内容就需要紧紧围绕文化主题。屈妙说可以为残疾人送励志书籍和电子书，我拍手赞成。但对于这么大一个活动，仅仅送书难免干巴了些。正当我焦头烂额的时候，突然想到身边有一些喜欢写书法的朋友。心想，如果能够联系上长沙市有名的书法家，请书法家在活动现场为残疾人书写励志作品，岂不妙哉？说干就干。很快，我就通过我的老同学联系上了谭石光、周令杰、杨永伦等十位长沙有名的书法家。

与屈妙商定后，文艺节目基本确定为开场舞、话剧、二胡演奏、书法家现场泼墨、阳光艺术团大合唱。可我还是觉得不够。书法家现场书写作品时，舞台是空的，这样场子岂不是冷了？还应该再加一个节目，加个什么呢？

活动是早上举行，不如来个“早安长沙”！我把想法告诉了屈妙。“您不会要邀请袁树雄老师吧？您可真敢想！”屈妙的震惊在我的意料之中。

袁树雄，湖南隆回县人，他的歌曲《早安隆回》在卡塔尔世界杯期间火遍全网，播放量高达200亿次，还曾受邀参加湖南卫视跨年晚会。让他免费为我们的活动献唱，可能性极低。我深知单靠我个人的力量是不够的。我把想法告诉了省残联领导，很快省残联向隆回县文化馆下函正式邀请袁树雄老师。

一周后，省残联告知我袁树雄老师愿意来。我激动万分。

5月2日，我联系了湖南长沙兰德展览广告有限公司负责活动当天的舞台搭建、横幅制作和音响设备。5月3日，屈妙联系广告公司设计礼品袋、活动宣传彩页，并负责撰写活动文稿。我们需要拟定一份活动方案、一份文化助残倡议书、一份活动流程。反复斟酌文字后，基本定下内容初稿。这么大的活动，需要向各个辖区领导汇报才能进行。

5月4日上午，屈妙搀着我去省委宣传部汇报，下午我们赶往省残联汇报。5月5日上午，我们赶往开福区残联汇报，下午，我们赶往开福区教育局汇报。5月6日上午，我们去了清水塘街道，下午我们去了东风路街道。5月7日上午，屈妙负责采购活动当天的笔墨纸砚，下午我们到烈士公园管理处联系保安科，洽谈活动当天的安保问题，晚上与主持人高波对接活动流程及主持词事宜。

7号晚上大雨，因为活动流程临时变动，我们冒雨赶往打印店，紧急赶出150份新版的活动方案及流程卡。回来的路上，风大雨急，屈妙一边强撑着伞，一边拉着我呼呼往爱康赶。我紧抱双臂，强力护着胸前一大摞冒着油墨热气的活动资料，心里踏实极了。

8号傍晚，兰德广告公司负责人打来电话，告诉我舞台已搭建完毕；屈妙告诉我，席位卡和礼品袋已准备就绪；爱康的前台告诉我，赠送的电子书和阅读器已准备到位。

8号当晚，躺在床上的我辗转反侧：预报的9号有雨，老天保佑，千万不能下雨！今晚有风，烈士公园扯的横幅不会被风吹跑吧？哎呀，忙忘记了，下午袁树雄老师已经到了长沙，按礼数我应该提前见人家一面的。现在为时已晚，袁老师会不会怪我没礼数？

凌晨三点，还没有睡着，起床摸索着恰了一片安眠药。

终于挨到了天亮。

庆幸的是9号上午，是个大晴天。8点，我和爱康全体员工赶往烈士公园南门广场。九点演出正式开始。

我听到，舞台上青春活力的舞蹈演员伴着音乐欢快唱跳；我听到，舞台下观众熙熙攘攘，来来往往。屈妙告诉我，围观群众特别多，有看舞台表演的，有看书法家挥毫泼墨的，好不热闹！

10点19分，袁树雄老师的一首《早安长沙》将人气推向高潮。我听到越来越多的群众围了上来。在活动进行到高潮之际，我代表爱康按摩院为残疾人免费赠送励志书籍和书法作品，并向观众宣读文化助残倡议书，号召全社会行动起来为丰富残障人士精神文化生活助力加油。

笔者：您觉得举办此次活动最大的意义是？

杨德才：读书是拓展认知、开阔眼界的最有效的方式，残疾人可以借助纸质书籍、有声读物来阅读这个世界，进而更新自己的精神状态。我想借助此次活动来呼吁社会关爱残疾人的精神生活状态，也想借此机会呼吁残疾人关注自身的精神状态。我想这就是这次活动最大的意义，也是我的初衷。

接力棒

笔者：我们发现，每次搞活动，屈妙都是主力，您是有意培养屈妙吗？

杨德才：屈妙这孩子有爱心能做事，十几年来，她跟着我做公益，我看着她长大，十几年的爱心助残活动让她变得更加成熟沉稳，可喜的是，2023 年她还被推选为长沙县盲协主席。一路走来，与其说是培养，不如说是她自己在成长。

“杨嗲，您说运动会搞哪些项目合适呢？得安全，还得有趣，还要适合盲人。保龄球？跳绳？”电话那头，屈妙自言自语。

屈妙口中的运动会是即将在 2023 年 5 月 22 号举行的长沙县盲人趣味运动会，这是屈妙当选 2023 年长沙县盲协主席之后的首次亮相，她想成功举办此次活动，我知道；她心里紧张没底，我也知道。

经过商定，我们选定保龄球、跳绳、拔河三项运动项目。有了项目，比赛规则怎么定？盲人看不见，在投掷保龄球时，看不见目标物，需要听声音才能判定方向。屈妙想了一个好主意，比赛分三组，在每组目标物面前放置一面锣，比赛前，由志愿者敲锣为信号，这样盲人运动员就能凭锣声判断目标物方位。

如果说跳绳容易，那么拔河相对就难了些。拔河考验的是团队的向心力，但是盲人成员彼此间不认识，很难在短时间内融入集体并积极参与活动。那么该如何调动积极性呢？屈妙犯了难。正当我们两个一筹莫展的时候，爱康的前台刘玲说了句：“这还不简单，搞气氛找李妙妍呀。”我们听了一拍即合。

5 月 17 号，屈妙要去购买比赛器材和奖品。临出发时，我叫住了她，告诉她要把钱花在刀刃上，比赛器材我这里有，尽管拿去用，没有的我可以帮她去社区借。省下来的钱要花在参赛的盲人身上，比赛奖品要实用，要保证每人同等，人手一份。

搞一场残疾人的运动会不容易。为了确保安全。屈妙将比赛场地设置在长沙县松雅湖湿地公园，那里空气新鲜，场地开阔。考虑到盲人走路不便，屈妙将事先设置的步行游湖项目改为观光车游湖。为了确保运动会顺利进行。屈妙联合县残联有关领导、松雅湖湿地公园管理人员共同协办此次项目。

5 月 21 号晚，屈妙打来电话，说她担心明天出乱子。我告诉她，把心放肚子里，明天有大家在，一切没问题！

5 月 22 号，大风，温度骤降。

屈妙先到，我和志愿者后到。刘玲负责盲人运动员签到，石秋燕负责奖品分装，李妙妍负责盲人运动员引领。九点钟，运动会正式开始。

第一场，拔河比赛。哨声吹起，我听到人群骚动，乱糟糟的。屈妙扯着嗓子喊："大家要积极点哈，要参与进来哈。"我听声音，人群仍然嗡嗡。这时，一个高音传来，是李妙妍。

"都给我加油哇，有劲的使劲，没劲的喊出劲！快，快，你们把步子扎稳了，不能垮！"李妙妍喊道。

"加油，加油！嘿呦，加油！"我听到声音慢慢出来了。

"步子站稳，身子往后仰，快，快，劲往一处使……"

人群中，李妙妍略带嘶哑的呼喊声此起彼伏。

听到李妙妍又是吹哨又是呼喊，运动员们似乎来了劲。人群中我听到大家齐声大喊加油。

很快，比赛就接近了尾声。在屈妙的带领下，全体成员彼此搭着肩坐上了游湖观光车。

湖边风大，我坐在车上，身上感觉一阵阵寒意，心里却十分火热。

回来一量体温，38.9℃，当天下午头晕得厉害，呼吸不上来，儿子立马把我送进了医院。

当晚，屈妙打来电话，说今天盲人朋友们玩得很开心，县残联对活动也表示很满意。电话这头听到屈妙兴冲冲地讲着，那一刻，我知道爱心助残接力棒有人接了。

笔者：屈妙当选为盲协主席，可喜可贺！某种意义上来讲，志愿服务就是爱心接力的传帮带，屈妙踏着您的脚印行走在公益助残的路上，在您和屈妙身上，我们看到了个体的力量，看到了政府的力量，如何更好地帮助残疾人？如何更好地实现残疾人权益的最大化？一个人的力量有限，只能帮助几个人，然而利用组织或者机构的力量就能帮助更多的人！

杨德才：相信政府的力量是我这大半辈子摸索出来的经验。我们个人的力量有时候真的很有限，没有外部力量的帮助，我们只能在很小的范围内活动，比如我想成立一个机构帮助更多残疾人，倘若没有政府的认可，我的机构就很难产生社会效应。因此我常常告诉屈妙，独木不成春，要想放大自身的力量，必须相信政府、依靠政府。

第八章　教育，教什么？育什么？

失明前，兢兢业业地从事教育；失明后，又想方设法地参与教育。教自己的孩子、教别人的孩子、创办作文免费辅导机构、创立思政教育培训基地、给城市孩子讲课、给乡村孩子讲课……完全失明后的杨德才时常跳出教育系统，以全盲人的感知重新打量着当今的教育，不禁发出疑问：教育，到底教什么？育什么？

“单车规则”

笔者：失明后退出教育系统，您为什么后来又开始关注教育？

杨德才：很大程度上是因为我儿子。我出车祸那年，儿子才7岁，虽然很难正常地从事学校教育了，但作为父亲，自己儿子的教育总要管啵！但是没有眼睛，怎么管？光监督都是一个大问题。

1997年暑假，儿子对我说，他要学骑自行车！我问为什么，他说：“爸爸眼睛看不见了，不能像以前那样接送我上下学了，我要自己学骑自行车，自己上学。”儿子的语气很坚定，我也答应了下来。

那个暑假我和儿子开始了自行车交流。

每天吃完早饭，儿子就牵着我下楼。练习地点就选在小区内。自行车高，儿子个头小，坐不上去，只能斜着身子跨着骑，儿子跨上去，开始蹬，我在后面稳稳地扶着车座。等他蹬起来，车开始走的时候，我就松手。

“杨星，眼睛看前方，不要低头，这样车才能走得稳。”我在后面大声吆喝。

记得儿子在前面吓得大喊：“爸爸，车把老是歪，我控制不了它！”

我也紧紧地跟着喊：“别怕，手要死死握住车把，目视前方，一定要目视前方，不要老低头看车，你的目光是车的方向，目光放正了，车才会走正……”

很快前方就传来儿子的欢呼声：“爸爸，我会骑了，我会骑了！”

9月开学，按照我和儿子的约定，开学了就可以骑车上学。我还是有点担心，就跟他约法三章。第一，不准骑太快；第二，不准载人；第三，不准闯红灯。儿子爽快地答应了下来。

此后的每一天，儿子骑车上学，我就凭借着仅存的一丝光悄摸摸“跟踪”。为了不让他发现，我每次都是借口去学校上早自习，提前出门，然后蹲在马路边的灌木丛中等候他经过。之所以这样做，一方面是不放心他，另一方面是为了检验他是否遵守约定。头一个月，他表现还不错。

11月份的一天，天有点冷。一大早，我照例先走，提前蹲在红绿灯旁附近的灌木丛中等候他。朦胧中我看到一片黑压压的人都停了下来，应该是红灯亮了。叮铃铃，叮铃铃……一连串的按铃声，由远到近地从人群中直插而过，口中还喊着：请让一下，让一下……我一听声音，这不就是我的儿子杨星吗？我猛地从灌木丛中站了出来，还发现他单车后座上似乎还载了个人，一阵风似的窜了过去。我喊了两声，没人应。

他闯红灯了，而且还载了人！

我当时脑袋五雷轰顶，气得冒火。拿着棍子转身就走。一路磕磕绊绊地敲着路面，回了家。

当天下午放学，我提前在楼下等他。等到他推车回来时，我就质问他：“今天按规则骑车了吗？”

我问他载人没？他说没有；问他超速没，他说没有；问他闯红灯没，他还是回答没有。回答流畅自然。我又问了一遍。儿子似乎感觉到了我的怒火。立马吓哭了：“爸爸，我错了，今天走得急，我怕迟到，所以闯了红灯……”

说实话，当时我心软了。但当我想原谅他时，脑海中再次浮现出早上他一溜烟窜过去的画面。

我气得一把推开儿子，举起自行车狠狠地砸在地上。嘴里吼着：

“这车以后都别骑了！烧了它，毁了它！”我气得拿着棍子胡乱地鞭打着车身。当时儿子吓得哇哇大哭。嘴里不停地喊着：“爸爸，对不起，我错了，我再也不敢了……”儿子拉着我的衣服，拽着我的棍子。

我本不想妥协，可儿子扑通一声跪在了地上，抓着我的衣服哭着脸，“爸爸，您打我吧，您有气就打我吧……”那一刻，我泪如泉涌。眼前又浮现出刚出生时的他。

我与儿子相识于1990年1月。那天，母亲过生日，我回老家给母亲祝寿。回来时，九中的同事火急火燎地给我打来电话：“杨老师，你人跑哪去了，快去医院……”

听到消息的我立马奔进医院。到了医院，我看见了一个肉乎乎的小家伙被包裹在浅蓝色的绒被里，眼睛亮晶晶的，看着我笑，那是我与儿子的第一次相识。

“你说给儿子取个什么名呢？”妻子问道。

“叫杨星吧！”我脱口而出。

“杨星？为什么起这个名字？”妻子问。

“我们地球这个美丽的星球，金木水火土，样样俱全，取名杨星，这样孩子就什么都不缺了。”

但是，他现在缺一个健全的爸爸，缺一个能够保护他的爸爸。我不能给他全方位的保护，我只能给他最独立的教育。

儿子跪在我的脚边抱着我的腿放肆哭，我狠下心一脚甩开他，转身自己敲着棍子上了楼。他哭着一路跟上了楼，进了家门又继续跪在地上哭。

晚上，我把哭脸的儿子叫到跟前，说：“爸爸今天生气不仅仅是因为你欺骗了爸爸，而是因为你违反了规则。你和爸爸约法三章是规则，不乱闯红绿灯也是规则，这个世界上有很多规则，我们生活在其中，就必须要遵守规则，如果每个人都像你那样为了自己的利益打破规则，那这个世界该多可怕呀！”

我不知道儿子当时听懂了没有，我只知道后来的他再也没有打破过我俩之间的规则。

笔者：我们在谈论规则时，大多数人都会讲规则对我们约束的一面，而忽略规则对我们保护的一面。实际上，规则是约束更是保护。一时的约束换来的是长久的保护。食品规则、交通规则等等，大大小小的规则看似是对个人利益的限制，实则是对集体利益的捍卫，护住了集体利益，个人利益才会有着落。

杨德才：是的。规则的制定实质上就是对个人利益与集体利益的最大保护。现在社会上不少人都在强调个人主义、自由主义，当然喽，捍卫个人利益是正当的，但是倘若为了追求个人利益而损害集体利益，那就不对了。我在新闻上听到不少类似事件，景区插队的、马路边上搞直播的、高铁上手机放外音的等等，他们都太过于强调个人利益而忽略集体利益，倘若我们对这种行为视而不见，甚至妥协忍让，那么我们的集体利益、社会利益将会逐渐被侵蚀。皮之不存，毛将焉附?

“教育需要彼此参与”

笔者：您之前教的是中学的孩子，当您专注教自己儿子时，您有什么新的教育心得吗?

杨德才：有，我明白了培养并保护孩子的观察力和思考力是孩童教育时期最重要的事。

出了交通事故后，我常常在思考。如何在没有眼睛的情况下当好父亲的角色。没有眼睛就无法观察孩子的举止言行，更无法洞察孩子的心理变化，如此一来我很难起到监督和鞭策的作用，这让我很苦恼。几经思考，我突然想通了。既然我无法参与儿子的生活，就让儿子参与我的生活。

为了让儿子参与我的生活，我常常在他面前扮演“弱者”形象。我会故意在他面前颤颤巍巍地滴眼药水，我会故意在他面前踉踉跄跄地提水，而所做的一切都只是为了引起他的“关注”，以此获得与儿子交流的机会。

1999 年 10 月的一天，儿子在客厅里写作业，我故意提前将眼药水放在他写作业的桌子上，然后我坐在客厅的椅子上，在茶几上乱摸寻找我的眼药水，我吆喝着：“儿子，看见爸爸的眼药水没?”

这时，儿子手拿着眼药，走了过来。正当我准备伸手接的时候，他突然说：“爸爸，让我给您滴眼药水吧!”

儿子的要求正合我“意”。

虽然我想借此机会接近儿子，但是，儿子的突然接近让我这个做父亲的也产生了一阵莫名的紧张。我坐在椅子上，姿势有些僵硬，他给我滴眼药，9 岁的儿子个头还不算高，我有意调整坐姿，将身子往下挪了挪，以便他能滴得顺手些。儿子俯下身子，低下头，用拇指和中指掰开我的右眼。第一次滴，我能感觉到儿子有些紧张，第一滴没有滴进去，顺着眼角滑了出去，第二滴，没有照准眼睛，还是没滴进去，开始第三滴的时候，我感觉到儿子有些出手汗，最后一滴，成功滴了进去。他长舒一口气。“爸爸，原来滴眼药也不容易嘞!”滴完了右眼，要滴左眼了。

我熟练地将“左眼球”取了出来。儿子用力扒开左眼眶，手支在脸上，半天没有动，我的眼眶被掰得有点酸疼。

我心中突然有些打鼓，是里面太可怕了吗？是吓到儿子了吗？我从未见到过眼球摘除后的眼眶，我忘了这一点，我怎么能把这么恐怖的伤口展现给孩子看呢？我这样做是不是错了？

儿子迟疑了好久，然后，一句话也没说。就小心翼翼地对着眼眶滴了一滴，立马用手给我合上，还让我把头往后仰一仰。闭上眼睛后，我能感觉到药水充分浸润了眼眶，并且没有流出来一滴。我正要起身，儿子按住了我的肩膀，“爸爸，我再给您滴一滴吧！”

说着，儿子又掰开了我的左眼，往里面又满满地滴了两滴。药水进去后，冰冰凉凉的，很舒服。

“爸爸，以后每天我都要给您滴眼药水！”

“为什么？”我问道。

“因为，我想为爸爸做些事！”

此后，每天儿子放学回来都要吵着给我滴眼药水。每次滴眼药水，我都能感觉到他很投入、很认真，他真正地很用心地在做这件事。

为了培养孩子独立处理问题的能力，家里东西坏了，我让他自己联系维修工；家里来客人了，我让他自己学着招呼客人；家里需要更换窗帘，我让他自己去市场上挑选……做这些事，我从未问过他的感受。

直到有一天，学校给我打来电话，说儿子的作文获得了全国小学生优秀作文奖。

到了学校，他的语文老师给我读了儿子的几篇作文。

第一篇，《我给爸爸滴眼药水》——

“车祸后，我第一次给爸爸滴眼药水。原来，爸爸的眼眶里是空空的，手术过后的眼眶里布满了像小蜈蚣虫一样的疤痕，那些‘小蜈蚣虫’红红的，我猜爸爸一定很疼，假眼球放进去与这些‘小蜈蚣虫’摩擦，一定很痒，可是即便这样又痒又疼，爸爸也不能挠，他只能忍着。看着爸爸的眼睛，我很难受。可是却做不了什么，只有帮他多滴两滴，让眼睛尽可能舒服些……”

第二篇，《我是爸爸的警卫员》——

“我喜欢和爸爸一起出门。以前没有出车祸的时候，爸爸是我的英雄，现在爸爸眼睛看不见了，我就是英雄的警卫员。我带着爸爸坐公交，上车的时候，我扶着爸爸，让爸爸先上，下车的时候，我先下，并提醒司机叔叔等等我们，然后再牵着爸爸慢慢下……”

还有，《独自一人买窗帘》《我带爸爸走盲道》。

……

儿子的作文让我对教育有了更多的思考。

9—12 岁是男孩子最贪玩的时期，也是自我意识萌发的时期。他们会渴望长大，渴望参与大人们的世界，可往往大人们总认为孩子太小，拒绝让孩子参与家庭事务，拒绝让孩子参与成年人的生活，这是不对的。事实证明，让孩子们部分地参与进成年人的世界对他们的成长有一定的好处。这可以有效地培养并锻炼他们的观察力和思考力。

我们要知道孩子的观察力和思考力要远比我们家长想象得强大。放手让孩子们大胆地参与生活吧！给他们足够的空间去培植他们的自信，让他们能以孩童的眼光去认识世界、感受世界，这些都将以春风化雨的形式融进他们的点滴成长，让他们更加有自信、有能力地迎接未来生活！

笔者：比起对孩子全方位的保护与隔离，我们更赞成对孩子进行温和的刺激，让孩子适度地参与成年人生活。首先，比起七八十年代的孩子，现在的孩子获取信息的渠道更广、理解能力也更强。我们成年人的生活，他们会有好奇、会发问，与其将孩子完全阻挡在成人世界的大门外，不如将孩子拉进门，让他们适度参与进来。比如，当家长聊起家里资金问题时，孩子想听，那就让他适度地听，并让他也出出主意。这样不仅满足了他的好奇心，还能锻炼他的主人翁意识。其次，现在的孩子接受能力普遍提高。我们总觉得孩子无法接受太过于危险的或悲痛的事情，所以总会将他们隔离在这些负面信息之外，其实不尽然，适度的刺激反而是对孩子提早的防护。

杨德才：是的。参与是对孩子最好的教育。这是我失去眼睛后悟出来的教育之道，事实证明，我儿子也比同龄人成长得更稳重更独立，我想这就是参与式教育给孩子带来的益处吧！

父亲的脚

笔者：您身上有股坚韧的劲儿，这股劲儿是从小就有还是车祸后四处碰壁逼出来的？

杨德才：可能是小时候受父亲的影响，我有一位坚韧的父亲。

父亲是个沉默寡言的人，从小到大，与孩子的交流极少。记忆中的父亲总是被母亲骂。每次母亲骂父亲，父亲都一声不吭，默默地挑起担子，扛着锄头往田里走。

对于父亲的脚，我很熟悉。从春耕到秋收，父亲从不穿鞋，总是打赤脚。父亲的脚像漆了一层古铜色的油漆，脚趾看着坚硬而扭曲，像是百年枯藤，脚后跟也磨出来厚厚的茧子。这双脚被蛇咬过，被刺扎过，被犁耙划破过，被弯刀割伤过。这双脚似乎有自动愈合的特异功能，每次受伤过后，父亲的脚总能再次以刀枪不入的坚硬感示人。

我好奇这双脚。

1975 年秋，我和父亲上山砍柴。傍晚时分，父亲拖着一土车子柴下山。山间石头路，不好走。上坡路段，我在车后使劲推，父亲奋力往前拉，可重重的一车子柴却岿然不动。父亲一咬牙，猛地一蹬，车子动了。父亲弯着腰吭哧吭哧往上爬，我埋着头一鼓作气往上推，中间是满满一架子枝枝丫丫的柴火棍。我看不见父亲的头，看不见父亲的肩膀，唯独听到父亲那双脚打在石板上的踏踏声。父亲打着赤脚，踉踉跄跄地走在凹凸不平的土石路上，他必须集中精力，根据路况调整步伐，这双脚承担着重任。

要下坡了。

下坡总归要比爬坡容易些。但为了保证整个重车不失衡，父亲必须把握好下坡的速度。下得太慢，太费力；下得太快，容易连人带车倾翻。父亲努着嘴，目视前方，小心翼翼地把握着速度。突然，父亲踩到了一个山楂果，脚一滑，身子猛一趔趄，连人带车侧翻到路边。我飞奔过去。

父亲身上没受伤，可是左脚却被尖利的石头划开了一个大口子，伤口处古铜色的皮外翻，露出里面的红肉芽，血不停地往外冒。

“伢，您的脚受伤了！”

“冒得么子事，处理一下就好了。”父亲装作若无其事的样子。

只见父亲从口袋里扯出一块破布，撕下一条，死死地缠住伤口。我们又继续上路了。

回到家，卸下一车子柴后，父亲就不见了。我满脑子都是父亲的那双脚。他那双脚需要清洗一下伤口啊，可父亲去哪了呢？

终于，我在房屋后面发现了父亲。只见他坐在后墙根，划着火柴，点燃了一块浸满了桐油的破布条，提溜着燃火的破布条一点一点地对着伤口燎，我看见他咬牙切齿，我听见他嘴里时不时发出嘶嘶的声音。是的，父亲要把划烂的那层组织烧死，这是最快速的止血消炎的办法，也是过去农民劳作后处理伤口的有效土方子。

我躲在墙角默默地看着父亲，猛然间仿佛又看到平日里父亲那双枯藤般坚硬的脚。

我一直觉得那双脚的记忆是父亲留给我最大的精神财富。当我遇到困难时，总会想起父亲用火燎脚上伤口的画面，这个画面每次都能给我传递力量。

我认为这是父亲给我最好的教育。二十世纪六七十年代，物质贫乏，教育资源也贫乏，然而就是在那个年代，父母的言传身教给孩子带来的影响才是最有力量的。

笔者：鲁迅先生曾说过：“父母存在的意义不是给孩子舒适和富裕的生活，而是当你想到你的父母时，你的内心就会充满力量，会感受到温暖，从而拥有克服困难的勇气和能力，因此获得人生真正的乐趣和自由。”现在不少家长都缺乏这个觉悟和认知，他们总认为努力给孩子赚下家业，让子女一辈子不受苦，就是为孩子好。殊不知，人生之苦不全都是缺乏金钱之苦，社会的捶打、人情的冷漠、个人精神的空虚等等都可能会成为痛苦之源。即便金钱能解决大部分之苦，但再大的家业总会用尽，人生之苦仍会排山倒海地袭来。只有精神财富才是对孩子最好的馈赠，也只有父辈的精神气质能够给予后辈力量并代代传下去。

杨德才：是的。大多数家长想不开这个问题。有的还抱怨自己给予孩子的物质基础不够充足，钱这种东西，多少是多？多少是少？能在孩子成长的环境中给予他基本的、过得去的物质条件就可以了，最终能帮助孩子抵御风浪的还是坚强的意志力。

小鬼当家

笔者：时代不同，对孩子的教育培养上侧重点就不同，您在培养儿子问题上，最注重对孩子哪方面能力的培养？

杨德才：独立意识。生活独立是前提，只有生活上实现独立，才能实现思想上独立。所以，我最先培养儿子的是独立生活意识。自从儿子有记忆以来，我就经常带着他回老家。我带着他走我小时候走过的石板路，带着他去山里摘山货，给他讲我小时候砍柴的故事，给他讲我组织伙伴们在山里打游击的故事……

每次回老家，母亲总是数落我。“毛三，以后别再跟小家伙扯些过去的事了，搞得一个才几岁的家伙每次回老家都嚷着要去山里砍柴。现在有柴烧了，我怎么舍得我的孙儿给我砍柴……”可每次母亲数落时，儿子还是偷偷爬到后山捡柴火，然后整整齐齐地捆好放在他奶奶的灶台旁。儿子很能干，他曾经带着乡下的小伙伴在老家自己学做饭。在院子里搭起灶，支起锅，家里人都反对，我却支持。他们在院中生火做饭，我在一旁盯着看，只要不出安全事故，我就任他搞。这小家伙，最终还真把米饭焖熟了。

此后，我就有意培养儿子的独立意识。

1999年12月份，我对着刚放寒假的儿子说："杨星，以前爸爸眼睛看得见的时候，家里搞饭、打扫卫生都是爸爸的工作，现在爸爸眼睛看不见了，妈妈的工作忙，你作为家里的男子汉要承担起家庭责任，从今天开始，你当家！"

我记得当时儿子听了很兴奋，我告诉他，蔬菜大概五毛钱一斤，肉三四块钱一斤，还有牙刷牙膏、洗衣粉这些物价都要知道大致在哪个区间内，记清楚了才不会被人骗。

过小年那天，一大早儿子就骑着车出门了。大半个上午过去了，儿子还没有回来。我心想，指不定又去伍家岭找他同学玩去了。11点多，儿子在楼下大喊："爸爸，爸爸，快下来，快呀，快下来……"

我听到喊声，以为出了什么事，急匆匆地敲着棍子下了楼。只模糊地见自行车后座上压着一个"庞然大物"。我走近摸了摸，好家伙！是一大袋子白菜。

"儿子，你怎么买这么多白菜？"

"爸爸，你猜多少钱一斤？"儿子笑眯眯地问我。

"多少？"

"8分钱！"

"怎么这么便宜？之前咱们家买的都是5毛啊。"

"爸爸，我跑了好几家菜市场，最终去了一家批发市场买的，老板说买多的话，可以给我优惠，我一听8分钱一斤，就一口气买了60斤！"

我哭笑不得。

儿子的积极性我不能打击，就在旁边一直夸他会当家。

"那爸爸，剩下的钱我可以自己支配吗？"儿子语气中满是期待。

"可以！"我爽快答应。

我记得他用剩余的钱去花鸟市场买了两只鸟，每天好吃好喝地精心照料，而我们一家三口生活就相对凄惨了些，靠着60斤白菜过了个寒假。

多年后，每当回忆儿子小时候，总能想起白菜的故事。我至今不知道一个不到10岁的孩子是如何把60斤白菜用自行车推回来的。我知道那是儿子独立成长的秘密。就像他8岁学做饭，10岁当班长，12岁独自跟团旅游，18岁自己骑车去高考……儿子一路走来，走得稳稳当当。

我时常懊恼因为自己眼睛看不见，错过了儿子的成长，对于儿子我只能依靠触摸来感知他长高了或者变胖了。但与此同时，我又很感激自己看不见，因为看不见，对于他的成长我更多地选择了放手，而把选择权留给他。

初高中时期，他说上补习班除了徒增焦虑毫无作用，我就没给他报班；高考时，他说不愿意家长陪同要自己骑车去考试，我说只要你能保证自己安全我就同意……成长的过程中，我们父子俩经常商量着来，他说，我听；我说，他也听。虽然儿子没有考上名牌大学，也未找到多么高薪的工作，但是毕业后的他没有焦虑，愿意从一颗螺丝钉做起，勤勤恳恳地埋头苦干，这令我很欣慰。

我有时候也会问他："会不会羡慕别的父母都给自己留的百万家底？而你却没有。"他却说："爸爸，您身上那股不言败、肯吃苦的精神就是给我留的最大财富！"

笔者：独立生活是一种能力，热爱生活也是一种能力。独立生活保证孩子独立生存，热爱生活保证孩子更好地生存。现在不少孩子恰恰缺乏这种能力。一方面是出于高考压力。家长为了给孩子节省下更多学习时间，在生活上完全包办一切，不少孩子在上大学之前根本没有洗过内衣袜子，更不要谈做饭。这就导致这些孩子在进入大学后生活一下子没了着落，没有收拾内务、整理归置物品的意识，宿舍内务混乱不堪。另一方面是因为我们的学校、家庭教育中缺乏生活教育。学校要求孩子金榜题名，家长要求孩子功成名就，却忽略了告诉孩子要热爱生活，要体验生活的美好。这就导致他们一旦在事业、情感上遭遇不顺，就会觉得活着没有意义，进而消沉萎靡。

杨德才：最近我听店里员工讲了件好笑的事。说老师布置炒菜作业，孩子回家举着锅铲，妈妈拍照，拍完照，孩子撂下锅铲就走。这个事既好笑又发人深省。现在，生活教育确实纳入了学校教育中，但是有多少是在做表面功夫？生活教育是点滴教育，不是一两次拍照打卡就能实现的，倘若家长只顾着拍照交作业，学校只顾着象征性收作业，那真正的生活教育只是纸上谈兵，越走越远。

生活需要陌生化

笔者：眼睛看不见后，您除了教自己孩子，还开办免费作文辅导机构教别人的孩子，怎么就产生了这个想法？

杨德才：车祸出院后，我实在不想让自己这辈子就这样双眼蒙蔽浑浑噩噩地过下去，那年暑假，我在社区里开办了德才青少年免费作文辅导机构。一来是为开学后课堂教学做准备，二来是想证明失明后的自己也能为社会做些事情。

笔者：可是眼睛看不见，如何进行课堂教学？

杨德才：用一壶水。我教孩子们学习烧开水。

一壶水放在燃着的炉子上，水响了，孩子们笑了，水开了，孩子们沸腾……

大家可能觉得把时间浪费在这样普通不过的生活小事上没有意义，可孩子们的表现却让我更加深刻地理解到：生活哪是平淡如水，只是我们缺乏孩童般陌生的眼光。

1997 年 8 月份，我跟社区工作人员提出开办免费作文辅导机构这个想法。工作人员听了很支持。没有教室，他们就腾出了社区活动中心；没有足够的桌椅，我就抬来了自家桌椅；天冷时没有炉子，我就搬来了自家炉子。住得近的朋友知道我要免费给孩子们辅导作文，都纷纷把自家孩子送了过来。我的免费作文辅导班就这样在大家的帮助下办了起来。

开课前一晚，我反复思考：作文辅导班如何设计课程才能真正教会孩子写作文。这个问题困扰了我一整夜。

第二天，我拎着煤炉子和茶壶，在妻子的搀扶下早早地来到了社区服务中心。我胸有成竹地站在活动室门前等待着孩子们的到来。

孩子们陆陆续续来了，活动室也叮叮咣咣响了起来。这是一群9—12岁的孩子，最活泼也最天真的年龄段。

“孩子们，安静一下，我是你们的作文老师杨德才。开课之前，我想问大家一个问题，你们说一说人每天最离不开的东西是什么呢?”

下面的孩子们七嘴八舌。

“大米!”

“蔬菜!”

“零食!”

“哈哈哈哈——”说零食的孩子引来大家的哄笑。

“水!”

“对的，是水！水作为生命之源，我们每天最需要的是水，最离不开的是水。那么我再问同学们一个问题，家里的自来水可以直接喝吗?”

“不可以，有细菌。”

“得烧开了才能喝!”

“对的，开水才能喝，那么我们今天这节课就学烧开水!”

“烧开水?”我听到了活动室内一阵骚动。

我在妻子的帮助下，将炉子和水壶、水桶准备齐全。

“同学们，咱们今天主要任务就是动手烧开水、观察烧开水。谁愿意来试一下？”我提高音量，鼓动着气氛。

“我，我来！”

我的右眼捕捉到一个黑色身影。听声音应该是个壮实的男孩子。

接着，就听到了哗啦哗啦的舀水声。

“哎呀，我的妈呀，这么沉啊！”男孩说道。

“我来试试，我来试试……”孩子们争着都要拎一下。

……

我模糊地感觉到花花绿绿的身影将炉子团团围住。活动室里安静极了，孩子们侧耳倾听着炉子，我侧耳倾听着孩子们。

“老师！壶响了！”一个女孩子叫了起来。

我逮到这个机会，问道：“那你来说说你听到了什么声音？”

“是嘶嘶的声音！”

“那你能不能形容一下呢？这嘶嘶的声音像什么？”

“像——像……老师，我说不出来，就是像……”

我听到了女孩子想要表达但又不知道如何表达的焦灼感。“别急，慢慢想想，要不你再仔细听一听？”

“像——像一条小蛇在吐信子！”女孩高声喊着。

“是的，像，真的像。”孩子们七嘴八舌地赞同着。

不一会，炉子上又传来了不一样的声音。

“孩子们，听，这是什么声音？”

“这，这是哼哼的声音！”

“像什么？”我紧跟着问。

“像——像一个害羞的小姑娘在哼哼地唱歌！”

孩子们的回答让我越来越兴奋。

炉子上的壶坐不住了！声音渐渐高了起来，发出咕嘟咕嘟的沸腾声。我逮住声音，问道：“孩子们，快听！这是什么声音？”

“水开了，水开了！”孩子们沸腾着。

嘶嘶嘶嘶、哼哼哼哼、咕嘟咕嘟……

“老师，这就像交响乐，一首欢快的交响乐！”不等我提问，一个男孩子脱口而出。

“孩子们，老师看不见，你们帮老师看看，坐在炉子上的壶有什么变化？”

“老师，壶盖盖不住了，壶肚子里好像有一股力气在顶它。”

“老师，壶嘴儿上有小水珠在往下掉，亮晶晶的。”

“像什么呢？”我紧接着问。

“像，像珍珠！”

“像眼泪！”

“还像什么？”我继续问着。

“像，像一个调皮的小姑娘，从壶里钻出来，东看西看，往下一跳，滑落了下来……”

我的耳朵不自觉地抽动了一下，这个比喻让我惊喜不已。

这节课有细致的观察，有热烈的讨论，有生动的表达。我的目的达到了！

我常常在想，语文教育到底应该教会孩子什么？写作如何提升？表达如何锻炼？这绝对不是仅仅死记硬背些好词佳句就能一蹴而就的，语文教育是个长期工程，是语词句的积累，是想象力的保护，是感知力的挖掘，是共情力的激发，是审美力的培养！而这些能力的激发与培养都依赖于较强的观察力，观察力是一种穿透力，观察力的强弱决定了视野的宽窄，视野的宽窄决定了思考的深浅，思考的深浅决定了认知的高低。因此培养孩子的观察力是语文教育的第一要务，我们并不要求把每个孩子培养成作家，只是我们当老师的应该引领他们用陌生化的眼光观察生活，这样，即使生活平淡如水，他们也能奏出华美乐章！

笔者：竖着切苹果，得到的是常见的梭形核儿；横着切，得到的是一个漂亮的星星。竖着切，切出的是墨守成规的生活；横着切，切出的是创意化的思维。所谓的陌生化思维跟横切苹果是一个道理。无论是生活还是工作、学习，我们都应该摒弃惯常思维模式，尝试用新的眼光重新打量，或许能得到不一样的体验。

杨德才：是的。但是大多数人还是倾向于选择用惯常思维思考做事，一方面是因为惯常的行为方式能避免走弯路，另一方面，大概就是人们的惰性思维在作祟。之前的我也是一个墨守成规的人，是失明给了我一种陌生化的感知模式，逼迫我学会重新打开人生并发现生活的美好。

卖报！卖报！

笔者：继创办德才青少年免费作文辅导机构之后，您又创办了德才青少年思想品德培养教育基地，是什么契机让您产生了这个想法？

杨德才：德才青少年免费作文辅导中心开办几年后，来的孩子们越来越多，我就索性将免费作文辅导扩充为思政实践教育基地。

笔者：这是一次重要的升级。如何让青少年的思想政治教育取得扎实的成效，一直是教育工作者的难点。您有哪些探索呢？

杨德才：思想教育不仅要讲，还要实践。在实践中学，效果才好。我想了很多实践方式，比如卖报。

2004 年暑假的一个上午，我的德才青少年活动基地又聚集了好多孩子。上午 9 点多，我挎上帆布包，在志愿者的带领下，和一群孩子出发了。一路上，孩子们叽叽喳喳乐个不停，我也摸了摸装着一大摞报纸的帆布包，沉甸甸的，很踏实。此次，我们目的地是位于长沙市中心的湖南烈士公园。

到了烈士公园，志愿者按照我提前布置的将孩子们分成了几个小组。我卸下帆布包，掏出那一大摞报纸。

我作动员："孩子们，今天的实践活动是卖报纸！现在，你们就是小小报童，你们要想办法让公园里的嗲嗲们、娭毑们、叔叔阿姨们买一份报纸，咱们比一比最后谁卖得最多，谁卖得最快，大家有信心吗?"

"有!"孩子们高声呼应着。

我们活动的范围是烈士公园人流量最大的南门口。我用耳朵细细捕捉孩子们的表现。

人来人往，声音嘈杂，我很难清晰地听到孩子们的声音。"他们人呢?"我问身边的志愿者。

"杨老师，孩子们好像有点放不开。刚才有个女孩子手里拿着报纸，时刻准备着要给迎面来的行人，结果，人到身边了嘴巴还没张开，眼睁睁看着行人从身边擦过。看来卖报活动进行得不顺啊，路人都摆摆手拒绝孩子们。"志愿者凑到我耳边说道。

我隐约察觉到了孩子们的挫败与无助。

我敲着棍子走到孩子身边。

"孩子啊，你这样卖报纸可不行！你得吆喝，你不吆喝，大家怎么知道你是卖报的啊!"

"要大声吆喝吗？可我张不开嘴巴。"

"没关系，试一试，大声喊出来，喊出来，报纸兴许就能卖出去了呢!"我鼓励着。

"卖——卖报!"

"声音不够大，再来!"

"卖报！卖报!"

"对，就这样喊！你要把人都喊过来，你也可以喊出来头版报道了什么内容，这样更吸引人不是?"

"卖报卖报！叔叔阿姨都来看一看!"

孩子真是机灵，一点就通。我听到了不少行人聚了过来。

“这孩子好可爱哦！这么小一点出来卖报！”

“小朋友，你今年多大了？”

“小朋友，你知道报纸上讲的是啥吗？”

……

“老师！我的10份报纸全卖光了！”

“好！你很棒！去帮帮其他同学！教教他们怎么卖！”

“卖报！卖报！今天新出炉的报纸！大家过来看一看！叔叔买一份报吧！嗲嗲来一张报吧！”

听着孩子们越来越大的吆喝声，脑海里不禁闪现出当年我在历史课堂上给孩子们讲上海报童故事的记忆：抗战时期，上海霞飞路有着这样一群孩子，他们忍着饥饿，冒着风雪沿街卖报，社会爱心人士将这些失学孩子集中起来，办了个报童学校。在那里他们以报纸为学习教材，不仅学到了知识，还极大提高了政治觉悟。学校老师还组织报童们开展义卖救国活动，老师教会他们什么叫家国情怀、什么叫“天下兴亡，匹夫有责”……报童的故事虽然已经成为历史的记忆，但是这种“报国之志童时当立”的报童精神却是我们今天应该大力提倡的。

经济昌盛的年代虽然不再需要孩子们上街卖报，但是应该积极提倡孩子走出家门、走出校门、走向公共空间，让他们明白社会是大家的，明白自己是社会中的一分子，让他们懂得如何跟他人交流，如何在公共场合大胆表达，这是培养他们社会活动能力的有效方法。如今我们一直在鼓励孩子做小小公民，那么什么叫公民？什么叫公民意识？如何培养孩子们的公民意识？我想这绝对不是将孩子困在课桌前、困在书本里就能培养出来的。真正的公民意识的培养，第一步就必须培养参与意识，只有参与了才能更加深刻理解社会与个人的关系，权利与义务的关系、规则与自由的关系。这也正是我让孩子们卖报的初衷，接下来我还要带着孩子们当社区卫生督查员、当公共交通指挥员……我想让他们在社会参与中成长，在公共环境中锻炼！

笔者：您说的很对。我们在讨论公民意识的时候，大多都在讨论个体的权利与义务。其实公民意识不仅包括权利意识、主体意识还包括参与意识。我们可以发现，现在年轻人对公共事务的参与度并不高。就在校大学生而言，四年的大学生活，他们除了全面接入了商业消费，在文化、政治等公共生活领域并未全面接入。以至于现在的大学生出了校门会发现，他们在技能、知识等方面与真正的社会几乎是脱节的。

拿人文社科类学生来讲，很少有学生在本科期间能够参与到政府有关事务中，他们对政治事务知之甚少，一方面是因为学校与政府联系的紧密度不够，未能给大学生提供很好的参与机会；另一方面在于学生没有强烈的公共事务参与意识，他们更多考虑的是怎样钻进文献中写论文、怎样能顺利毕业，这种现象其实很可怕的，最年轻的一代、最应有抱负的一代，不应该只关注自己脚下的一亩三分地。

杨德才：您说的年轻人堕入消费主义陷阱，我很有感触。不由想起最近听的新闻：大批年轻人尤其是大学生涌进淄博吃烧烤。消费拉动经济，这没错。可是大学生在最没有经济能力的情况下，跟风旅游打卡我不太赞成。我还是觉得年轻人不要沉浸于消费主义带来的虚幻满足中，而应该多关心关心政治、经济、社会、文化等公共性话题。

漏瓦、四方桌、小人书

笔者：据了解，您经常为孩子们办一些送书的活动？您的童年时代关于书最深刻的记忆是什么？

杨德才：是的。我小时候缺书，现在有能力了，就想送书给孩子。二十世纪五六十年代的人对书都有一种特别的情感。没有书就借书看，借到书争分夺秒地看，看完后又不舍得还，那是一种很纠结的心理。

回忆童年时代读书的经历，脑海中总能浮现出头顶上的漏瓦、高高的四方桌、发黄的小人书。

我们那个年代，村里的高音喇叭是乡村孩子了解外部世界最便利的渠道。我从喇叭里听了雷锋的故事、学唱了雷锋的歌曲。喇叭里讲“雷锋出差一千里，好事做了一火车”，我就想，一火车，是怎么装满的，那该是多少件事啊！我还学唱了现代京剧《红灯记》《沙家浜》《智取威虎山》……宁死不屈的李玉和、有勇有谋的杨子荣、机智灵活的阿庆嫂，他们的唱词和形象深深地吸引着我。

关于他们，我还想了解更多。

记得有一天，全家人都去田间劳动去了。趁此机会，我从哥哥书包里偷偷翻出来了几本小人书。这是哥哥借班里同学的。我小心翼翼地揣在怀里，从茅草屋溜了出来，钻进了堂屋。

那个年代，若想了解一户人家的经济水平，直接看房顶即可。有钱人家的房顶都是层层叠叠铺得密实的厚瓦，条件不好的家庭只稀稀落落铺一层薄薄的瓦。可这层薄薄的瓦，给我童年的生活增添了不少浪漫气息。

通过这层薄瓦，我能看到夏夜的星光，也能看到冬日的暖阳，星光洒落，墙上、地上，都是亮光；暖阳照射，灰尘粒子到处飞舞。这屋子明亮又静谧，真是一个看书的好去处。

我捧着小人书，坐在小板凳上津津有味地读着。

看到了日本鬼子的样子：手拿刺刀，面目狰狞；看到了八路军战士英勇抗战的样子：眼神坚毅，奋不顾身。我如饥似渴地嚼着这些小人书，记忆最深刻的是日本鬼子的车被八路军的地雷炸上了天。我将这些画面深深地刻进脑袋，与喇叭里听到的故事情节一一对应，这样的想象让我异常满足。

然而，并不是每次看书都是好天气。

家乡的春季阴雨连绵，有时能持续一个月。而这间平日里洒脱磊落的薄瓦房也显得“捉襟见肘”。往往外面下暴雨，里面下中雨；外面下中雨，里面下小雨。而这时，我又给自己找到了一个看书的好去处——四方桌下。每次落雨，我都躲在四方桌下，四方桌结实而稳固，是一道很好的屏障，躲在下面看书，就像一个金刚罩，将注意力死死扣住。

就这样，我越发喜欢看书了。

坐在高高的书堆上

笔者：某种意义上讲，高音喇叭和小人书照亮了您的启蒙时代？

杨德才：是的。在我看来，孩童时期，启蒙很重要，我觉得书是最实惠、最便捷、最丰富的启蒙手段。

笔者：现在教育资源很丰富，获取知识的渠道也很多样，您为什么说书是“最丰富”的手段？您所讲的“最丰富”如何理解？

杨德才：确实，现在知识获取方式很多元，但是在我看来，看书给孩子带来的体验更加多面。看书就需要独处，独处时更能引发思考，而思考的过程同时也是想象力、感知力培养的过程。我多次举办为孩子赠书的活动，是为了让孩子们爱上阅读，让孩子们坐在高高的书堆上看世界。

2015 年 9 月 1 日，一大早我来到新华书店。到了书店，我问售货员是否有战争题材的书。售货员问我，想要哪个时期的？我回答，最好是抗日战争时期的。售货员将我领到另一个书架前面。给我介绍着书架上有《小兵张嘎》《狼牙山五壮士》《百团大战》……我告诉售货员，我眼睛看不见，能否每一本简单给我读一段，这样我好挑选。售货员满口答应。

“在冀中平原的白洋淀上，有个小水庄子，这庄子有个古怪的名字，名叫鬼不灵……单说这鬼不灵西南角上，有一户小小人家，一带短墙围起个小院，坐北朝南两间草房，栅栏门朝西开，左右栽着四棵杨柳树……”

“嗯——”我想了一会，“要不，再读一段吧！”

“正靠窗坐着一位老奶奶，她头发花白，脊背佝偻，披着一件掩襟的褂子，盘腿卧脚地在抽针引线……她蹙着一双老眼，眉头上攒起两个疙瘩，豆粒大的汗珠儿，就在那皱纹重叠的额上排起队来……”

“语言简练，细节刻画生动，后面的内容肯定不差。好，要它！”我对售货员说道。

“太阳已经落山，从山峰背面喷射到天空的万道光芒，像无数支金箭齐发，在一天结束之前，上演着最后的辉煌。坡娃赶着羊群，已开始回家。不时地，他会禁不住向西边看上一眼……”

“语言舒缓，还是儿童视角。这本可以，要了！”

……

售货员又接连给我读了好几本。我选了《小兵张嘎》《火印》《红军不怕远征难》《百年家书》《虎子的军团》《恰同学少年》《谁是最可爱的人》《暴风骤雨》《狼牙山五壮士》《国破山河在》《一寸山河一寸血》等十几种书。每本书定了 80 本。

售货员们很快把这批书调配齐。可是，800 多本书，怎么运回去呢？

我给外甥打电话。很快，外甥借来了一辆三轮摩托，连人带书一次性拉走。

当时我坐在高高的书堆上，死死抓住车前挡板。感觉好极了！风在耳边呼呼响，装满书的三轮车蹦蹦往前跑。仿佛又回到了小时候，迎风坐在山岗上。想着这车书将于 9 月 3 号送到孩子们手上，我就激动不已。

9 月 3 号上午，我在长沙市开福区老干部大学礼堂举行“抗战红歌大合唱暨赠书仪式”。演出结束后，赠书仪式正式开始。站在讲台上，我对孩子们讲："亲爱的孩子们！今天是抗战胜利 70 周年纪念日，爷爷送给你们一个大礼包。"我举起了一个沉甸甸的新书包。"这里面有足智多谋的小兵张嘎、有浴血奋战的抗日战士、有炮火连天的破碎山河，爷爷希望你们不忘国耻，铭记历史！"

孩子们一片欢呼声。那一刻，我脑海里再次浮现出那辆满载图书的三轮车，仿佛坐在高高书堆上的不是我，而是这群意气风发的少年！

笔者：您是一个有情怀的理想主义者！已离开讲台 20 多年，您是如何做到一直对教育葆有执着与热爱的？

杨德才：我一直觉得当老师很有味。这么多年来，别人不理解我为什么捐书、赠书、四处讲课，我心中的想法是，不想脱离教育系统，上不了讲台，但做些与教育有关的公益也同样光荣！

乡村教育：不能让孩子们画地为牢

笔者：您现在经常给社区、单位、学校讲励志教育课，有没有印象比较深刻的讲课经历？

杨德才：2020 年 12 月，开福区教育局来通知，让我去郴州市的乡村学校讲一堂励志教育课。老实讲，自失明以来，我讲过很多次励志教育课，给企业讲过，给监狱讲过，给长沙市各大中小学讲过，就是没给乡村孩子讲过。这次有机会让我重返乡村，我很激动。我童年时最美好的记忆在乡村，我教学生涯早期最美好的记忆也在乡村。

那天，我们坐的是大巴车。一路上，同行的老师们都在谈论着沿途所见的风景，我坐在靠窗的座位上，一路吹着风，脑海里闪现着记忆中的乡村风景：稻谷场、神仙岭、小秋收……

1982 年，我被调任到卯田中学。卯田中学坐落在群山环抱的卯田垄中央，不说学校后面泉水冲水库的水有多么地清澈，单是学校右前方的神仙岭就令人心驰神往。而秋季是神仙岭最有成就感的季节。一到10月份，板栗、油茶果、山楂果漫山遍野。可这样的山货没有人摘，烂在山上可惜了。我决定带着学生们搞一次秋收。地点就是神仙岭。神仙岭位于卯田和宁乡花明楼之间，传说常有仙人云游到此，故名神仙岭，要去神仙岭，需要步行爬山越岭。

出发当天，秋高气爽。清晨我们在卯田中学校门口集合完毕，8点10分准时出发。我依旧穿着平时常穿的绿色军衣军裤，挎着一个黄色帆布包，带着全班40多个学生一路进发。

带着一个班的学生出去远足不是一件容易的事。为了确保安全，我将学生分为8组，每组的小组长负责队伍行走秩序，另外选派一个学生打头阵，我善后。打头阵的学生打着卯田中学的旗子在前面带路，我在队伍后面，确保人不落下。同学们一个个兴高采烈地排着队前进。

要想到达神仙岭，需要先穿过一个个村庄，再绕着山路走上去。秋季的乡村，色彩是鲜明的。我们排着队走在田间小路上，放眼望去，满眼都是金色的稻田，再远处是连绵的丘陵，一个个小山头被葱茏的植被覆盖，青翠湿润，活像一株株大的西兰花，似乎连根拔掉就能带出新鲜的泥土来。

孩子们也不知道在聊什么，他们就像行走在田野间的一串铃铛，走到哪，响到哪。天空偶尔飘过一层灰蓝色的薄云，遮住了本不热烈的太阳。这样的天气真适合远足。

穿过田间小道，我们路过了几户农家小院，偶尔会看到农妇抱着簸箕对着一群鸡鸭撒谷子，会看到农夫挑着一担柴悠悠地从山坡上走下来。这样的田园生活平日里随处可见，但是其中的美却很少认真体会。带孩子们出来远足，其实就是将平淡无奇的日常生活陌生化。因为只有将一切陌生化，孩子们才能以新的眼光感受它、体悟它。在行进的过程中，我反复地引导他们仔细观察周围的一切，并试图用诗歌来表达。他们有人说“阡陌交通，鸡犬相闻”；他们有人说“开轩面场圃，把酒话桑麻”……就这样，孩子们七嘴八舌地讨论了起来。

“到山脚了，我们要爬山了——”带队的同学摇着旗子冲着后面的队伍大喊。

爬山的快乐来自沿途别致的景色。有笔直的白杉，有葱茏的松柏，有盘曲的樟树，山高林密，划出了一条窄窄的天空，天上偶然飘过一片白云，点缀着满是深绿的山林。山间小路上落满了野生的果子和枯枝败叶，踩在上面时不时听到果子爆浆的声音。一阵秋风吹过，传来阵阵竹叶摇曳的沙沙声，这种声音中常常夹杂着野兔穿林的窸窣声。

“看，好多的油茶果啊!”队伍中不知谁喊了一句。同学们纷纷跑过去。显然，我们来到了山腰，山腰到处都是油茶果树，累累的油茶果已经变成了红棕色，个个咧开了嘴巴。

“同学们，拿出你们的编织袋，咱们比赛摘油茶果!”我一声令下，孩子们按照事先分好的小组开始行动。他们拎着麻袋手脚麻利地摘起来。人多力量大，不一会就摘了好几大袋。

“老师，我们发现了几棵板栗树!”班长吆喝着跑到我跟前边比画边说。“好大一棵，就在那边，您快过来看呐!”班长拉着我呼哧呼哧往前赶。

班里的女同学也跟着跑过去看。果然，好几棵板栗树长在蓊郁的灌木丛里。树长得很高，女孩子们够不着，这可给足了男孩子们表现的机会，几个大男孩猴子般地爬上树，他们拿着小棍子在树上敲打，板栗球纷纷滚落下来，他们敲一棍子停下来，让女孩子拿着麻袋在下面捡，捡完了，再接着敲一棍子……

“小心点，树上的孩子们要抓紧树干，不要太得意忘形，要注意安全！女孩子们要小心头上，等他们打完了再去捡，别着急!”树下的我时不时地提醒着他们。

“老师，老师，我们来了!”那边一队的大个子男孩背着一袋袋油茶果过来了。他们的小脸一个个汗津津的，脸上堆满了笑，像咧开口的板栗果。

我带着他们清点了油茶果，总共 8 大麻袋。我们将油茶果集中放在一个地方后，就开始一起摘板栗了。孩子们跑来跑去，像一个个山野精灵。打完栗子后，我们就找了一片空地，围坐在一起，开始分享板栗，新鲜的板栗脆脆甜甜的，是孩子们的最爱。吃够了板栗，文艺委员提议大家每个人来到圈的中央表演一个节目。有的孩子唱歌，有的讲故事，有的说相声，有的孩子啥也不会就傻傻地站在那，就能赢来我们的捧腹大笑。

太阳西斜，孩子们扛着油茶果和板栗高高兴兴地下山，为了驱散一路的疲惫，我们一路唱着歌下了山，歌声回荡，我们的足迹落满了神仙岭。

笔者：乡村的空气、水、土壤馈赠给我们的不仅能养育我们的身体，更能滋养我们的精神。而这种滋养更多是隐性的，需要乡村教师有意识地开发。您觉得呢？

杨德才：我从小在乡村长大，接触的是乡村教育，毕业后又当了五六年的乡村教师。我深知乡村教育的重要性与丰富性，通过教师的有意识引导，可以让孩子们在广阔的田野间回归常识、回归自然、回归乡土。

笔者：您如何看待当今的乡村教育？

杨德才：老实讲，我这个失明 20 多年的老头子是没有资格回答这个问题的。这次的下乡讲课让我对现今的乡村教育有了一些了解。

下了车，我在工作人员的带领下，敲着棍子来到了这所乡村学校。按照提前安排的时间地点，我给孩子们做了励志教育报告。整个报告会场很安静，我在上面讲，孩子们在下面听。结束后，会场依旧礼貌性地响起热烈掌声。听着掌声，我没有丝毫的成就感。那一刻，我多么想眼睛能看见，这样我就能看看 20 多年后的乡村校园长什么样子；我就能看看 20 多年后的乡村孩子玩什么、学什么；就能看看 20 多年后乡村孩子们脸上是哪种表情。

回去的路上，无意中和一位当地教师聊到了乡村教育问题。那位老师很无奈地说下这番话：现在的乡村教育不比当年了，城镇化进程下，家长们为了让孩子获得更优质的教育，都挤破脑袋把孩子往县里市里送，乡村学校的生源越来越少，留下来的大都是留守儿童。乡村学校生源不足终归还是因为没有良好的师资，年轻人毕业后都不愿意回乡村教学了，这就造成了乡村师资的年老化、生源不足的现状。师资力量跟不上，乡村孩子的教育令人堪忧，没有良好的引导和教育，这些孩子们学习倒退、思想涣散，就拿初中孩子来讲，人手一部手机，孩子们的爱好与精力被电子产品牢牢锁住，你说这样下去，乡村孩子该何去何从……

回去的路上，倚靠在车窗旁，耳边再次回荡起那位乡村教师之问：乡村孩子何去何从？我认为乡村孩子的何去何从最终取决于乡村教育的何去何从。诚然，城镇化进程下，乡村教育走向没落已成为不争的事实，但是没落并不意味着消亡。乡村教育作为我国教育事业的重要组成部分，是乡村振兴事业的重要一环，只有教育兴，才能乡村兴、民族兴。

笔者：抓好乡村教育关键在师资，优秀的师资才能更好地启发孩子。像90后乡村教师麻小娟就是年轻老师学习的榜样，她给班上的留守孩子讲睡前故事，坚持了1000多个夜晚，让人感动。这样的老师多一些，乡村教育就更有希望些！您觉得呢？

杨德才：是的。除了师资，我还认为办好乡村教育要开发、用活、用好乡村资源。乡村资源的利用关键在理念，更新教师教学理念，启发学生从生活中学、从自然中学、从乡土中学，这样才能更好地发挥乡村资源的优势。现在很多学校已经注意到乡村教育资源的开发，但在实际操作过程中又出现了不少乱象。前段时间在电视上听到了不少这样的新闻：某学校组织学生到乡村研学，并要求每个学生交190块钱，而研学内容竟是带着孩子到田地里看黄牛耕地；某学校要求孩子交 300 元乡村实践费用，家长们质疑学校乱收费，记者介入调查发现，研学有猫腻。孩子们交的高昂研学费用，一部分进了权势者的口袋，一部分进了相关人员的口袋。

听了这样的新闻我很气愤。回想我们当年也经常搞乡村实践，我们一般是看哪家的秧苗没插完，带着孩子帮着插，哪家的稻子没收完，我们帮着收。整个过程下来，一分钱不用花，农民开心，孩子们也开心，带队老师也有成就感。那才是真正的乡村研学，那才是真正带着孩子们下田劳动。

而现在呢？一些乡村教育资源却被开发成一门生意。这不是忽悠家长、玩弄孩子吗？什么叫作艰苦奋斗？什么叫作乡土教育？国家投入了钱，家长投入了钱，最后落地的研学项目反而成了一门生意，这样的研学不仅教不会孩子艰苦奋斗，反而教会孩子学会了腐败。这样的研学项目要紧急刹车，坚决不能搞，不然害的又是一代孩子！

教育不是培训

笔者：咱们刚才谈了乡村教育，现在聊一聊城市教育。您开办了多年的青少年思政培训基地，也接触了一代又一代孩子们，您觉得现在城市里孩子们的教育现状是什么？

杨德才：给你讲讲我从朋友那听说的案例吧。

一个孩子上小学五年级，语文差，英语口语不好。为了全方位加强儿子的学习，孩子的妈妈为儿子量身定制了一套学习计划表。周一到周五早上 6 点起床，40 分钟的早读时间，背初中的古诗词，为小升初作准备。7 点吃早饭，7 点半将孩子送到学校，中午 12 点放学，到家先练一张书法，午饭过后再听 30 分钟听力，然后午休到 2 点，再去学校上课。下午放学后，回家的路上拿着单词小书对儿子进行单词提问。到家，做完家庭作业后，私人家教上门单独再给孩子补一个小时的语文。语文补习结束后，晚上8点半还有一节英语外教课。这就是周一到周五的学习时间安排。周六周天又有专门的私人家教上门，教孩子文言文，理由是为小升初做准备……

说实话，20年没有再接触学校教育的我，听到这个案例后我很震惊。我不明白现在的家长怎么这么着急?

我一直很反对这种教育观念。教育不是培训。教育强调的应是知识的传承，不是知识点的灌输，是要培养健全人格，不是刷分机器。在我看来，8到12岁正是培养孩子感悟力、观察力的关键时期，这位家长却将孩子牢牢地绑在书桌前，让孩子像机器人一样按部就班地完成一个又一个课业任务。这样的高强度课业训练不是在培养孩子而是在毁掉孩子。

当然，让孩子多刷题、多背文言诗词确实能够提高孩子的学业成绩，但是，这个成绩只是一时的，而学习是终身的事，这样的教育方法极容易给孩子造成这样一种错觉：只要我把这些题做完了、这些诗词背完了，我的学习任务就完成了。任务式的教育导致的结果往往是一边学一边丢。这也是当代大学生的现状，我认识很多大学生，他们毕业后常常会有这样的恍惚：感觉到自己知识储备量最高的时候是高中，大学四年一直在吃老本，毕业了老本也吃光了。为什么会有这样的恍惚?归根结底是学习态度的不端正，为了考大学，高中拼命灌输知识，高考任务一结束，学习任务也就解除，以至于大学四年结束后原有的知识储量也消耗殆尽。

十年树木，百年树人，教育是个长期工程，急不得也慌不得，若以急功近利的思维办教育，那么培养出来的孩子必定走不长远。因此，做老师的要慢一点，用心教育，用爱感化；做家长的要慢一点，不焦灼，不攀比，让孩子按照自身的成长规律慢慢长大。

如何游戏？

笔者： 您虽然不在学校任教了，但在日常生活中却一直积极与孩子们打交道，您觉得现在的孩子与以前的孩子相比，有什么大的区别？

杨德才： 玩的不一样。现在的孩子们天天抱着手机、平板，窝在家里，玩的是电子游戏，以前孩子们都在大自然中奔跑，玩的是体验式游戏。

我觉得体验式游戏与电子游戏相比最大的区别在于：体验式游戏更有温度。我的小名叫毛三，小时候伙伴们都叫我毛三队长。队长这个称号就是来源于一次次的游戏。

春夏之际，家乡多雨。每次暴雨来临，山上的水肆意横流，把桐坡里的土路冲得沟沟壑壑，没法走路。我从大哥那里得知，他们在修湘江大桥，我就灵机一动，调集我的伙伴们也给家乡修座桥。

我们选择的地点是被大雨冲垮的两个沟壑。用石头、泥巴堆砌成了一座桥。修好后，我和伙伴们早早爬上桃树，看着三三两两从田里归来的大人们一步步向“桥”边走来，我们盼望着他们能够走上我们的桥。远处的他们背着锄头，挑着扁担，慢慢悠悠，他们越是神情悠闲，树上的我们就越紧张。快走近了，更近了，就要走来了……

然后大人们突然停了下来，弯下腰在水塘里清洗腿上的泥巴。他们洗完以后，就绕道走开了。他们不仅没有走上去，反而有几个大人还把我们修的桥给掀掉了。

我们眼看着自己的工程被大人们摧毁，当时心里真的难受，记得当时我们几个还在做经验总结。虽然修桥无疾而终，但是整个的游戏经历却让我们学到了不少东西。

我始终觉得游戏的过程是学习的过程。在游戏中能培养人的领导力、协作力、共情力。

我们小时候流行搞文艺宣传队，我喜欢唱戏，也想搞个文艺宣传队。有了这个想法，我们的文艺宣传队在我的带领下很快就组建好了。每隔一段时间，我们几个孩子就会走串各个生产队搞文艺表演。我们文艺宣传队有十几个人，我、白桥、炉锅筒、瘦猴、李秋香（化名）我们几个是文艺骨干。

夏季，晚上七点。天还有些许亮。我背着父亲的鼓，第一个来到祠堂外的平地上，等待着队友们的到来。

第一个过来的是白桥。他打着旗子，雄赳赳气昂昂。白桥比我小一岁，个子不高，长得白白净净，很听我的命令，他人也聪明诚恳，没有太多废话，是个实干家。凡是有活动，他总是第一个举手跟着我干。

紧接着，大老远我们就看见李秋香也从田埂那边走了过来。李秋香，两只忽闪忽闪的大眼睛，一头乌黑的头发总是被她梳成一条溜黑的长辫子。她性格直率，不是那种爱哭鼻子的女孩子。因为长得漂亮，而且有一条长辫子，我们都叫她“小铁梅”。

最后来的是炉锅筒。炉锅筒长得乌漆墨黑，就像熏黑的煤炉子，因此大家叫他炉锅筒。炉锅筒家住得很远，需要翻过一座山才能到家。所以每次集合，他总是最后一个到来。

夜幕四合，人员到齐后，我们扛着旗子，燃着火把，打着鼓，敲着锣，“哐里咣当、哐里咣当……”集成一长队，向山那边开进。

记忆最深刻的一次表演是在夏家屋场。夏家屋场是个天然的表演场地。村民们临山而居，中间是一块大平地，是我们表演场地，四面错落的房屋将平地围起来，活像一个大剧院。空旷的平地上有一棵百年大樟树，根深叶茂，呈伞状向四面敞开。傍晚时分，总有一群白鹭栖息在树冠上，远远望去，就像繁密的大白花缀在树顶上，煞是好看。距离夏家屋场二百米远的坡上有口李家塘，塘旁边伸出两棵大槐树，槐树下面总是坐着一位拿着蒲扇的老奶奶。

老奶奶总是招呼我们喝茶，还夸我们这帮孩子们可爱。每次，我们总会学着雷锋叔叔那样，郑重地说：“谢谢奶奶，我们不渴。”这位老奶奶我们并不认识，可每次来“演出”，老奶奶总会站在坡上吆喝着：“都出来看喽，檀树湾的孩子们又来给我们演出了……”几声吆喝后，就会有人家端着饭碗，陆陆续续走出来看戏。

“各位嗲嗲娭毑、叔叔婶娘们大家好！螺头山大队檀树湾生产队文艺宣传队现在正式开始表演。首先给大家表演的是《红灯记》选段。”

我嗓子洪亮，有气势，每次都自告奋勇演李玉和。李秋香长得像铁梅，铁梅必定由她来演。

演完《红灯记》片段，我们接着演《沙家浜》。

“该胡传魁上场了！”白桥在后台吆喝了一嗓子。

“快去，快去呀！”我们催促着炉锅筒。

“可是我，我害怕，我怕忘词……”炉锅筒支支吾吾。

炉锅筒平时在我们面前油嘴滑舌，可是一到了众人面前，就变得特胆小。

“唱啊，你倒是开口唱啊……”我们在台下替他急。

炉锅筒不知所措，嘴巴一张一合，还时不时地咬嘴唇。

我觉得不能让他出丑，我得帮他。

我挤到人群最前面。

“想当初，老子的队伍才开张，拢共才有十几个人七八条枪……”

我开始吼唱，调起得又高又粗。我想给他鼓劲儿，我了解他，只要有人给他开好头，他就能唱。

果然奏效。他听了我的第一句提示，后面的词他就想起来了。

炉锅筒黑眼珠里的机灵劲又回来了。为了进一步鼓励他，我、白桥、瘦猴几个在台下跟着他一起唱。

台下一片叫好。演出结束后，已经是半夜。我们几个孩子扛着旗子，举着火把，翻山越岭往家赶。

笔者：好快乐的童年生活！庄子说，至乐无乐。真正的快乐是内心的平和与获得，而非单单感官的满足。我们应该引导孩子追求高层次的快乐，而非低层次的感官愉悦。可是现在经常看到这样的现象：初中的小孩子周六周天不出去玩，就待在房间里打游戏。游戏中的孩子们好像杀红了眼，一局局开打，一局局对骂。跳跃的画面，高频度的信息闪动，虽然能够锻炼孩子的反应能力，但是长期沉浸在电子游戏中，不仅会造成孩子们的社交障碍，还会吞噬他们的思考力。对此您怎么看？

杨德才：我失明的 20 多年，恰好是互联网快速发展的时代，我对于电子游戏认知度很低，在现在的孩子面前，我就像个老古董。我知道时代不一样了，孩子们玩的也不一样了。但是，我还想对孩子们呼吁：不要让手机束缚了你的手脚，从屋子里走出去，打打球，跑跑步，户外拓展游戏要更好玩、更有温度！

你要通过时间，而不是让时间通过你

笔者：您在跟年轻人讲思政课的时候，最常交流什么话题？

杨德才：最常讨论时间这一话题。现在的年轻人都爱刷抖音，我常听到他们说：抖音一分钟，人间三小时。我觉得这句话很有意思。为此我特意去了解抖音。我想搞明白抖音到底是什么。

我眼睛看不见，我不知道什么是抖音，但我知道店里的员工们在刷抖音，公交站牌候车的人在刷抖音，在街上无意踩到我的棍子或撞到我的人也在刷抖音……我不知道抖音里装了什么东西，但我听到里面总是传出不间断的热闹声。屈妙告诉我里面是短视频，李正告诉我里面是个热闹广场，前台告诉我里面尽是帅哥美女。我大抵知道了什么是抖音，抖音是个能让人们持续深度卷入的魔盒，能让人们忘却时间的异质空间。

“抖音一分钟，人间三小时”这句玩笑话让我对时间有了更深的思考。调侃也好，感慨也罢，这背后实际涉及的就是一个如何把控时间的问题。

人们沉溺于短视频不能自拔，就如同当年孩子们沉迷于电游，被娱乐麻痹的人们已经放弃了对时间的把控权，时间之于他们就如同滔滔而过的江水，时间哗哗通过他们，除了留下短暂的快感，其他什么都没留下。

我并不反对娱乐，但我反对沉溺而不自知。什么叫不自知？沉迷于娱乐无法掌控时间的人是不自知，沉溺于一种情绪中无法自拔的人也是不自知。什么叫自知？自知的人很清楚自己想要什么，自己在做什么，自己该做什么，这样的人活得清醒。

笔者：您觉得自己是一个自知的人吗？您是如何利用时间的？

杨德才：我曾是个不自知的人。

车祸后、失明后，我都遭受过或长或短的情绪危机。我眼睛看不见一丝光，感知不到时间，这种失控感让我一度想自杀，那段时间我整个人都沉溺于一种负面情绪状态中，这好似一种上瘾的过程，你越没有勇气丢开，坏情绪就会一直拉你下水，那段时间，于我而言白天不是白天，黑夜不是黑夜，我看不见时间，更抓不到时间，我只听到时间哗哗从身边冲过，这种感觉让我既懊恼又无奈。

后来的我想明白了，只有通过时间，才能掌控时间。而通过时间的最好方式就是清醒地安排自己的生活。我创办爱康残疾人按摩院，开设德才青少年思政培训基地，筹办残疾人阳光艺术团，听新闻、做笔记、开讲座、写日记，这种对时间的掌控感让我感到充实而快乐。

笔者：您对时间的论述让我不禁想到了英国诗人艾略特的时间观。他说：“时间，只容许有少许的意识，能意识到就不在时间之内。只有在时间之内，那在玫瑰园中的瞬间，那雨声沥沥的凉亭里的瞬间，当烟雾降落在通风的教堂里的瞬间，才能忆起，才能与过去和未来相及。

只有通过时间才能征服时间。”时间是流动的、即刻的、相对的，刷完短视频后的恍惚感、打完游戏后的虚无感，没有任何时代能比当代更能让人们意识到时间的存在了。

杨德才：孔夫子曾感慨：逝者如斯夫！是的，我在给孩子们讲课时，常常说时间就像河流，自知的人清醒而努力地渡过这条河，而不是让时间之河哗哗流经他们。我告诉年轻的孩子们，光阴不可追，主动地通过时间，而不是让它通过你。

我要不停地学习

笔者：您眼睛看不见，无法像正常人那样通过各种媒介渠道来接收信息，在这种情况下，您是如何保证自己的时代感，保证自己不与时代脱节？

杨德才：学习，不断地学习。

笔者：这句话说着容易，做着难。尤其是像您这样全盲人，能在保证照顾好自己饮食起居及工作的同时还能兼顾学习，更是难上加难。是什么让您能长期稳定地保持自我学习的劲头？

杨德才：最初是现实的逼迫。

1997 年我开办德才青少年关护中心。20 多年来，从最初的免费作文指导到现在的思想品德培养教育基地，我带过无数个孩子。20 世纪 90 年代时，我教孩子们烧开水，他们都很乐意动手做，并且做得很好；等到了 00 后，我再教他们烧开水，他们不但没有兴趣甚至觉得无聊透顶，于是，我组织他们卖报纸；等到了 10 后，又迎来了新媒体时代，报纸也卖不出去了，于是我组织他们成立小民兵预备役分队，到烈士公园举行授旗仪式，宣读誓言，缅怀先烈，给他们讲红色历史故事。时代在发展，孩子的兴趣在变化，作为青少年关护中心的负责人，我在教育内容和方式上越来越感到力不从心。正是在这种形势下，我时刻提醒着自己要学习、要进步，不能与时代脱节，更不能被时代抛弃。

我一直坚持收听电视新闻节目，文艺、纪实、访谈等文化类节目。电视媒介成了我了解时代、沟通社会的唯一通道。电视是我的课外书籍，我每天都会至少花上三个小时去“阅读”。

但是，往往事与愿违。也许是因为每天吃大量药的缘故，也许是衰老的缘故，我的记忆力越发不如从前。这让我有点慌。一个老师怎么能记忆衰退呢？为了记住一些时新的政策，我常常使用最笨的方法：白天听新闻，晚上回家“敲新闻”，我把当天所听所感以日记的形式敲进电脑，这样做的确有助于记忆，但是还不够。知识还是要用起来的，于是我常常把每日所学的知识点融进我的演讲稿中，讲给我的德才青少年活动中心的孩子们听，讲给社区的退休干部、老党员、孤寡老人们听，讲给我的阳光艺术团的残疾人朋友们听，讲给长沙市中小学的孩子们听……

我很珍视每一次讲课的机会，于我而言这不仅是单纯的知识分享，更是记忆力的恢复训练。

笔者：在您身上，我时刻都能感受到您在与自己搏斗。人生啊，也无非是一场与自己的斗争，而且是即时即刻的斗争。外界的名与利都是虚无，只有不断地与自己斗争才是最实在的，而这个斗争的过程也就是向上奋斗的过程。您觉得呢？

杨德才：是的。我一辈子都在与自己斗争。只有我自己知道，盲人面对外界有多么被动。当别人谈论朋友圈时，我茫然无知；当听说有一对一医疗陪护时，我说人家是骗子；当李正跟我讲 ChatGPT（美国 OpenAI 公司研发的人工智能聊天机器人程序）时，我死活理解不通……我已经远远落后时代了，我不能不学习。周围人说我活得累，活得紧绷。可他们不知道，每当我外出讲一次课，每当我从新闻中学会一个新词，每当我成功办一场活动，我有多么开心，我觉得我又战胜了自己一回，我觉得我又追上了时代一步！

第九章　奔走在社会大讲堂上

公园里的树，吸收着自然馈赠的阳光雨露，夏天遮阳，冬日防风。这样自如的生命状态常常让杨德才思考，人活着的意义是什么？人到底该怎么活？

为了寻找答案，杨德才继创办阳光艺术团、思政培训基地之后，没有停歇，又奔走在社会大讲堂上。这场以杨德才人生经历为主要内容的道德讲堂最初只讲给社区残疾人听，后来越讲越广，社区、机关、学校、单位他都去讲，截至 2023 年 10 月 31 日，他一共免费为社会讲了 327 场道德讲座。

不停奔走、不停思考。最终杨德才找到了答案：偌大天地间，他也想成为一棵“树”，有一片荫就送一片凉，有一丝光就照一方亮。

脱掉“孔乙己”的长袍

笔者：您介意别人对您的看法吗？

杨德才：老实讲，刚失明那会儿，我很在意别人对我的看法，我介意别人说我是瞎子，说我是残疾人，因此那时候的我总是把自己包裹着。怎么说呢，感觉自己就是鲁迅笔下的身穿长袍，站着喝酒，满口之乎者也的孔乙己。中学时代课堂上讨论过的孔乙己，青年时代宿舍里讨论过的孔乙己，没想到，最后自己反倒成了孔乙己。

笔者：为什么这样讲？

杨德才：还要从那次与妻子的争吵讲起——

周末下午，我和妻子照例去烈士公园散步。十字路口处，妻子和我发生了争吵。

“为什么又不带盲杖？”妻子质问我。

我没回答。

“我就不明白了，为什么那么抗拒盲杖？”

我仍然未吭声。

妻子的声音越喊越大。

“没有盲杖，你能顾得了自己吗？你能确保自己安全吗？”

妻子质问着。

我沉默着。

十字路口处，过往的车声、人声夹杂着质问声一并涌进耳朵。对于妻子的质问，我没有任何反驳，可正是这种沉默再次激怒了妻子，一气之下，她撒开了我的手。

耳朵里传来的是渐行渐远的哒哒鞋跟声。

我喊她，没人应。

回应我的是不绝于耳的汽车喇叭声和车轮打转的摩擦声。

那一刻，我慌了。

十字路口，我感觉自己被卡在车流中，那一刻，我自己就像处于漩涡中心，黑暗、恐慌、不定、焦灼卷吸着我，我又仿佛站在井沿上，无论往哪个方向迈，都是如临深渊。

那一刻，我多想有一根盲杖。

有了盲杖，过往车辆就会暂停让行，有了盲杖，或许路人可以帮我一下，可是我什么都没有。

四面八方的喇叭声不断袭来。

我团团打转，没有一点方向，正当我伸出脚要探路时，一双手猛地拉住了我。

“服气了吧！没有盲杖能行吗？”

说着，妻子迅速将我拉回到人行道上。回来的路上，我一言未发。脑袋里都是妻子的质问声：“你为什么那么抗拒盲杖？”

我抗拒盲杖，这是真的。

眼睛有一丝光时，我戴着义眼，戴着眼镜，挎着公文包，像正常人一样行走在路上。别人不会用奇怪的眼光看我，也不会小声议论我。可当我彻底失明时，一切都变了：我的义眼摘除了，近视镜换成了墨镜，公文包换成了黑色药包，要想走出去必须敲着盲杖。“哒哒哒”的棍子声、路人的细碎议论声都毫无遮拦地冲进耳朵。

我抗拒这些声音，正如我抗拒盲杖。

我努力不用盲杖。家里的路线我已经摸清了，爱康的路线我也已经摸清了，我慢慢地走，慢慢地用脚试探，我的活动范围不大，我觉得自己可以甩掉盲杖，连并甩掉那刺耳的敲击声。

可是妻子的质问声叩醒了我。

我是个盲人啊，盲人出行就需要用盲杖，人到哪，棍子敲到哪，这是盲人身份的标志，是自我保护也是他人保护的信号。介意用盲杖归根还是介意盲人这个身份，我已经彻底失明了，为什么还固守着以前的身份，为什么拿着以前的认知绑缚现在的我呢？

这样一想，我不就是当代的“孔乙己”吗？

如今的我早已脱掉了孔乙己的长袍，我每天敲着盲杖自信地摸走在大街上，甚至敲着盲杖走进了北京人民大会堂。解放了自我后，我告诉我的盲人孩子们，要大胆地承认自己，认清自己，放低姿态，脱掉虚荣的袍子，将自己真实地交付给社会，坦坦荡荡、不卑不亢地过活。不仅如此，我还要告诉身边初入社会的孩子们，不管你是名校毕业生还是普通院校生，你们都要敢于脱掉身上那或华丽或寒酸的长袍，打破陈旧而腐朽的自我认知，将自己真实地交付职场、交付社会，在不断变化的实践中重构自我。

笔者：听了您这么多故事，发现您从未停下认识自己的脚步，您将每一次经历都当作自我审视的机会，虽身处黑暗，却心如明镜，一次次深刻的自我反省铸就了您的智慧。不禁想到苏格拉底曾说过：认识自己是一切智慧的开始。这句话很值得深嚼。首先，认识自己很难，难在它需要经历磨砺，需要在磨砺中保持清醒，难在不仅需要总结经验，还需要将经验自我消化成智慧。其次，认识自己永无止境。事实上，我们一生都奔波在认识自己的路上。少年期的求学，青年期的恋爱，中年期的操劳，老年期的孤独，人生的每个阶段都在给予我们认识自己的机会，有的人因命运多舛而早慧，有的人一生坦途却浑浑噩噩。我们要做的是珍惜命运给予我们的每一次成长机会，时刻保持自醒，在每次历练后学会反省，在每次反省后沉淀智慧。

杨德才：老子说过一句话：知人者智，自知者明；胜人者有力，自胜者强。的确，认识自己好难，难在人生路上有太多迷障，太多选择，难在需要我们拨开迷雾，找到属于自己的方向，难在需要我们在走错路时还能及时掉转方向。愿我们每个人都能成为一个自省的人，活出自知，活出通透！

残疾人首先是人，是人就有权利和义务

笔者：您觉得现在残疾人生活环境怎么样？

杨德才：现在国家政策好了，对残疾人照顾面和扶持力度都在加大。住房上，有残疾人购房补贴；就业上，有就业优惠政策。可是残疾人整体生存环境的改善不仅需要政府的努力，更需要残疾人个体的努力。

笔者：您说的个体的努力指的是什么？

杨德才：这个努力更多的应该是认知上的。现实社会中我见过不少残疾人，他们总抱有这样的思维：我是残疾人，他人都应该让着我，社会都应该帮助我。这样的认知不仅无理还很无赖。我觉得，残疾人首先是人，是人就有权利和义务！

2007年全国助残日，王家垅社区工作人员邀请我给社区残疾人义务讲一节道德讲堂。谁知刚走到楼下，就听到会议室里很大的吵闹声，粗话脏话夹杂其中。是要给这些人做讲座吗？我心里暗暗打鼓。在工作人员的搀扶下，我继续往上走。

声音越来越大，摔桌子、砸板凳、怒骂、争吵……

搀我的年轻人说："杨老师，我们先到隔壁办公室等一等吧！我们领导被围堵了。"

我很疑惑问他："是么子回事？吵得好凶啊！"

工作人员告诉我，是因为取缔三轮车的事。市政府搞"畅通工程"，要取缔污染环境、妨碍交通的三轮车。楼上正在争吵的是附近社

区开三轮车的残疾人，这政策一下来，他们就失业了。所以都上门来闹。

听明白以后，我就说带我上去看看。工作人员极力劝阻我不要上去，等不吵了以后再进去讲课。可争吵声越来越清晰。我在工作人员的带领下敲着棍子向争吵声走去。刚没走几步路，就听到里面传来这样的声音——

“大家少安毋躁，今天请大家是来听讲座的，三轮车的事我们暂且放一放……”

“老子恰饭的家伙都被没收了，还坐在咯里听么子讲座?”

工作人员搀着我，前脚刚准备踏进会议室，就被撞了出来。

紧接着就听到一个男人的声音：“哎呀！杨老师，对不住，对不住，您没事吧!”男人忙地拉住我的手，听声音应该是给我打电话请我来讲课的王主任。

“别吵了！给我们讲课的杨德才老师来了！三轮车的事我给大家保证一定会解决！我们先听课!”王主任吆喝着。

“明天解决？今天推明天，明天推后天。我们就要今天解决!”

“对，今天趁大家伙都在，就今天解决!”

屋子里的人异口同声。

我把王主任拉到一旁，对他说道：“今天的课，我想换种方式讲，你看，可以不?”

王主任一口答应，说道：“您的课堂您做主。”

说着，王主任拉着我进了会议室。

也许是大家看到我拄着盲杖，吵闹的人群一下子安静了许多。

“大家好！我是盲人杨德才。今天本来社区是让我来讲励志课的，但是刚才那位朋友说得对，吃饭的家伙都没了，还谈什么道德讲堂！刚才我在门口也听了不少，大家伙不容易啊！我是残疾人，怎能不理解。但是理解归理解，问题还得解决不是？但是问题的解决绝对不是靠争吵、叫嚣得来的，要想解决问题，我们还得心平气和、沟通协商不是？我不是社区工作人员，对大家问题的解决也帮不上大忙，但是我既然今天是给大家讲课的，那么我就想跟大家聊一聊，不知道大伙愿不愿意听我这个瞎子说两句。”

会议室里大伙不吭声。我知道我的话大家听进去了。

“我今天只给大家讲三个问题。我是谁？我需要什么东西？我应该怎么办？我是盲人杨德才，我和大家一样是残疾人，但我以前不是残疾人。一场车祸夺走了我的光明，将我扔进了黑洞。我已经盲了 10 年了。我吃饭靠摸，穿衣靠摸，走路靠摸，从健全人到残疾人，我深深体会到了残疾人的局限性……第二个问题，我需要什么？我出门需要别人搀我一把，过马路需要车辆让我一让，创业需要政府帮我一把，我需要这个社会来帮我，没有大家的帮扶，我寸步难行……第三个问题，我应该怎么做？别人帮我，我得帮别人，社会关心我，我得想办法还社会的情。我眼睛看不见，我不能为社会做多大的贡献，我只能以我自己的方式来报答社会。我开设青少年免费辅导中心，创办老年人关护中心，给孩子们讲讲思政课，给老人们按按摩。我跟在座的各位一样都是残疾人，残疾人重点不是残疾，而是人，是人就有权利和义务。我们身在社会中，和普通人一样共享着社会资源，不仅如此，我们还享有残疾人专门特权：我们出行会被礼让，购票会被优先，创业会被扶持，生活会给补贴，国家制定了残疾人保障法，残疾人就业条例，社会设有关爱残疾人公益组织。上到国家法律政策下到社会志愿者服务，我们无形中都在享受着国家、社会给予的帮扶，不是吗？我们享受这些权利的同时也应该履行作为一个公民的义务，比如遵纪守法，比如积极响应国家政策。”

会场安静下来，我继续说：“我不是政府的说客，我作为旁观者、局外人想给大家说说我的看法。我知道大家生活不容易，开着‘啪啪啪’（指三轮车），拉一天客才能赚几十块钱，又要养家又要糊口。一下子取缔‘啪啪啪’，没收了吃饭的工具，换作我，我也烦躁，我也生气。但是生气归生气，我们也应该换位想一想，首先，政府取缔‘啪啪啪’是针对所有三轮车户，不是专门针对残疾人的，其他人都遵守了，我们为什么要搞特殊？其次，政府为什么非要取缔三轮车？三轮车安装的是柴油机，每天在市里大街小巷‘啪啪啪’响，闯红灯、占车道，不仅污染了环境，阻碍了交通，还给行人带来不少安全隐患。大家都是长久拉客的，这种情况应该大家都看到过吧。况且咱们大家大多数都是残疾人，天天穿梭于车流中，我们自身的安全也没有保障不是吗？政府取缔三轮车政策有一定的道理，我们也要适当理解对啵？当然，一下子让我们失了业，大家有怨气，我理解。今天，既然大家都在这，有什么意见尽管提，我给大家做公证人。大家看行不行？”

我的话大家听进去了，一番讨论后最终大家就如何向上面反映并解决这个问题达成了共识，争吵也到此结束。

笔者：社会是一个利益共同体，我们是同一棵树上的叶和果。当彼此利益冲突时，要学会换位思考，从而寻求最佳的解决之道。您抓住了问题的本质，并懂得换位体谅，所以才能平息矛盾，让大家回归理性。您真的很懂得沟通之道！

杨德才：我曾经听过一个有意思的寓言故事：一头猪、一只绵羊和一头奶牛，被牧人关在同一个畜栏里。有一天，牧人将猪从畜栏里捉了出去，只听猪大声号叫，强烈地反抗。绵羊和奶牛讨厌它的号叫，于是抱怨道：“我们经常被牧人捉去，都没像你这样大呼小叫的。”猪听了回应道：“捉你们和捉我完全是两回事，他捉你们，只是分你们的毛和乳汁，捉我要的是我的命。”立场不同，看法就不同，因此对于他人所遭遇的苦难、失意、伤痛，我们要学会换位思考，给予体谅与宽容，只有这样，我们才能更好更温情地化解矛盾。

今天的天蓝不蓝

笔者：多年来奔走在社会大讲堂上，有没有很特别的经历？

杨德才：有，比方去监狱讲。

长沙市坪塘监狱邀请我去给服刑的犯人讲一节道德课。七月的长沙，天气非常热。当时我拄着盲杖，站在草坪中央，准备开讲，我身边围坐着一群犯过罪的人。我有些紧张，给社区居民讲过，给学校孩子们讲过，给企业职工讲过，就是没有给监狱犯人讲过。为了缓解尴尬，我问听众："今天天气怎么样?"

无人回应。

我在等待。一分钟过去了，除了草坪上偶尔飘来的风声，我什么也没听到。

为了缓解尴尬，我又问："今天的天蓝不蓝?"

仍然没有回应。

我直接开讲了："大家好！我是盲人杨德才。刚才我问大家天气怎么样，大家都不屑于回答。在大家看来，这样的好天气天天都有，没什么可看的。可大家知道吗？天天生活在黑夜里的我有多么想看到蓝天、白云……"

"在我眼睛没有失明前，我最喜欢看天，开心时看天，不开心也看天。面对广阔的天空，人生所经历的所有郁闷、心结都会打开，人也会变得积极敞亮起来。后来，一场车祸剥夺了我的光明，我再也没机会看天空了。这种被黑暗困住的感觉很煎熬，我一度觉得自己这辈子就这样了，于是破罐破摔。可我发现，破罐破摔的日子比失明更可怕，它会逐渐侵蚀你的心智，消磨你的精神，直至你变成一具行尸走肉。这样被动的日子太可怕，太无望。"

"我有时候就问自己，失明了，我的日子就不过了吗？失明了，我的生命就停滞了吗？命运并没有一锤子将我打死，我还有听觉、触觉，我还有胳膊，还有腿。命运并没有把我完全剥夺，我为什么要画地为牢，将自己的生活一锤定音呢？”

“这几年来，我拼命地给自己找事情做。我创办爱康盲人按摩院，创办残疾人就业培训中心，办青少年免费作文辅导中心，办德才道德讲堂……一番折腾下来，我发现自己生活不仅没有被黑暗困住，反而活得更敞亮了”

我告诉大家：“比起我来，你们只是暂时被限制了自由，只要改过自新，保持心态积极向上，就能重获自由。生活不是一锤定音的，我们不是破罐子，一定不能破摔……等走出高墙，还会是一个对家庭、对社会有用的人！”

那次讲座后的某一天，我突然收到了来自坪塘监狱的一封信。

写信的是一个年轻人，信上说他在监狱里度日如年。我至今还记得他信中讲到三个痛恨：痛恨自己不好好上学，痛恨自己经不住诱惑，痛恨自己见识短浅。听了信的内容后，我心里很沉重，这个伢子才 19 岁啊！

我从信中读到了焦虑，所以我决定给他回信。我念，让前台写。我首先感谢他对我的信任，然后就帮他分析他的焦虑，我告诉他，可以焦虑，因为焦虑能够激发斗志，焦虑说明你不甘心，不甘心就会有力量，有力量就会有希望。但是不可过度焦虑。

后来，我跟这个伢子就开始了书信交流。当然还是我念一句，前台帮我写一句，我告诉他，监狱里有很多学习的机会，一定要好好看书，积极表现，多向工作人员交流自己的学习心得，多为自己争取机会。

他来信告诉我，监狱领导知道他学过电力，就安排他出去跟着工作人员搞电力维修。

一来二去，我们一共写了 52 封信。

我永远记得他寄来的最后一封信。他给我报喜，说自己表现得好，减刑出狱了。他说：“走出监狱大门的时候，我还特意帮您看了看天，天很蓝，云朵很大。”

笔者：您影响并改变了这个年轻人一生，这不禁让我们想到张桂梅的故事。“我生来就是高山而非溪流，我欲于群峰之巅俯视平庸的沟壑。我生来就是人杰而非草芥，我站在伟人之肩藐视卑微的懦夫。”12年来，张桂梅校长用自己的力量帮助1804名山区女孩走出大山，追寻梦想。我们诧异：一个普通人，如何能成为影响他人一生的人？一个普通人，如何能用自己微薄之力影响一群人？促使孩子们奋发向上的力量来自哪？有人说来自她对孩子们的严格要求；有人说来自她对孩子们的无私付出。其实，这股力量来自张桂梅自身。张桂梅十几年如一日地做自己坚信的事，不动摇，不放弃，她用实际行动告诉孩子们什么叫信念，什么叫初心。张桂梅本身就是一个能量体，她的存在即是一股向上的力量。而我们在您身上同样看到了这股力量！

杨德才：我无数次从新闻中听到过张校长的故事，张校长是吾辈楷模，是每一个教育工作者学习的榜样。我是个盲人，能够为社会做的太少，我从不敢奢望能够影响他人，我只想脚踏实地，尽我所能地帮助身边的人，做自己坚信的事！

年轻人，莫慌！

笔者：那么多的年轻人听过您的讲座，您如何看待现今的年轻人？

杨德才：怎么说呢？先说说我们这个时代吧，我们现在处在一个慌张的时代！我时常听到马路上飞驰而过的汽车声、十字路口疯狂按喇叭的鸣笛声、斑马线上行人边打电话边输出脏话的骂人声……教育慌张、交通慌张、住房慌张，一切都是慌慌张张的。所以，在时代急流的裹挟下，年轻人也慌张了起来。

近些年来，不少企业邀请我去给他们员工做励志讲座，每次讲座结束，都会有几个年轻人过来跟我交流，一来二去，我也结交了一些年轻朋友。与这些孩子们交流，感受到了他们新奇的想法和满满的活力，同时也看到这一代年轻人的慌张与迷茫。

曾经有一个年轻人问我，“您觉得我这辈子还会有出息吗？”

我笑呵呵地对她说：“你才刚刚30岁，大好的未来在等着你呢！怎么能问这么丧气的话？”

“老师啊，我30了，不年轻了！别人30有房有车，我30，什么都冇得。爱情不顺，工作不顺，生活糟透了……”

我很理解年轻人。尽管各个年代的年轻人都有各自的生存压力，但相比我们那一代，我更加心疼当代年轻孩子们。我们当年只要你努力读书，考上大学，就会有出路，我们没有高额房贷、车贷，我们没有太大的职场竞争压力，而这代年轻人就不一样了，他们从小接受精心的教育与栽培，家长们个个望子成龙、望女成凤，他们的成长被家长、被社会给予了太多的期望，而这种期望在现实中却常常落空。巨大的竞争压力，逼迫着这些年轻的孩子们往前冲、往上挤，挤上去的为了不被淘汰又继续往上挤，挤不动的就垂头丧气，或者干脆躺平。我们都在告诉年轻人如何做人上人，却没有人告诉年轻人如何做个普通人。教育孩子们做个普通人，在普通的岗位上兢兢业业，不也是一种正向教育吗？

记得当时她问我：“您说我是不是应该适当改变一下自己？”

我问她：“改变什么？”

她说：“是不是也应该学着说漂亮话，学着阿谀奉承。可——可我做不来，真的学不会……”

我当时反问她：“学这？为什么要学这？这不是你的初心和本性，为什么非要逼着自己学这？阿谀奉承这本身就是坏现象，为什么要学这？你内心知道的，为什么还要逼着自己学这？”

这个年轻人回答，事实证明，那些说漂亮话的、会社交的就能快速晋升，而她这样默默做事的根本不被人看见。

我告诉她，“无论什么时候都要坚守自己的本心。每个人都有自己的优势，踏实肯干是你的优势，那么你就牢牢抓住你的优势，在自身岗位上静下心来狠劲钻。不要被花里胡哨的东西迷惑了，练好自己的本事，总有一天你会被看见的。所以，不要慌！慢慢来！”

不知道我的话对她是否有意义，只知道后来她来爱康看我时，整个人的状态沉静了许多。我没有问她工作是否得到了晋升，恋爱是否进行得顺利，但我相信只要她一直不慌不乱地踏实走下去，一切都会好起来的，我祝福她。

笔者：当年轻人每天听到的是同龄人开着豪车、拿着百万年薪，看到的是别人吃喝玩乐、光鲜亮丽的朋友圈，刷的是乌烟瘴气、纸醉金迷的娱乐新闻。这样信息环境怎能不让年轻人浮躁？当各行各业的潜规则屡上头条，不公平现象层出不穷时，年轻人怎能不变得急功近利？年轻人焦虑、浮躁已经不再仅仅是他们自身的问题，更是社会大环境问题。当一个社会不能凭借踏实、努力、认真获取资源与上升机会时，这个社会将变得很危险。一个社会应该肯定什么？宣扬什么？绝对不是投机取巧的功利主义，不是华而不实的拜金主义，而是脚踏实地的实干精神、勤劳朴素的节俭精神！

杨德才：是的，要想遏制社会浮躁之风，我们的政府、知识分子应该站出来大力倡导社会正能量，宣扬真善美，鞭挞假恶丑，给年轻人奋发向上的信心，同时，年轻人也要记住罗曼·罗兰的一句话：真正的英雄主义是看清生活真相后，依然热爱生活！虽然当今社会有很多丑恶与不堪，但是我们依然要选择善与光明！

什么是幸福

笔者：在您的讲座中，您频繁提到幸福这个词？您的幸福观是什么？

杨德才：我记得2019年5月16日，我到北京人民大会堂参加第六次全国自强模范暨助残先进表彰大会，会后有位记者问了我这样的问题：20 多年前您遭遇一场车祸成了一个盲人，还有心脏病等多种疾病，几十次住院治疗。那又是什么原因使您坚强面对、笑对人生？又是哪来的力量使您去帮助那么多的人?”

我回答了三句话。

第一句话：活着就是幸福!

遭遇了一场天大横祸还能够活下来，而且现在还活得好好的，这就是我最大的人生幸福了。

第二句话：帮助别人就是幸福!

车祸住院和出院回家的那段日子，我过着衣来伸手饭来张口被人服侍的生活，这样的生活太无赖、太被动、太窝囊。我受不了！我决定化被动为主动，改变这个现实，我先是在家中摸索着学会生活自理，然后拄着盲杖走出家门来到社区，在社区协助下成立了德才青少年思想品德培养教育基地。这些年，碰门窗、栽跟头、划破衣、摔烂鞋，满头是包，浑身是伤，虽然面对的是真实的碰壁人生，但感觉自己的人生是主动的、充实的。几经摔打后我明白了化被动为主动，不仅能够过好自己的生活，还能扶持别人的生活。这种自力更生、帮助他人的生活比接受他人的侍候要幸福一万倍。

第三句话：成为对社会有用的人是幸福的!

每当得知在我的帮助下，学生进步成长，老人安详快乐，残疾人自理自立，我都无比地开心，自己的付出是值得的，自己的劳动结出了果子，自己不仅不是个废人，还是个对社会有用的人。

笔者：有人觉得豪车别墅是幸福；有人觉得节俭有度是幸福；有人觉得被众星捧月是幸福；有人觉得幽静独处是幸福……每个人都在追逐自己定义的幸福，只是有的人在追名逐利后，空余悲哀寂寞；有的人在淡泊名利后，收获踏实与心安。我们获悉，失明后您一直在奉献社会，在您的足迹里留下了这样一串闪光的数据——为 40 多所中小学4万多名学生开展免费文化辅导、开展社会实践活动517次；克服困难开办残疾人阳光艺术团，出资为社会免费举办大型文艺演出56场；出资组织带领100多名盲人开展登山、拔河、跳绳等户外文体活动83场；为残疾人等低保困难群众提供90000多小时免费推拿保健服务；为防疫一线工作人员免费提供11000多小时健康理疗体验；为社会义务讲座327场；走访残疾人家庭3729户；看望耄耋老人789户；志愿服务受益人次超过24万，奉献社会的总价值折合成人民币达2000多万元；免费培训521名残弱人士学会中医推拿技术，并帮助他们全部实现就业……做了这么多事后，您对幸福是否有了更深的理解？

杨德才：努力付出，哪怕无收获，也是一种幸福；坚守信仰，哪怕被人嘲笑，也是一种幸福；克己守善，哪怕被误解，也是一种幸福……幸福很简单，幸福就是一种平和的心态，这种心态能帮你抵御人生路上所有的风浪。“宠辱不惊，闲看庭前花开花落；去留无意，漫随天外云卷云舒。”这是我上学时最喜欢的一句话，我想幸福就是这种状态吧！我虽看不见云与花，但云与花常在我心中。

盲杖、展板、小蜜蜂

笔者：2021年十一国庆节期间，为了庆祝建党百年，您在烈士公园搞了一次特殊活动，对吗？

杨德才：是的。我在烈士公园讲了七天党史。讲课的地点和内容也是有意选择的，十一国庆假期，烈士公园作为湖南旅游打卡地，必然会迎来全国各地的游客，人多，受众面就广。现在的年轻孩子们都不了解党史，我想让路过的孩子们都听一听，百年党史有多么的波澜壮阔。

笔者：您这是第一次在户外当众讲课吧？紧张吗？

杨德才：是的，第一次。紧张，除了紧张还是紧张。

当时的场景，到现在还记得清清楚楚。站在烈士公园湖边广场，手持盲杖，腰系“小蜜蜂”。人流量还没上来，展板在风中呼呼作响。虽然连着讲了好几天，但我还是紧张，手心攥满了汗。

我问屈妙，现在几点了？屈妙回答，下午 7 点。我问天黑没有？她说，黑了！我又问，行人多不？她答，不多。

我又问屈妙：“我的衣服还好吧？起皱吗？党徽戴正没？”

“都好，一切都好，杨嗲，您是不是紧张了？”屈妙一语点醒我那一刻的心理状态。

我真的紧张了。摸到衣角，我担心自己衣服不整齐；咳嗽一声，我又担心“小蜜蜂”声音不够大；起风了，我开始担心展板会被刮倒，让屈妙特意找块砖头压着。开讲第一晚，我想呈现出好的状态。

时间一到，我就对着“小蜜蜂”开讲：“路人朋友们！大家好！我是盲人杨德才。今天我给大家讲的是‘百年党史，演奏出中华民族的幸福都是奋斗出来的壮美凯歌’。”我讲一大立党、二大立纲，我讲卢沟桥事变，我讲国共合作，我讲麻雀战、地雷战、地道战……

当时风呼呼在耳边响，窸窸窣窣的脚步声越来越多，越来越近，脚步停了下来。我知道观众来了，我那一刻也好像没那么紧张了。

第一次讲完，我问屈妙，听众的人群都有哪些？屈妙给我反馈，老年人多，于是我就思考：我是不是讲得太历史化了，所以年轻人不喜欢，应该将历史与现实结合起来讲，这样现实意义会更强一点。于是第二次，我就调整稿子的内容。

第二次效果不怎么好。因为稿子修改了，讲到一半，我有点忘词。我心里打鼓：他们在听吗？会不会觉得我讲得没逻辑。我努力让自己稳住，不瞎想。虽说我看不见别人的眼神，但是这些眼神都在我心里，我心里都看得见，我会不由自主地想象别人对我的看法，越想越紧张。克服紧张的唯一的办法就是多讲。

10 月 3 日，演讲地点烈士公园红军渡。10 月 4 日，演讲地点红色小亭子。10月5日，演讲地点公园北门……

这七天，我不断地向屈妙要反馈。屈妙说，热烈时有几十号人，冷清时加上她只有两个人。说实话听到这句话后，浑身冷冷的。我真的特别想收获到听众的认可，可户外演讲经验不足，我只能慢慢来，边讲边调整。我多想让年轻人驻足听一听，我多想让家长带着孩子们驻足听一听。

笔者：据了解，您已经为社会义务讲党课313场，不同的场合您的讲课内容会有所调整吗？

杨德才：会的。

车祸前，我是一名历史老师，党史知识早已烂熟于心。最初是主动申请在居委会讲，后来是在街道办讲，再后来受邀到企业讲，讲得越来越多，听众也越来越多。十年间，面对学校孩子，我讲“党史+奋斗”；面对企业员工，我讲“党史+诚信”；面对部队新兵，我讲“党史+意志”。我讲的内容有时随着听众的变化而调整，有时随着时事的变化而调整。

2022年2月，中央发布“一号文件”，提出全面推进乡村振兴。此时的我又有了新想法——把党课讲到田间地头。岳麓区雨敞坪麻田村是我的第一站。村委会议室里，我讲，饮水要思源，不忘初心不忘本；我讲，讲党史就像父母教育孩子，是党员的责任和义务。屈妙问我，要讲到什么时候？我说，讲党史已经成为生命的一部分，可能要讲一辈子喽！

笔者：有组织的上党课与您自发地讲党课，有区别吗？

杨德才：有啊，比方说，组织请我讲党课与我自发讲党课，人数就不一样。

2023年5月21日是全国第33个助残日，一大早我就和屈妙来到了烈士公园南门广场。当天状态不好，有点低烧，声音也有点沙哑。屈妙劝我回去，但我转念一想，日子特殊，值得一讲。

早上八点开讲，我讲党史，讲烈士，讲二十大，讲到九点多，两条腿有点支撑不住，正准备做结语时，一阵争吵声闯入耳朵。结束后，我问屈妙发生么子事了。“两个老嗲嗲因为你吵起来了”，屈妙说着就拉着我，让我去感谢一个老嗲嗲。

树荫下，我和老嗲嗲交流。

“我真的很生气。那个男的说你讲的是错误言论，我就跟那男的争，怎么能说出这么没水平的话。看看那些现在还在战争中的国家，到处兵荒马乱，吃住都成问题。再看看我们国家，大家有吃有喝的，他却身在福中不知福。”老嗲嗲愤愤地说。

我说：“他只看到现象，冒看到本质，他只看到现在社会一些不好的现象，不看大局，不看党的决策，他冒看到共产党从上到下都在行动，冒看到全党还是在集中精力让全国人民共同富裕的。”

笔者：与老嗲嗲交流后，有什么感想？

杨德才：那一刻我真的很感动，就是那种被人误解同时又被人维护的感觉，那种感觉很踏实。讲党课有意义吗？当然有，正能量要聚起来，不然就会被负能量带偏，党课我要继续讲下去，哪怕只有一个人听，我也要讲下去！

一天一烈士

笔者：我们观察到您讲党课的展板内容从“党史天天讲”改为了“一天一烈士”，为什么要做这样的调整？

杨德才：我常常疑惑为什么年轻人不爱听我讲党课？是不是我的话语模式不符合他们的口味？是不是我的内容太单调古板？我问屈妙，屈妙说你的内容太陈旧了，该更新了；问李正，李正说年轻人不大爱听宏大的词汇；问我儿子，儿子说大家更爱听故事……经过意见收集和自我反思，我知道该怎么做了，第二天我就让打印店重新帮我制作展板——

展板内容就叫“一天一烈士，一天一故事”。

故事哪里来？一方面来自李正、屈妙等人的网上搜集，一方面来自我听新闻所得。

2023年6月14日晚，我在央视听到沂蒙六姐妹的故事。

在1947年的淮海战役中，来自蒙阴县野店镇烟庄村的张玉梅、伊廷珍、杨桂英、伊淑英、冀贞兰、公方莲六姐妹在前线吃紧的情况下，主动挑起村里拥军支前重担，发动全村男女老幼，为部队当向导、送弹药、送粮草、烙煎饼、洗军衣、做军鞋、护理伤病员……战役期间，六姐妹和她们的乡亲们每天来回20多里山路，一天只吃一顿饭，她们带领全村为部队烙煎饼850斤，筹集军马草料3万斤，洗军衣8000多件，做军鞋500多双，停下来还要为战士唱歌，搞宣传，鼓舞士气。

经过几个月的收集与整理，敲进电脑的故事越来越多。有八女投江、有半条被子、有狼牙山五壮士、有沂蒙山区参谋长与大娘的军民鱼水情……我将这些故事穿插进我的党课，试图将党史和红色革命故事、个人奋斗故事结合起来讲给大家听。我仍把讲课地点设在烈士公园，那里人多，会不由自主紧张，但也更能锻炼我的记忆力和临场反应力。我到南门广场讲、到朝晖楼讲、到红军渡讲、到烈士塔下讲，刚开始几场表现不佳，经常忘词，新内容讲着讲着就串到了旧版本上，稍微一讲错，就会紧张，一紧张，后面的故事也讲不好。为了克服这个毛病，我一有空就坐下来，在大脑中梳理我的党课故事线，时间久了，我新版的党课内容也就磨熟了。

笔者：苟日新，日日新，又日新。您身上这种持续学习的劲头很值得我们学习！听说您为了讲党课还专门带着志愿者团队去革命基地实地考察，对吗？

杨德才：是的。我总觉得干巴巴地讲，不能够真正地入眼入心。

这几年，我带着社区党员去彭德怀故居，给大家讲规模宏大的百团大战；我带着中学生到烈士公园红军渡，给孩子们讲惊心动魄的红军攻打长沙；我带着志愿者去韶山参观毛泽东故居，给他们讲石三伢子（毛泽东乳名）的故事……下一步我还计划着带上我的阳光艺术团再去一次韶山，让大家亲自去主席故里感受伟人情怀，歌唱新时代伟大祖国。

幸福都是奋斗出来的

笔者：听说您在2023年清明节，在湖南第一师范学院青年毛泽东纪念馆讲了一堂党课对吗？

杨德才：是的。为什么选择在毛泽东纪念馆？一方面是为了缅怀毛主席，另一方面，是为了让学生们追随主席学习的足迹。

我对湖南第一师范学院有着深厚的感情。

小时候，母亲带我来长沙探亲。临走时，母亲带我参观了湖南第一师范学校。我们在走廊上参观了毛主席听课的教室。那时候年纪小，个子矮，踮着脚尖，趴在窗户边上看，看教室是什么样子？看毛主席坐在哪个位置？何叔衡坐在哪？蔡和森坐在哪？

后来，到九中当老师时，我又带着学生参观湖南第一师范学校。我给孩子们讲毛泽东读书的故事：得益于教师徐特立的教诲，毛泽东在青年时期就养成了“不动笔墨不读书”的好习惯；得益于杨昌济的引导，毛泽东逐渐深谙“知行合一”之要义；在校期间的毛泽东不忘关心国家大事，利用休息时间到附近的工农群众中走访调查……

2023年清明节，我又萌生了到湖南第一师范学院讲党课的想法。当天上午，在相关校领导的组织下，我带着周南实验中学、雅礼书院中学的学生代表以及中南大学的学生代表一起来到了湖南第一师范学院青年毛泽东纪念馆，为孩子们讲了一堂“幸福都是奋斗出来”的主题党课。

少年智则国智，少年富则国富，少年强则国强。青年人是国家的希望，民族的未来。在青年人思想最需要锤炼的阶段，我们这些过来人应该做些什么？我给孩子们讲，青年人要树立远大读书目标，不要物质攀比，更不要因家庭条件差而感自卑；我给孩子们讲，毛泽东与同窗确立的“三不谈”室规：不谈金钱，不谈家庭琐事，不谈男女问题；我给孩子们讲，毛泽东、蔡和森等前辈们畅游湘江，创办新民学会，提出“改造中国与世界”的伟大理想；我给孩子们讲，青年时期毛泽东为强健体魄，磨炼意志，经常做冷水浴；我告诉学生们，最宝贵的是生命，最需要爱护的也是生命，有了强健的体魄、健康的心态，才能为民族复兴大业作贡献。

作为一个盲老头，我做不了什么，只能通过讲党课，鼓励当代青年能够踩着主席学习的脚印，一步步坚实地走下去。

24 年的入党积极分子

笔者： *为什么您对讲党课抱有那么大的热情？*

杨德才： 因为我是一名共产党员，因为我入党不容易！

从小我都渴望成为共产党员，成年后我也积极向党组织靠拢，可我从积极分子到党员，整整等了 24 年！就是说，我当了 24 年的入党积极分子。

高音喇叭里手持炸药包的董存瑞是共产党，小人书里把敌人的车炸飞了天的也是共产党；入学后讲的第一课是：共产党万岁；班主任李碧群给我的第一句批语是：共产党最讲认真……我从小就知道共产党不简单！随着年龄的增长、阅历的加深，我对共产党员的认识更加具体化。

1972 年的夏天，我牵着牛从山坡里下来，刚走到山脚下，就看到浓烟滚滚，几个人大喊着火了，快来救火！我牵着牛赶快跑过去看，起火的是村里的破落地主家的房子。因为是地主家，大家都在围观，眼看着火势起来了，这时一个高个子男人冲上前去救火。人群里有个人问：“你是哪个啊？你跟地主家有关系吗？不怕被说闲话吗？”

“现在救火要紧！”高个子男人说道。

后来火扑灭了，人群中有人议论：“共产党员就是不一样，不当旁观者，只当实干家！”

在我的青少年时代，这个共产党员救火的画面常常冲出脑海。我立志，长大了也要当一名共产党员。

在泉水冲小学任教第一年，我就向党组织递交了入党申请书，成了一名入党积极分子。一年后，我被调到卯田中学，在卯田中学我一直积极向党组织靠拢，但是任教两三年后，我依然是积极分子。我问校长，为什么组织还不批准我入党？校长说，还需要接受党的考验。

我被调到长沙市第九中学，我全身心地扑在教学工作上，我认为只要像共产党员那样认真工作就能入党。几年过去了，我还是入党积极分子。就这样一年又一年地等着，从泉水冲到卯田，从九中到七中，从七中到车祸，从教师到按摩技师，一等就是 24 年。

2005 年 12 月的一天，我正带着徒弟小秦做培训，听到前厅闹哄哄的人声。前台喊道：“杨嗲！快出来，省里领导来了！”

嗯？省里领导？怎么会来我这？当时我又惊又疑惑。我记得当时我刚走出来，还没来得及辨别声音的方向，一双手就伸了过来。“杨老师啊！你的工作做得好啊！”说话的人是时任湖南省副省长的杨泰波。当时我又紧张又激动，领导说的话都记不太清了，只记得领导说：“你一定要争取入党！”

当时“入党”这两个字直击脑门。半天才恍过来神儿。我问领导：“我成了盲人，还能入党吗？”领导说：“残疾人更不容易，党的大门肯定向你敞开……”

副省长走后的当天晚上，我口述，让妻子给我写入党申请书。第二天，我就交给了七中的领导。后续一步步的入党流程进行得很有节奏。在七中党组织的安排下，我敲着棍子上党课，听汇报，作汇报，参加考试。

七中的同事和领导知道我从小就崇拜英雄。入党那天，特意把宣誓地点选在杨开慧纪念馆。

我站在党旗下庄严宣誓：我志愿加入中国共产党，拥护党的纲领，遵守党的章程……随时准备为党和人民牺牲一切，永不叛党。

笔者：真正成为一名共产党员后，您对党是否有更深的理解？

杨德才：家庭的建设需要一个强有力的成员来领导，国家的建设同样需要一个强有力的政党来领导。我们党打下江山不易，守好江山更不易。身为一丝光都冒得的盲人，我比谁都更希望国家安定，为什么？国家和人民倘若冒得一个政党引领，那百姓岂不成了冒得光、冒得方向的盲人了吗？

第十章　六十岁，向外走，向内求

2022年12月31日，杨德才迎来了自己60岁生日。

60岁意味着什么？意味着子孙绕膝，安享天伦；意味着寄情山水，陶情冶性；意味着品茶赏花，养生论道……这是多数人60岁的活法。对于失明25年的杨德才来讲，他选择了人迹更少的活法：向外走，向内求。

外走，意味着行动；内求，意味着反思。

在内外交叉实践中，杨德才重新思考个人、婚姻、家庭、社会等多重议题。他说，60岁是心的再出发。

外求与内修

笔者：行动，行动，看得出您一直是个行动主义者。那您觉得60岁之前的行动与60岁之后的行动有什么不同吗？

杨德才：60岁之前，为对抗黑暗中的虚无，我逼着自己如陀螺般向外奔走。那是一种无序的忙，一种没有反思性的忙，现在回想，那并不是一种有益的生命状态。60岁之后，我才意识到，要向外走，更要向内修。这种状态的改变来自我的徒弟赵明（化名）。

赵明是个心性很静的孩子，他喜欢陶渊明，崇尚简朴，向往宁静，对于外界从来都是云淡风轻的态度，这是他信奉的人生哲学。与赵明不同，我的人生哲学似乎永远都是斗争，斗争！行动，行动！我与他的状态就像是冰与火。

眼睛出事后，他选择的仍是过去的人生态度，不外修，只内修。可没有视力，没有了以往的谋生手段，这种不外求的生存法则很难行得通。

我说，你要学推拿，我要全身心地教你；我说，你明天要来，我要手把手指导你；我说，不要把时间完全浪费在寻医问药上，这种病情不可逆；我说，你必须走出来，明天跟着我去做公益……我以过来人的经验，试图霸蛮地敲醒他。

可似乎他并没有听进去。

他说，只要欲望足够低，就能安稳生存；他说，他的性格他了解，强行改变只会更拧巴；他说，他没有凌云壮志，无法做到斗志昂扬。

烈火遇上了坚冰。

几经深入对话后，我开始反思。他宁静的心态让我意识到自己的缺陷：我太过于固执己见，总是兴致勃勃地将个人力量投之于外，却并没有真正站在他人的立场思考他人的状态。

我突然感觉到赵明与我似乎是两个极端。我一味外求，他一味内求，我们都割裂了行动与反思这一对矛盾。我抛却“反思”，抱着“行动”一路狂奔；他隔绝外界，孤立地“自我反思”。

不走出去拥抱“行动”，再深刻的“反思”都不堪一击。同样，不独处静室，主动“反思”，再伟大的“行动”都是自我感动。于他人、于社会都难以真正产生价值。

笔者：您讲的很对。外求与内修是一对深刻的矛盾。生活中，我们往往认为积极外求是年轻时应该有的状态，内修是年龄到了一定阶段才应该有的状态。其实不然。任何年龄段，外求与内修都是必修课。行动与反思只有动态结合，才能达到个体状态的健康和谐。

杨德才：是的。我到了60岁才悟到这个理。想明白这个理后，我不再强迫赵明了。后来有一天，他说要学习推拿。我说好。现在的他天天来我这学习推拿，很卖力，很认真。我想，他大概如我一样，也想明白了吧！

斗争！斗争！

笔者：我们从您的人生经历中读到了满满的斗争精神。这种斗争精神来源于哪里？

杨德才：来源于小时候的经历。

毛胡子队长一大早就来到我家“坐”。堂屋里，一张四方桌，一碗茶水。毛胡子队长恰着烟，在和爸妈商量着什么。

只隐约听到队长说，那人下午就来，让爸妈收拾好屋子。毛胡子队长走后，我就跳到爸妈面前，问东问西。母亲告诉我，附近磷矿的一个工人家在长沙市，离得远回不了家。要暂时在我们家住几个月。母亲还说要让叔叔住我隔壁那间屋子。

我一想到，我的房间能通向未来“客人”的房间，我就紧张。

下午放学，我飞快地跑回家中。进了院子，就看到一土车子家当。锅碗瓢盆，被褥衣服……第三间茅草屋格外热闹，我探着脑袋走了进去。

只见一个身穿深蓝色发旧工作服的高大男人站在那，在跟爸妈聊天。好高大啊，那一身齐整的工作服，真威武。听他们聊天，我才知道矿山叔叔只在我们家借住，并不和我们一起吃饭，他自己带了烧火炉子，平时自己做饭吃。

因为矿山叔叔上班时间跟我们农作时间不一样，吃饭也不是按正常饭点。往往我们还不到饭点，叔叔就开始烧火做饭了，而我们要吃饭的时候，他就要上班了。

观察了他几天后，我慢慢不那么拘束了。矿山叔叔人很好，常常邀请我到他房间玩。

叔叔每天晚上都要穿着长袍子，打着手电筒上夜班。我好奇他的工作，好奇他的手电筒，好奇他的长袍子大衣，我对叔叔的一切都好奇。

我问他，上夜班好玩吗？他说，很冷，很辛苦。我问，上班具体是做什么？他说，看守国家财产，巡逻抓小偷。

叔叔的话让我打起了精神。那天晚上我极力央求叔叔带我一起上夜班。叔叔说，山上黑，气温低，还有可能遇到歹徒，不怕的话，就可以带我去。我果断回答，保卫国家财产！我不怕！

记得那晚我翻箱倒柜，从箱底翻出了早年父亲走南闯北穿的长袍子。也模仿着叔叔把袍子裹在身上，袍子长得裹住了我的脚踝。尽管有些不合身，但感觉威武极了。

那晚叔叔打着手电筒，我们一前一后，深一脚浅一脚地往山上走。那夜没有月亮，四面漆黑，风呼呼作响。在手电的照射下，穿着长袍子大衣的我们，影子很魁梧。

到了矿山，叔叔巡逻，我紧跟其后。只见他举着手电筒，进了厂房，四处查看。我跟在他后面，也学着他左瞅瞅右瞧瞧。叔叔告诉我，巡逻的时候坚决不能打瞌睡，瞌睡了就掐一掐自己。叔叔说，手电一定要一直亮着，四处晃着，这是对坏人的警示。叔叔还说，我们要时刻眼明心亮，遇到坏人，要敢于发声，敢于斗争，这是对坏人的震慑。

叔叔的话虽然很轻，却句句有力量。就这样我们聊着天，熬过了大半个夜晚。凌晨五点多，叔叔突然看到菜园子里有东西在涌动。我一下子来了精神，叔叔说，把手电关了，过去打探一下。

就这样，我们两个蹑手蹑脚地猫着腰往菜园子走去。定睛一看，原来是偷菜贼。

只见叔叔一个大跨步，上前揪住了偷菜贼，偷菜贼想要反扑逃跑，又被叔叔一把揪回来。

我们大吼一声“抓贼啦……”

喊声惊动了桐坡里附近的居民。家家户户都出来抓贼。

贼被抓住了。我们一夜的任务也算完成了。

笔者：坏人得到惩罚，财产得到保护，这是一个朴素的正义故事。

杨德才：是的。现在讲出来觉得很普通，可当时对于小小的我来讲，可谓惊心动魄。那是我第一次夜巡矿山，也是第一次抓小偷。事后我的胆子更大了，正义感更强了。“遇到恶势力，要敢于发声，敢于斗争。”叔叔的话某种程度上影响了我一生。如果说，车祸是恶势力，那我与命运斗争过；如果说，创业路上的绊脚石是恶势力，那我与社会斗争过；如果说，私心杂念是恶势力，那我与自己斗争过。

笔者：毛泽东在求学时期，曾在日记中写道：“与天奋斗，其乐无穷；与地奋斗，其乐无穷；与人奋斗，其乐无穷。”这句话意蕴丰富，不仅强调主观努力，更强调主客观条件的对立统一；不仅展现出持续向上的姿态，更展现出彼此竞合的动态过程。奋斗强调主观努力，斗争强调矛盾的彼此冲突，如果说奋斗是为了目标的实现而做出的具体实践，那么斗争则是实践方式的有力表达。

作为成年人，作为教育者，我们首先要告诉孩子们遇到恶势力要敢于斗争，更要分清形势，善于斗争。发扬奋斗精神、斗争精神绝对不是宣扬丛林法则，而是倡导自强勇敢，弘扬社会正义。在校园霸凌、医疗腐败、问题食品、贫富悬殊等各种社会矛盾爆发的当下，奋斗精神与斗争精神不仅是个人所需！更是时代所需！

杨德才：是啊，面对亡我之心不死的敌对国家，唯有斗争；面对危害社会和人民的黑恶势力，唯有斗争！

我说不出口

笔者：斗争这个词内涵太广了，人与自然的斗争，人与社会的斗争，人与他人的斗争，人与自我的斗争。如果说与社会斗争是为了社会的完善，那么与自己斗争则是为了自我的完善。您这一辈子有过强烈的自我斗争吗？

杨德才：怎能没有？我活到 60 岁，要强了一辈子，执拗了一辈子，与自己斗了一辈子，也与妻子较劲了一辈子……

我比妻子大四岁，她是我妹妹的同学。

我因为眼睛不过关，参加了两次高考，最后读了个专科。我妻子学习厉害，高考考上了郑州大学。在她读大学期间，我们两个通过书信相知相爱。她大学毕业后，我们顺理成章地结了婚。

婚后，她在国企当会计，我在中学当老师，1990 年我们还迎来了一个可爱的儿子。那时候我们的家是非常幸福的。

然而，1997 年那场车祸打碎了这一切。没了眼睛，没了工作，出门碰墙，遭人奚落。那时候，我最想做的事就是跟妻子离婚。妻子学历高，工作好，年轻又漂亮，我已经不能照顾她了，更不能耽误她。

我向妻子提出离婚的想法，但她没搭理我。她的沉默让我更加自责。

妻子是个性格要强的女人，自己努力奋斗出的幸福家庭一下子垮了，她受不了，我知道；她曾经依靠的丈夫一下子没了眼睛，连出门都成问题，她心里苦，我也知道。

可我不擅长表达，对她的愧疚我说不出；她性格要强，她心里的苦，她也说不出。就这样，日子一天天过，孩子一天天长大。

为了不给妻子添负担，我拒绝她的任何帮助。早餐我自己搞，中药我自己熬，衣服我自己洗，我的坚持本想给妻子减轻负担，可固执的坚持反而让我们之间越来越沉默。

爱康按摩院成立以后，我天天忙于招徒弟、带徒弟。好不容易生意有点起色，我又三天两头做公益，那时候妻子埋怨我，和我吵。吵来吵去，最后干脆两人不说话了。

那时候我总觉得她不理解我，可现在想来，我错了。哪个妻子愿意自己身有残疾的丈夫把辛苦赚来的钱都花在陌生人身上？可我那时只一心想着自己做公益，忽略了妻儿，忽略了自己的小家。

我对不起她，可我说不出口。

公益一做就是 20 多年。儿子长大了，妻子也老了。我与妻子的交流也愈来愈少。以至于家里已形成了不成文的规矩。我的事情，她一概不干涉，她的事情，我也一概不过问。我天天办机构、搞活动、带徒弟，家里、爱康、足成天下三点一线，天天醒来就敲着棍子往外跑。你说妻子不关心我吗？可我分明感受到了她对我的支持与关怀。退休后的她到乡下种菜，每周都打包满满的新鲜蔬菜瓜果往爱康送；在我们义演活动结束后，她帮着招呼我的残疾人朋友……想到这，我就觉得对不起她。可我说不出口。

2017 年，孙子出生，我大喜。可我没有眼睛，没办法像别的爷爷那样陪他玩、照顾他、教育他。我妻子全力承担了培养孙子的责任。儿子说，家里客厅墙上贴满了孙子的画和奖状，我虽看不见，可我听得见。我听见孙子说，不敲门不礼貌；听见他说，随地吐痰不文明；还听见他说，小小少年当自强……妻子在我看不见的地方默默付出，孙子在我看不见的地方健康长大。

妻子 20 多年来的不离不弃，我何其有幸？20 多年来为我们小家默默做建设，我何其有幸？

做人得知足。

想到这，我就对不起她。

可我说不出口……

我们需要什么样的爱情？

笔者：谈到婚姻就不得不谈爱情。爱情是人类永恒的话题。任何时代任何年龄的人都赞美爱情、渴望爱情。那到底什么是爱情？我们需要什么样的爱情？这是年轻人喜闻乐道的话题，也是一个值得探讨的社会性话题。您如何理解爱情？

杨德才：我是 60 后，我们那个年代不怎么谈爱情，对爱情也没有多深刻的理解，更多考虑的是婚姻。只要对方人好心善，就能组建家庭过日子。可现在不同了，年轻人受教育程度高了，思想观念开放了，自我意识觉醒了，对婚姻爱情要求得也越来越高。不少年轻人的择偶标准是，既要车子，又要房子，长得不能太差，情商不能太低。

笔者：这种现象的确存在。眼下没有一定的物质基础，生存的确不容易。但是肯定房车等物质要求的社会合理性，并不是要倡导物质至上的婚姻观或爱情观。物质是生活的基础，但不是情感的保障，没有深刻的情感维系，再多的物质也难以获得幸福感。那么深刻的情感哪里来？必定来源于两人间历经风雨的爱情。

杨德才：说得对。两个人要想长久坚定地走下去，一定要历经风雨。这里的风雨可以是共同奋斗的经历，也可以是性格磨合的争吵。就像是一对矛盾，历经冲突磨合，方能达到稳定与和谐。

笔者：爱情的寻找又是一个难题。这就涉及什么是爱情，我们需要什么样的爱情的问题。爱情的定义因人而异，但终究脱离不了真、善、美。爱情来源于恋人间的彼此吸引，相貌美和心灵美是吸引法则，“真”是恋爱持续的动力，“善”是爱情的根基。真善美是寻找爱情的起点，也是拥有爱情的终点，道理都懂，可现实情况却远比理论分析要复杂得多。现实中，寻找爱情的路上，往往充满了试探、猜测与考验，当然，只要不触及道德底线，在恋爱中使用些小技巧无可厚非。

但是，现在年轻人的恋爱却出现了过度技巧化现象。比如现在网络上出现的专为男孩子准备的聊天指南，教他们如何精准把握女孩心理，如何投女孩子所好。按照指南，看似男孩子越来越“懂”女孩子，可是婚姻乃是长久的经营，技巧化的指南书又能撑多久呢？泰国发生过一桩孕妇坠崖案。恋爱期间，男方阳光绅士、体贴温柔。婚后本性暴露，不仅好吃懒做，还嗜赌成性，为继承女方财产，竟狠心将怀有身孕的妻子推下悬崖。所谓的情感关怀竟是暂时的虚假表演，所谓的浪漫爱情竟是精心策划的“爱情预谋”。

当今的恋爱不仅越来越技巧化，更越来越模式化。曾听一个00后男孩子吐槽：越来越不想恋爱了。问他为什么？他说，恋爱太无趣。每场恋爱都是在重复相同的活动。喝奶茶、看电影、抓娃娃、买衣服……只是换个人而已。男孩的话值得深思。这不正是当今出现的类型化恋爱吗？比如恋爱期间，男孩子必带女孩子去哪些地方？做哪些事？在什么时间送什么礼物？再比如秋天的第一杯奶茶，冬天的第一颗草莓等等。商家的营销概念促使恋爱进一步模式化。为了爱情，大批恋人在商家的营销下前赴后继，仿佛送了奶茶就是爱，不送奶茶就是不爱。爱情的深刻内涵被解构为肤浅的物质消费，消费欲望满足了，爱情的意义却丢失了。

杨德才：这个男孩子有点过于悲观了。现实生活中，还有很多很好的女孩子，她们真诚、善良、理智，值得被爱。

笔者：的确，现实中有理想、有抱负、明事理、有格局的年轻人有很多。但是我们不得不承认，网络有放大的作用。过于技巧化、类型化的恋爱模型某种程度上会带偏年轻人的爱情观。

杨德才：所以年轻人在追寻爱情时也要学会向外走、向内求。很多年轻人一边吐槽找不到对象，一边又不愿主动出去社交。这怎么行呢？大胆向外走、接触外界的同时也要学会内省：自己的性格是什么？自己适合什么？找对象的标准是什么？自己真正想要什么？多审视，多反思，或许某种程度上能避免年轻人口中的恋爱脑，帮助他们找到真正的爱情。

笔者：是啊，我们到底需要什么样的爱情？这个问题没有固定答案。愿大家都能带着真诚、理性寻找爱情！

愿天下有情人终成眷属！

活法

笔者：您身体不好，连睡觉都离不开氧气机，为什么还要拼命做公益呢？

杨德才：有人问过我同样的问题，有人建议我，与其花时间做公益不如好好养生。大家都是真心实意为我好，但我有我的想法。

人活一世，有人汲汲于富贵，有人戚戚于贫贱。我追求的是不懈奋斗。虽然我衣食无忧，但我不想安逸地待在家里被动度日，我想走出去主动生活。被动度日精神颓废，主动生活充满阳光。只有靠自己努力创造的生活才最有意义！只有靠奋斗擦出来的火花才最绚丽！帮助他人解决困难，减轻痛苦，实现人生梦想，我自己的思想也得到了升华，精神世界也得到了满足，心情也更加愉悦。

帮助他人快乐自己！这是我的养生之道！

有人劝我："老杨！赚了钱给自己换套房吧！住着30年前的老旧楼梯房，用着老掉牙的桌椅板凳，挣了钱不知道享受，亏不亏呀！"

有人问我："你怎么不把辛辛苦苦赚的钱留给家用？一个盲人，不给社会添负担就不错了，没必要做这么多好事。你成天给这人塞钱，给那人塞钱，天天出去撒钱，都以为你杨德才发大财了呢！你傻不傻啊！"

傻不傻？亏不亏？我自有判断。

母鸡下蛋，孵小鸡。它从来不关心自己吃得好不好，自己的羽毛长得漂不漂亮，它只关心小鸡吃得好不好，跑得欢不欢。

我们是人啊，人的境界何解还比不上一只老母鸡嘞?!

我每天端着饭碗跟在员工后面走，吃的是粗茶淡饭，穿的是布衣旧鞋。我有件长袖衣，妻子扔过，儿媳扔过，员工扔过。他们扔一次，我捡一次。他们嫌我穿得破破烂烂，我却不以为然，烂布襟里做好人。我对物质生活没要求，吃得饱、穿得暖，就足够了。

我更愿意把有限的金钱节省下来，用在我的公益事业上。资助贫困学生、举办大型公益活动、看望老弱病残、改善员工生活条件、提高员工工资待遇……把钱花在有意义的事情上要比装点自己的衣食住行有价值得多！

金钱是什么？金钱只是个数字。把赚到的每一块钱用在公益上，帮助那些比自己更弱势的人，这钱就实现了价值。

我不需要豪车，只需一根盲杖；我不需要山珍海味，只需一饭一蔬，我不求家财万贯，只求有一分钱尽一分用。

这就是我的活法。

人生就像香肠切片

笔者：如果让您用一个比喻来形容人这一辈子，您会怎么形容？

杨德才：年轻时，我喜欢做菜，刀工也不错，最拿手的菜是青椒炒香肠。每次切香肠，我都把香肠切得又薄又匀，看着晶莹透亮的香肠切片，我就觉得，人的一生，不就像这香肠吗？说长不长，说短不短，我们应该做的就是努力把每一片切得漂漂亮亮，码得整整齐齐。

经过这些年的摸爬滚打，我的五个机构都步入正轨。我爱康走出去的残疾人都实现了稳定就业、培训班的孩子们都在健康成长、艺术团的残疾人都获得了精神上的愉悦、关护中心的老人们都收到了我们的问候。朋友说，老杨，都 60 多岁的人了，歇一歇吧！我嘴上答应得好好的，可是心总停不下来。

香肠没切完，怎能停下来？

如今的我，每天敲着棍子在爱康和足成天下两个店里来回跑。白天上班，夜晚策划活动。春天快来了，我就组织着残疾人春游爬山；劳动节快到了，我就策划着带培训中心的孩子们搞义务劳动；儿童节快到了，我就策划着给孩子们开个公益课，送些书和文具；建党节快到了，我就敲着棍子四处讲党课；重阳节快到了，我就带着爱康的志愿者去看望孤寡老人；春节快到了，我就策划着带上阳光艺术团搞个文艺汇演……我带着大家爬山、拔河、唱歌、打快板，他们乐，我也乐。

每次活动过后，我都累到打吊针。每次进医院，我都想着这个活动结束后，再也不办活动了，可每当恢复出院后，我的脑袋就再次启动活动计划。

我就是控制不了自己。

2023 年一开春，我就开始谋划一个大计划：我要在 2023 年搞一个残疾人文体活动阳光工程项目建设。我把项目计划告诉了屈妙：

一、我要在全年集中开展音乐艺术培训30次。

二、我要在2023年春节前夕举办走村串户上门慰问残疾人活动。

三、2023年1月11日，我要在长沙市图书馆举办“青春心向党 踔厉奋发向未来”残疾人学习宣传贯彻党的二十大精神演讲比赛活动。

四、2023年2月4日，我要在东风路东风二村巷口广场举办“春联颂党恩，红歌高唱共产党好，喜迎春天到”活动。

五、2023年3月19日，我想到普亲敬老院“开展”盲人送戏敬老院，给普亲敬老院的100多名老人免费送上大合唱等文艺节目。

六、2023年5月9日，我要在烈士公园烈士塔南门主广场举办庆祝第33次全国助残日，残疾人感恩党文化助残系列活动，现场为残疾人赠送有形读物、电子书籍和盲人阅读器等文化慰问物资。

七、2023年5月21日，我要在烈士公园烈士塔下举办“助残日里盲人用歌声感党恩、缅先烈”活动。

八、2023年10月15日是国际盲人节，我想带领艺术团在盲人节前后举办“百名盲人成‘巨龙’，有序登上麓山峰，山水洲城长沙美，一词一句颂党恩”活动。计划登上山顶后，在山顶广场举行盲人“读原文、悟原理”的演讲活动及和红歌大合唱。

九、2023年12月26日，我计划在韶山举办残疾人纪念毛泽东诞生130周年东方红毛主席诗词吟诵比赛和红歌演唱会活动。

十、我计划组织盲人队员认真学习党的二十大精神和党史知识，并选派优秀学习骨干结合其自身的学习体会，深入到机关、企业、学校以及街道、社区、公园宣讲党的二十大精神，宣讲党的伟大奋斗史，宣讲个人学习体会，计划全年宣讲70场。

屈妙听了后直呼："不可能完成。"然而，我坚信：只要想得到就能做得到。时至2023年10月底，我已圆满完成8项活动，这让我成就感满满。然而，快乐总是短暂的。

10月份活动结束后，我又发起了高烧。一把骨头招架不住，高烧不退，脑袋昏沉，浑身无力，在医院里住了大半个月。每天夜里，躺在床上就自我念叨：怎么还不好，怎么还不好……人到了这个年龄，胆子就会越来越小，害怕自己倒下，害怕一摊子事没人兜底。

半个月后出院，身体抵抗力却大不如前。走几步路，大喘；刮风下雨，骨头缝进风；大热天，别人单衣，我厚衣。

妻子给我谈我的现实身体状况，我给她谈我的未来梦想：我想在有生之年，在郊区建一个集培训、养老、健身娱乐的综合性养老机构；我还想办一个全国示范性的残疾人学雷锋爱心基地，基地内我想设置图书馆、音乐艺术培训馆、健身康复馆、残疾人成果展示馆、道德大讲堂、心理咨询室……

妻子听了，说我是老虎啃天。

我知道啃不动，但我也要啃一啃。趁着香肠还未被切完……

图书在版编目（CIP）数据

碰壁人生照样精彩 ：对话杨德才 / 唐湘岳，侯晓慧著. -- 湘潭 ：湘潭大学出版社，2024.4
ISBN 978-7-5687-1322-1

Ⅰ. ①碰… Ⅱ. ①唐… ②侯… Ⅲ. ①报告文学一中国一当代 Ⅳ. ① I25

中国国家版本馆 CIP 数据核字（2023）第 245771 号

碰壁人生照样精彩 —— 对话杨德才

PENGBI RENSHENG ZHAOYANG JINGCAI —— DUIHUA YANGDECAI

唐湘岳 侯晓慧 著

策划编辑： 申永丰
责任编辑： 单　越
封面设计： 李　平
出版发行： 湘潭大学出版社
社　　址： 湖南省湘潭大学工程训练大楼
电　　话： 0731-58298960 0731-58298966（传真）
邮　　编： 411105
网　　址： http://press.xtu.edu.cn/
印　　刷： 长沙鸿和印务有限公司
经　　销： 湖南省新华书店
开　　本： 710 mm×1000 mm 1/16
印　　张： 17.75
字　　数： 248 千字
版　　次： 2024 年 4 月第 1 版
印　　次： 2024 年 4 月第 1 次印刷
书　　号： ISBN 978-7-5687-1322-1
定　　价： 68.00 元